17218
H

MEMOIRES

POUR SERVIR

A L'HISTOIRE

DES

HOMMES

ILLUSTRES

DANS LA REPUBLIQUE DES LETTRES.

AVEC

UN CATALOGUE RAISONNÉ

de leurs Ouvrages.

Par le R. P. NICERON, *Barnabite.*

TOME XXXIX.

A PARIS,

Chez BRIASSON, Libraire, ruë S. Jacques,
à la Science.

M. DCC. XXXVIII.

Avec Approbation & Privilege du Roi.

TABLE
ALPHABÉTIQUE

Des Auteurs contenus dans les trente-neuf Volumes de ces Mémoires.

Le chiffre marque le Volume.

Les noms qui sont en italique marquent les Auteurs dont il est dit peu de choses & dont il n'est parlé que dans la vie des autres & non en particulier.

Tome XXXIX.

a ij

TABLE ALPHABETIQUE

a iij

DES AUTEURS.

a iiij

DES AUTEURS.

TABLE ALPHABETIQUE

DES AUTEURS.

DES AUTEURS.

TABLE ALPHABETIQUE

DES AUTEURS.

TABLE ALPHABETIQUE

P. d

Tome XXXIX.   b

TABLE ALPHABETIQUE

DES AUTEURS.

TABLE ALPHAB. DES AUTEURS.

Fin de la Table Alphabetique des Auteurs.

Table particuliere de ce Volume.

TABLE

Des Auteurs contenus dans ce Volume, selon l'ordre des matieres qu'ils ont traitées dans leurs Ouvrages.

TABLE

DES MATIERES.

TABLE DES MATIERES.

Fin de la Table des Matiéres.

APPROBATION.

J'AY lû par ordre de Monseigneur le Garde des Sceaux le 39e. Volume des Memoires pour servir à l'Histoire des Hommes Illustres dans la République des Lettres, & j'ai cru que l'on en pouvoit permettre l'impression. A Paris ce 9. May, 1738.   HARDION.

MEMOIRES

TABLE

NECROLOGIQUE

des Auteurs contenus dans ce Volume.

TABLE NECROLOGIQUE

Sauſſaye (Charles de la) m. le 21. Septembre 1621.

Davila (Henri Catherin) m. en 1631.

Frey (Jean Cecile) m. le 1. Août 1631.

Prevôt (Jean] m. le 3. Août 1631.

Pacius (Jules) m. en 1635.

Michel de la Rochemaillet (Jean) m. le 9. May 1642.

Vigne (Michel de la) m. le 14. Juin 1648.

Argoli (Andié] m. l'an 1657.

Argoli (Jean) m. vers l'an 1660.

Hovvel [Jacques] m. en 1666.

Priolo [Benjamin] m. en 1667.

Scotti [Jules Clement] m. le 9. Octobre 1669.

Ghilini [Jerôme] m. aptès l'an 1670.

Picinelli [Philippe] m. après l'an 1678.

Scheffer [Jean] m. le 26. Mars 1679.

Lyſerus [Jean] m. 1684.

Pearſon [Jean] m. en Juillet 1686.

Lallouette [Ambroiſe)m. le 9. may 1724.

Schaaf (Charles) m. le 4. Novembre 1729.

Duchat [Jacob le] m. le 25. Juillet 1735.

MEMOIRES

POUR SERVIR

A L'HISTOIRE

DES

HOMMES

ILLUSTRES

DANS LA REPUBLIQUE
des Lettres ;

Avec un Catalogue raisonné
de leurs Ouvrages.

L U C   F R U T E R.

UC FRUTER naquit L. FRU-
à Bruges vers l'an 1541. TER.
d'une famille noble.

Il fit ses premieres étu-
des à Gand, d'où il pas-
sa à Louvain & ensuite à Paris, pour
s'y perfectionner dans les Belles-Let-

Tome XXXIX.   A

L. FRU-
TER.

tres & dans la connoissance de l'Antiquité.

Les progrès qu'il y faisoit, donnoient lieu d'attendre de lui de grandes choses, lorsqu'un accident l'enleva dans sa premiere jeunesse. Ayant
un jour joüé long-temps à la paume,
& ayant extrêmement chaud, il voulut se rafraîchir en buvant de l'eau
froide ; mais cette eau fut mortelle
pour lui ; car il tomba aussi-tôt malade & mourut en peu de temps, au
mois de Mars de l'an 1566. n'ayant
pas encore 25. ans.

Il fut enterré à *Paris* dans l'Eglise
de S. *Hilaire*, & *Victor Giselinus*, son
ami, lui dressa cette Epitaphe.

Viator asta, & si vacat, lege pau-
cula,

Multa ut rescifcas. Tumulus iste Gra-
tiis,

Novem & sororibus sacratus, Fru-
terium

Tegit, illum amorem Gratiarum ama-
bilem,

Novem & Sororum. Brugis ipsum
nobili

Beavit ortu. Ganda facilem vim isti
genii

Dedit artibus madere liberalibus.
Lovanium & Lutetia uſque in ultimæ
Antiquitatis intima penetralia
Subire, & inde, quæ Viri doctiſſimi
Quique approbarent, arte ſumma ex-
   promere.
His tam auſpicatis initiis fata impia,
Fata impia, inquam, inviderunt.
   Illa juveni
Quintum ante luſtrum fila ſecuere au-
   rea.
Quid obſtupeſcis? an novum aut mi-
   rum id tibi?
Fuit Poëta. Sic ſuis lumina oculis
Reliquit olim Valerius; ſic memoria
Noſtra Secundus. Taceo cœteros; abi.

Il avoit déja compoſé quelques
Ouvrages de Critique & de Poëſie ;
mais étant près de mourir, il laiſſa
ſes papiers à *Hubert Giphanius*, qui
n'en uſa pas bien à ſon égard, à ce
qu'on prétend, & s'en appropria la
meilleure partie. Ce ne fut même
qu'après avoir eſſuyé un procès de la
part de *Janus Douza*, qu'il ſe déter-
mina à en donner quelque choſe au
Public.

Lipſe regardoit *Fruter* comme un
des premiers génies des Pays-Bas, &

L. Fru-
ter,

de la France même , & prétendoit
qu'il avoit le jugement aussi mûr ,
que les vieillards les plus experimen-
tés. Cependant ses Ouvrages ne font
point achevés , & ce ne font proprement que des essais qui montrent ce
qu'il étoit capable de faire.

Catalogue de ses Ouvrages.

1. *Notæ in Aulum Gellium.* Dans
une édition de cet Auteur faite à *Geneve* en 1609. & dans quelques autres.
Ce n'est qu'une petite partie de celles
qu'il avoit laissées.

2. *Lucæ Fruterii Brugensis Librorum
qui recuperari potuerunt Reliquiæ. Inter quos Verisimilium Libri duo & Ver-
sus Miscelli. Antuerpiæ ,* 1584. *in-8o.*
p. 172. *Gruter* a fait entrer les deux
Livres des *Verissimilia* dans le second
volume de son *Thesaurus Criticus.* Les
Poësies , qui sont en petit nombre ,
ont été inserées dans le 2ᵉ. volume
des *Delitiæ Poëtarum Belgarum* du même *Gruter* , p. 421.

3. *Juliani Severiani Syntomata Rhe-
torices , nunc primum diligentia & studio Lucæ Fruterii in lucem edita. Antuerpiæ ,* 1584. *in-8o.* p. 25. A la suite
du Recueil précédent , qui a été pu

blié par les soins de *Janus Douza.*

4. *Collectaneorum Verisimilium Liber
tertius antea non excusus, & Epistolæ
Philologicæ.* Dans le 5ᵉ. volume du
Thesaurus Criticus de *Gruter.* Une des
Lettres qu'on voit ici, & qui est
adressée à *Marc-Antoine Muret,* se
trouve aussi parmi les siennes.

V. *Franc. Sweertii Athenæ Belgicæ.
Valerii Andreæ Bibliotheca Belgica.
Auberti Miræi Elogia Illustrium Belgii
Scriptorum.* Les Eloges de *M. de Thou,*
& les *Additions de Teissier. Oberti Gi-
phanii Epistola ad Guill. Canterum,* à
la p. 641. du *Recueil de Lettres* donné
par *Simon Abbes Gabbema* en 1669.
*in-*80. On trouve dans cette Lettre le
temps précis de sa mort, qui n'est
point marqué ailleurs.

AMBROISE LALLOUETTE.

AMbroise *Lallouette* naquit à *Paris* avant l'an 1654.

Il fut pendant quelque temps de la
Congregation de l'Oratoire, dont il
sortit dans la suite. Il prit aussi des
degrés en Sorbonne, & fut Bachelier

A. LAI-
LOUETTE.
en Theologie. Il eut sur la fin de sa
vie un Canonicat de *Sainte Oportune* à
Paris, dont il prit possession le 7.
Juillet 1721. mais il n'en fut jamais
paisible possesseur. Il étoit outre cela
Chapelain de Notre-Dame.

Quoiqu'appliqué aux fonctions du
Sacerdoce, comme à la Prédication
& à la direction, il a trouvé le temps
de composer plusieurs Ouvrages utiles & édifians.

Il mourut le 9. Mai 1724. âgé de
plus de 70. ans.

Catalogue de ses Ouvrages.

1. *Discours sur la présence réelle de*
Jesus-Christ dans l'Eucharistie, & sur
la Communion sous une seule espece. Paris, 1687. *in*-12. It. Avec l'Ouvrage
suivant, sous ce nouveau titre : *Trai-*
tez de Controverse pour les Nouveaux
Réunis. Paris, 1692. *in*-12. Il avoit
prononcé les deux discours, qu'on
voit ici, en plusieurs Provinces de
France, dans les Missions que le Roi
Louis XIV. y avoit fait faire pour la
réunion des Protestans, & l'affermis-
sement des Nouveaux Convertis.

2. *Histoire des Traductions Françoi-*
ses de l'Ecriture-Sainte, tant manuscri-

tes, qu'imprimées, soit par les Catholi- A. LALE
ques, soit par les Protestans : avec les LOUETTE
changemens que les Protestans y ont faits
en differens temps, *dont on donne la*
preuve, *en marquant les Bibliotheques*
de Paris où elles se trouvent. Paris,
1692. *in*-12. Ce petit Ouvrage contient des recherches curieuses & utiles. L'Auteur a mis à la fin une inftruction aux Nouveaux Catholiques,
pour leur apprendre avec quelles dif-
positions ils doivent lire l'Evangile.

3. *Histoire de la Comédie & de l'O-*
pera, *où l'on prouve qu'on ne peut y al-*
ler sans pécher. Orleans, 1697. *in*-12.
p. 114. L'Auteur donne ici les extraits
d'une vingtaine d'Ouvrages écrits,
pour ou contre la Comédie, & après
avoir exposé ce qu'ils disent sur ce sujet, conclut qu'on ne peut exempter
de péché ceux qui y vont.

4. *Avis pour lire utilement l'Evan-*
gile. Paris, 1698. *in*-12. L'Auteur y
a joint une petite instruction sur la
maniere d'entendre la Messe en Chrétien.

5. *Pensées sur les Spectacles*, (1698.)
in-12. p. 12. C'est un précis de tout
ce qu'on peut dire contre eux.

A iiij

A. LAL-   6. *Extraits des Ouvrages de plusieurs*
LOUETTE. *Peres de l'Eglise & Auteurs modernes*
sur differens points de Morale. Paris.
in-16. En 4. parties. Les deux premieres en 1710. La 3e. en 1713. & la
4e. en 1718. La 1e. est sur les mauvais
Livres, les représentations dange-
reuses, c'est-à-dire, les Tableaux &
les Estampes, où la modestie n'est pas
observée, les spectacles & le luxe. La
2e. sur l'amour des richesses, les jeux,
l'usure, la restitution & l'aumône. La
3e. *pour expliquer le texte des Evangi-*
les selon le nouveau Messel de Paris,
pour tous les jours de l'année. La 4e. contient l'abregé de la vie P. Morin,
l'extrait de son Ouvrage sur la Peni-
tence, & des extraits sur la danse, le
mensonge, le jurement, le parjure,
l'yvrognerie, le mariage.

7. *Abregé de la vie de Marie-Cathe-*
rine-Antoinette de Gondi, Superieure
Generale du Calvaire. Paris, 1717. in-
12.

8. *Abregé de la vie du Cardinal le*
Camus, Evêque & Prince de Grenoble,
avec l'extrait de ses Ordonnances Syno-
dales, sa Lettre aux Curés pour l'instruc-
tion des Nouveaux Réunis, & son Man-

dement pour le Jubilé. Paris, 1720. *in*   A. LAL-
12. p. 67. *Lallouette* avoit connu CE LOUETTE.
Prélat, & demeuré quelque temps
auprès de lui.

   V. *Le Supplément de Morery de*
1735.

JACOB LE DUCHAT.

Acob le Duchat naquit à *Metz* le J. LE DU-
  23. Février 1658. de *Jacob le Du-* CHAT.
chat, Conſeiller du Roy, & Com-
miſſaire ordinaire des Guerres, &
d'*Elizabeth Alion.*

   Après avoir paſſé les premieres années de l'enfance dans ſa patrie, &
y avoir reçu la premiere teinture des
Humanités, on l'envoya à *Straſ-*
bourg, où il étudia en Droit avec
beaucoup d'application & de ſuccès.

   De retour à *Metz*, il y employa
quelques années à ſe perfectionner
dans cette ſcience. Il y fut reçu Avocat le 2. Août 1677. & y ſuivit le
Barreau juſqu'à la révocation de l'E-
dit de *Nantes.*

   Il y a cependant lieu de croire,
qu'il conçut de bonne-heure un goût

J. LE DU-CHAT.

prédominant pour le genre dans lequel il a excellé. La lecture des Auteurs Gaulois, & de ceux qui ont écrit jusques vers le regne de *Henri IV.* eut pour lui des charmes, ausquels il se livra. Mais comme on ne sçauroit lire ces Ouvrages avec plaisir, si l'on n'entend les expressions surannées, & si l'on n'est au fait d'une infinité d'anecdotes, qui s'y trouvent repanduës, nôtre jeune Sçavant profita de toutes les occasions qu'il put rencontrer de s'instruire sur ces deux matieres principales.

Un séjour de deux années, ou environ, qu'il fit à *Paris*, où il sollicitoit un grand procès qu'il gagna, lui fournit plusieurs moyens de se satisfaire. La conversation des personnes, qui possedoient la tradition des Regnes précédens, jointe aux piéces qu'on lui communiqua, le mit en état de former des Recueils très-interessans. Il ne pensoit apparemment d'abord qu'à sa propre utilité, & l'idée de publier ses Observations ne lui vint, que lorsqu'elles se furent considerablement accruës. Il crut rendre service au Public, en lui faisant

part d'une foule de menuës particularités, dont perfonne n'étoit en état
de donner une fi abondante collec-
tion, & qui feroient demeurées en-
fevelies dans l'oubli.

Retourné à *Metz* avec les con-
noiffances qu'il avoit acquifes à *Paris*, & qu'il augmenta journellement
par la lecture, il commença bientôt à travailler aux Commentaires
que nous avons de fa façon. Ce travail l'occupa jufqu'en 1700. qu'il
exécuta le deffein qu'il avoit de paffer en Allemagne.

Il fe rendit à *Berlin* au mois de
Septembre de cette année, & il n'y
demeura pas long-temps fans emploi.
Il eut d'abord en 1701. celui d'Affeffeur à la Juftice fuperieure Françoife de *Berlin*; mais dès l'année fuivante il fut fait Confeiller au même
Tribunal, & il en a rempli les fonctions jufqu'à fa mort.

La tranquillité, où il fe trouva
alors, lui fit reprendre fes premieres occupations litteraires, & il con-
tinua à donner au Public de nouveaux Ouvrages.

Il a vécu dans le celibat, exempt

J. LE DUC
CHAT.

J. LE DU-de tout foin, joüiffant d'un revenu
CHAT.   honnête & d'une bonne fanté. Sa vie
a toujours été affez uniforme ; les
fonctions de fa charge, fes études
particulieres, & quelques liaifons
avec un petit nombre d'amis ont partagé fon temps.

Sur la fin de fa vie il fut attaqué
de vertiges. Cela lui caufa quelques
mois avant fa mort une chute, qui
ne parut pas d'abord fâcheufe, mais
qui le conduifit infenfiblement au
tombeau. Après avoir gardé le lit plus
de trois mois, il mourut le 25. Juillet 1735. âgé de 77. ans.

Il a legué fon Capital & le prove-
nu de fa Bibliotheque à la Maifon
des Orphelins François de *Berlin.*
Mais comme il vouloit faire du bien
à quelques parens ou amis, il a fondé fur ce Capital des rentes viage-
res, qui doivent leur être payées
par cette Maifon, jufqu'à ce qu'é-
teintes par leur mort, elles tournent
au profit de cette fondation.

Sans avoir une érudition confom-
mée, il s'eft acquis une grande réputation ; & des recherches qu'il a
pû faire, pour ainfi dire, en fe joüant,

lui ont procuré un rang très-honora- J. LE DU

ble parmi les Sçavans. La Societé CHAT,

Royale des Sciences de *Berlin* l'avoit

aggregé au nombre de ses Membres

en 1715.

Catalogue de ses Ouvrages.

1. *Recueil de diverses Piéces servant*

à l'Histoire de Henri III. Roi de Fran-

ce & de Pologne , augmenté en cette

nouvelle édition. Cologne , 1693. *in* 12.

p. 717. *Le Duchat* qui fit faire cette

édition , y ajouta des notes fort cu-

rieuses fur la *Confession de Sancy.* It.

Nouvelle édition augmentée. Cologne ,

1699. *in-*12. deux tom L'Editeur a

fait beaucoup de changemens & d'ad-

ditions à ses notes. It. Sous cet autre

titre : *Journal des choses mémorables*

advenues durant le Regne de Henri III.

Edition nouvelle , augmentée de plu-

sieurs piéces curieuses , & enrichie de

figures & de notes pour éclaircir les en-

droits les plus difficiles. Cologne, 1720.

*in-*8º. Deux tom. *Le Duchat* a contri-

bué à cette édition par de nouvelles

additions , qui se trouvent à la fin

du 2e. volume.

2. *Satyre Menippée de la vertu du*

Catholicon d'Espagne , & de la tenue

J. LE DU-
CHAT.

des Etats de Paris. Ratisbonne, 1696.
in 12. Le Duchat fit imprimer cet
Ouvrage ingenieux fur l'édition de
1677. qui paffoit pour la plus correcte. Il conferva les Préfaces qu'on
avoit mifes à la tête en differens
temps, & mit au bas des pages les
notes que M. *du Puy* avoit déja faites
fur plufieurs endroits difficiles à entendre. Mais comme ces notes ne fuf-
fifoient pas pour éclaircir toutes les
difficultés, il augmenta cette édition
de nouvelles remarques, qu'il ren-
voya à la fin, parce qu'elles étoient
trop longues pour être mifes au bas
du Texte. It. *Nouvelle édition imprimée fur celle de 1696. corrigée & augmentée d'une fuite de nouvelles remarques fur tout l'Ouvrage. Ratisbonne,
1699. in-12.* Le Duchat a beaucoup
ajouté ici à fes premieres remarques.
Il s'eft fait depuis quelques autres
éditions, aufquelles M. *Godefroy* de
Lille a joint de nouvelles remarques
de fa façon.

3. *Oeuvres de Maître François Rabelais, publiées fous le titre de Faits &
Dits du Geant Gargantua, & de fon
fils Pantagruel. Avec la Prognoftication*

Pantagrueline, l'Epitre du Limofin, la J. LE DU= *Crême Philofophale, & deux Epitres à* CHAT. *deux Vieilles de mœurs & d'humeurs differentes. Nouvelle édition, où l'on a ajouté des remarques Hiftoriques & Critiques fur tout l'Ouvrage, le vrai portrait de Rabelais, la Carte du Chinonois, le deffein de la Cave peinte, & les differentes vûës de la Deviniere, Métairie de l'Auteur. Amfterdam,* 1711. *in-*8o. 6. vol. Cette édition a été contrefaite deux fois à *Roüen,* & une fois à *Paris.* Les notes de *Le Duchat,* qui font fort amples, tendent à donner l'explication des manieres & des façons de parler Proverbiales, ou empruntées du langage de diverfes Provinces de France; à marquer & vérifier les citations des anciens Auteurs, & à developper les allufions que *Rabelais* a faites à l'Hiftoire de fon temps.

4. *Les quinze joyes du Mariage. Ouvrage très-ancien, auquel on a joint le Blafon des fauffes Amours, le Loyer des folles Amours, & le triomphe des Mufes contre Amour. Le tout enrichi de remarques & de diverfes leçons. La Haye,* 1726. *in-*12. Le Duchat a ti-

J. LE DU-
CHAT.

ré de la poussiere toutes ces piéces anciennes, & les a accompagnées de ses notes.

5. *Les Avantures du Baron de Fœneste, par Theodore Agrippa d'Aubigné. Nouvelle édition, augmentée de plusieurs remarques historiques, de l'histoire secrette de l'Auteur, écrite par lui-même & de la Bibliotheque de Maître Guillaume, enrichie de notes par Mr... Cologne*, 1729. *in*-8°. Deux tom. It. *Cologne*, 1731. *in*-8°. Deux tom. It. *Amsterdam.* (C'est-à-dire France.) 1731. *in*-8o. Deux tom. L'édition de 1729. s'est faite à *Bruxelles* par *François Foppens. Le Duchat* lui envoyoit ses remarques sur l'Ouvrage, à mesure qu'il les faisoit, comptant que le tout paroîtroit à sa place; mais *Foppens* étant incapable par son âge de mettre tout cela en ordre, confia le manuscrit de *le Duchat* à une personne qui gâta tout, altera la Préface, rangea fort mal les additions, & corrompit tout-à-fait la ponctuation des notes. *Le Duchat* fut très-mécontent de cette édition, sur laquelle cependant ont été faites les deux suivantes.

6. *Apologie pour Hérodote, ou Trai-* J. LE Du‑
té de la conformité des Merveilles An‑ CHAT.
ciennes avec les Modernes, par Henri
Etienne. Nouvelle édition avec des re-
marques de M. le Duchat. La Haye,
1735. *in*-12. Deux vol. Cette édition
est complete, & l'Editeur y a raffem-
blé les differens endroits qui ne fe
trouvoient que dans quelques éditions. Il y a joint des notes, mais qui
font en très-petit nombre.

7. Il a fourni un grand nombre de
remarques à *Bayle,* qui en a orné fon
Dictionnaire. Il en a auffi envoyé
quelques-unes pour l'édition de l'Hiftoire de M. *de Thou,* qui s'eft faite en
Angleterre.

8. *Lettre de M. le Duchat à M.*
Bayle. Cette Lettre datée de *Berlin* le
3. Juin 1702. fe trouve parmi les Lettres de *Bayle* publiées par M. *Des*
Maizeaux à *Amfterdam,* 1729. *in*-
12. p. 891. du 3e. tom. Elle renferme des particularités fort curieufes.

9. *Eclairciffemens fur deux paffages*
des Mémoires de Brantome. Inferés
dans le 36e. volume de la *Bibliothe-*
que Germanique, p. 114.

V. *Son Eloge dans le* 34e. *vol. de la*
Tome XXXIX.   B

JACQUES MEYER.

JACQUES
MEYER.

JAcques *Meyer* naquit le 17. Janvier 1491. à *Fleteren* dans la Chatelenie de *Bailleul* en Flandres , & non point à *Bailleul* même , comme le disent quelques Auteurs , & comme on l'a marqué dans les six vers , qui renferment l'abregé de sa vie, & dans son Epitaphe que je rapporterai plus bas.

Il fit ses études d'Humanités dans son pays, & vint ensuite à *Paris* étudier en Philosophie & en Theologie. De retour en Flandres , il y fut ordonné Prêtre , & alla se fixer à *Ipres.* Après quelque séjour dans cette Ville , il passa à *Bruges* , où il ouvrit une Ecole , dans laquelle il enseigna la Jeunesse pendant plusieurs années avec beaucoup de réputation. Il y eut aussi un Bénéfice dans l'Eglise de *S. Donatien.*

Se voyant avancé en âge, & las d'enseigner , il accepta la Cure de *Blankenberg,* Bourg situé sur la Mer , près

d'Oſtende , qu'il conferva juſqu'à la JACQUES
fin de ſa vie.   MEYER.

Il mourut à *Bruges* le 5. Février
1552. âgé de 61. ans , & fut enterré
dans l'Egliſe de *S. Donatien,* avec cette Epitaphe.

Corpus nobilis hîc Viri recumbit.
Qui tranſis obiter, require nomen,
Et vita genus & profeſſionem.
Non inutile cogitare mortem eſt.
Nomen Meyerus. Ecquid obſtupeſ-
   cis ?
Auditum fuit hoc tibi ante nomen ?
Natus Ballioli , ſepultus hîc eſt.
Cœlebs vivit & integer ſacerdos ,
Nugarum fugitans & Ociorum.
Hic ſenſiſſe videtur , omne tempus
Quod non hiſtoriis daret , perire.
His rebus juvenis ſtudere cœpit ,
His immortuus ultima ſenecta eſt ,
Dum Flandros proceres & acta Re-
   gum
Nigris abdita vindicat latebris.
Si ſe verſibus admodum dediſſet ,
Et verſus potuit ſonare doctos.
Cunctis auxilium tulit propinquis ,
Si vel conſilio , vel ære , vel ſi
Diſciplina opus artibuſque haberem.

                    B ij

JACQUES
MEYER.

M. C. quinque, duobus I. L. uno,
Sic anni numerantur à salute,
Mensis Februi erat diesque quintus,
Cum mors egregium caput peremit.
Lector Manibus imprecare pacem,
Hoc saltem pretium ferat laborum.

Un Auteur inconnu a renfermé dans ces six vers les principales circonstances de sa vie.

Balliolum genuit, docuit Lutetia ; humavit
Donatianus Meyerum
Historicum. Vixit Cœlebs, Christique Sacerdos ;
Professus idem litteras ;
Brugensem instituit plebem. Dein Curio cessit
In fata Blancobergius.

Il s'étoit beaucoup appliqué à l'Histoire de son pays ; & les Ouvrages qu'il a publiés en ce genre, sont estimés. Il avoit amassé une riche Bibliotheque, qu'il laissa en mourant, de même que tous ses biens à *Antoine Meyer*, son neveu, dont je parlerai plus bas.

Catalogue de fes Ouvrages.   JACQUES MEYER.

1. *Flandricarum rerum Tomi X. de origine, antiquitate, nobilitate ac genealogia Comitum Flandriæ. Brugis, 1531. in-4°. It. Antuerpiæ, 1531. in-8°.*

2. *Bellum quod Philippus Francorum Rex cum Othone Augufto, Anglis, Flandrifque geffit, annos ab hinc 300. confcriptum, nunc autem fideliter recognitum & à mendis repurgatum. Antuerpia, 1534. in-8o. Meyer* ayant trouvé à *Bruges* ce Poëme manufcrit, crut devoir le donner au Public, & y ajouta à la fin plufieurs de fes Poëfies, qui n'ont rien qui mérite de l'attention.

3. *Hymni aliquot & Carmina Jacobi Meyeri Baliolani, una cum annotationibus in duos Hymnos Trochaicos Aurelii Prudentii. Lovanii, 1537. in-8°.* Dans des Endecaffyllabes, qui fe trouvent ici, il marque pofitivement qu'il étoit né à *Fleteren, natus in orbe Fleterano, baptifatus in Æde Fleterana;* ainfi s'il s'eft renommé de *Bailleul,* c'eft que ce lieu étoit plus connu que l'autre.

4. *Compendium Chronicorum Flan-*

JACQUES *driæ ab anno Christi* 445. *usque ad an-*
MEYER. *num* 1278. *Norimbergæ*, 1538. *in-*4°.
Meyer pouſſa depuis cette Chroni-
que juſqu'au temps de *Maximilien*
& de *Marie* de Bourgogne ſa femme , qui porta à la Maiſon d'Autriche tous ſes Etats des Pays-Bas; c'eſt-
à-dire, juſqu'en 1477. mais il ne put
pas y mettre là derniere main. Ce
fut *Antoine Meyer*, ſon neveu, qui
publia le tout ſous le titre ſuivant.

5. *Commentarii ,ſive Annales rerum*
Flandricarum ; Libri 17. *ab anno* 445.
ad anno 1477. *Antuerpiæ* , 1561. *in-*
fol. It. Dans le Recueil intitulé : *An-*
nales ,ſive Hiſtoriæ rerum Belgicarum
à diverſis Autoribus conſcriptæ & edi-
tæ à Sigiſmundo Feyrabendio. Francof.
1580. *in fol.*

V. *Swertii Athenæ Belgicæ. Valerii*
Andreæ Bibliotheca Belgica. Auberti
Miræi Elogia Belgica.

JEAN SLEIDAN.

JEan *Sleidan* naquit l'an 1506. à *Sleiden*, petite Ville d'Allema- J. SLEI-
gne, sur les confins du Duché de *Ju-* DAN.
liers, d'où il a pris son nom. *Varillas*
dit dans son *Histoire des Hérésies*, qu'il
étoit d'une si basse naissance, que l'on
ignoroit le nom de son pere, aussi-
bien que la raison qu'il avoit eu de
prendre celui du lieu, où il étoit né;
mais il n'a parlé ainsi que par imagination; car on sçait que son pere
s'appelloit *Philippe*, & sa mere *Eli-*
zabeth Wanhelier, que son ayeul *Si-*
gebert étoit venu s'établir à *Sleiden*,
& qu'il avoit des freres & des sœurs
établis avantageusement.

Ce que *Varillas* ajoute qu'il étudia à *Paris* avec les trois illustres freres de la Maison de *Bellay*, *Langey*,
le Cardinal, & le Capitaine *Martin*,
en portant leurs livres au College,
est encore de son invention; mais il
n'a pas pris garde que cela ne pouvoit être, puisque le plus jeune des
trois freres étoit né plus de quinze
ans avant *Sleidan*.

Sleidan fit fes premieres études dans fa patrie avec *Jean Sturmius*, fon compatriote, fous *Jean Nebur-gius*, jufqu'à l'âge de 13. ans, qu'on l'envoya à *Liege*, pour les y continuer. Il demeura dans cette Ville pendant quatre ans, au bout defquels fes parens le rappellèrent à *Sleiden*, & l'envoyerent enfuite à *Cologne*, où il prit des leçons de *Jacques Sobius*, de *Jean Cæfarius*, de *Jean Phryf-femius*, & de *Barthelemi Latomus*, qui y expliquoient les Anciens Auteurs Grecs & Latins. Ce fut en ce lieu, qu'il changea le nom de *Philip-fon*, c'eft-à-dire, fils de *Philippe*, qu'il avoit porté jufques-là, en celui de *Sleidan*, fuivant l'ufage affez ordinaire de fon temps, où l'on prenoit volontiers le nom de fa patrie.

Jean Sturmius paffant par *Cologne*, l'y trouva malade, & l'emmena à *Louvain*, où il recouvra bien-tôt la fanté.

La capacité, qu'il avoit acquife dès-lors, lui procura bien-tôt de l'emploi. *Dieteric*, Comte de *Manderfcheid*, Seigneur de *Sleiden*, ayant entendu parler avantageufement de lui, le fit
venir

venir à ſa Cour, & lui confia l'édu-　
cation de *François* ſon fils.　　　　

Il conſerva cette place pendant
quelques années, après leſquelles
dégouté de la Cour, il paſſa en France, & vint à *Paris*, pour s'y perfectionner dans ſes études. Après y avoir
vécu quelque temps avec *Jean Stur-*
mius, *Barthelemi Latomus*, & *Jean*
Guintier d'Andernach, Medecin, il
paſſa à *Orleans*, où il étudia pendant
trois ans en Droit. Il y prit le degré
de Licentié en cette Faculté ; mais il
n'en fit pas grand uſage, ayant naturellement de l'averſion pour le Barreau, & étant plus porté pour les
Belles-Lettres.

De retour à *Paris*, il y fut recom-
mandé à *Jean du Bellay*, par *Stur-*
mius qui quitta cette Ville en 1535.
pour aller profeſſer à *Strasbourg*. Ce
Prélat l'ayant pris en affection, lui
donna une penſion, & lui communiqua pluſieurs affaires importantes.

Il accompagna l'Ambaſſadeur de
France à la Diete d'*Haguenaw* ; & ce
Miniſtre ayant été rappellé en France par *François I*. Sleidan revint à *Pa-*
ris, après avoir fait un tour à *Stras-*

Tome XXXIX.　　　　C

J. SLEI-
DAN.

bourg ; pour y voir *Sturmius*, & y
demeura jusqu'à la Diete de *Ratisbonne* de l'an 1541. Il auroit fait un
plus long séjour dans ce Royaume,
s'il n'y eut couru risque de la vie ,
à cause des nouvelles opinions aus-
quelles il s'étoit laissé entraîner,
Voyant donc qu'il n'y faisoit pas bon
pour lui , il prit le parti de se retirer
à *Strasbourg*.

Il se rendit dans cette Ville en
1542. & s'y acquit l'estime & l'amitié de plusieurs personnes de consi-
deration , & principalement de *Jacques Sturmius de Sturmeck*, par le conseil & le secours duquel il entreprit
d'écrire l'histoire de son temps.

Ses talens le firent employer en
quelques négociations tant en France qu'en Angleterre ; & ce fut dans
ces voyages qu'il se fit connoître à
Jean Braun de Niedbruck , dont il
épousa en 1546. la fille *Iole*.

Vers le même temps les Princes
de la Ligue de *Smalcald* l'honore-
rent de la qualité de leur Historien ,
& lui accorderent avec cela une pension. Mais la Ligue ayant été dissoute
en 1547. par la prison de *Jean Fre-*

deric, Electeur de Saxe, qui en étoit le Chef, *Sturmius* lui procura une autre pension de la Republique de *Strasbourg*.

Il alla en 1551. de la part de cette Republique au Concile de *Trente* ; mais les Troupes de *Maurice*, Electeur de Saxe, ayant obligé ce Concile de se séparer, il retourna bien-tôt à *Strasbourg*, sans y avoir rien fait.

L'année suivante 1552. le Roy *Henri II*. passant avec son Armée dans le voisinage de cette Ville, y envoya demander des vivres, & *Sleidan* fut deputé avec deux autres vers ce Prince, pour convenir sur cet article.

La mort de sa femme arrivée en 1555. le plongea dans un si grand chagrin, qu'il en tomba malade, & perdit presque entierement la mémoire, jusques là qu'il ne se souvenoit point des noms de ses trois filles, qui étoient les seuls enfans qu'il en eût eus.

Quelques-uns ont voulu que ce fut l'effet d'un poison qui lui avoit été donné ; mais il est plus naturel de l'attribuer à une playe qu'il avoit

J. SLEI-au pied, & dont il se faisoit un écou-
DAN.   lement continuel d'humeurs, mais
qui s'étant fermée dans ce temps là,
causa cet accident.

Il mourut à *Strasbourg* d'une maladie épidemique le 31. Octobre 1556,
âgé de 59. ans.

Catalogue de ses Ouvrages.

1. *De Statu Religionis & Reipublicâ,*
Carolo Quinto Cæsare, Commentarii.
*Argentorati.Wendelinus Rihelius.*1555.
in-fol. C'est la premiere édition de cet
Ouvrage, & la seule à laquelle *Slei-*
dan ait eu part. On ne voit ici que 25.
Livres, qui s'étendent depuis l'an
1517. jusqu'en 1555. Elle fut suivie
aussi-tôt après d'une autre *in-*8°. imprimée, à ce qu'on croit, à *Anvers*
ex Officina Simonis à Bosco. Sleidan,
à l'insçu de qui elle se fit, fâché du
tort, qu'elle pouvoit faire à *Rihelius*,
à qui seul il avoit permis d'imprimer
son Histoire, déclara qu'il ne reconnoissoit pour son Ouvrage, que les
exemplaires qui sortiroient de l'Imprimerie de *Rihelius*, & les héritiers
de cet Imprimeur eurent soin de mettre cette déclaration à la tête d'une
nouvelle édition qu'ils donnerent en

1559. *in-fol.* & dans laquelle ils ajou- J. Sleï-
terent un 26ᵉ. Livre Posthume & l'A- dan.
pologie de *Sleidan* , composée par
lui-même. Il s'étoit fait auparavant ,
& il se fit depuis plusieurs éditions
de l'Histoire de *Sleidan* , qu'il seroit
difficile de rapporter ici ; je citerai
celles que je connois. *Typis Jacobi
Polani.* 1557. *in*-8°. It. *Typis Conradi Badii.* 1559. *in.* 16. It. *Typis Michaëlis Sylvii.* 1561. *in* - 16. Deux
tom. It. *Basileæ,* 1566. *in-fol.* It. *Francofurti* , 1568. *in-fol.* It. *Ibid.* 1610.
in-8°. *Varillas* a parlé par imagination, suivant sa coûtume , dans tout
ce qu'il a dit des éditions de cet Ouvrage. Il est à propos de rapporter ici
ses paroles, qui se trouvent dans l'A-
vertissement du 1. tome de son *Histoire des Révolutions.* » Afin que le
» Lecteur ne se trompe point dans les
» éditions de l'Histoire de cet Au-
» teur , il est necessaire , dit - il , de
» l'avertir que la premiere , qui fut
» faite durant sa vie est très-differen-
» te de la seconde qui se fit immédia-
» tement après sa mort , & que ceux
» qui revirent celle-ci , en retranche-
» rent tous les faits qui favorisoient

J. SLEI-
DAN.

» les Catholiques , que *Sleidan* n'a-
» voit ofé ni déguifer ni paffer fous
» filence. Il eft aifé d'en faire le dif-
» cernement à quiconque fe donne-
» ra la peine d'obferver que la pre-
» miere édition eft de l'année 1553.
» que c'eft un petit volume *in-fol.* en
» lettre italique , fort ferrée , & que
» la feconde eft *in-8°.* en des caracte-
» res moins preffez. Elle eft de l'an
» 1556. & toutes les autres qui font
» venuës entre mes mains ont été im-
» primées fur celle-ci , fans en excep-
» ter la traduction Françoife , qui à
» cela près , eft affez conforme à fon
» original. «

Il feroit difficile de ne pas croire
fur ces paroles que *Varillas* parloit
avec connoiffance de caufe. Il n'y a
cependant rien de vrai dans tout fon
récit. La prétenduë premiere édition
de 1553. dont il parle , comme s'il
l'avoit vûë , eft imaginaire. La premiere eft inconteftablement de l'an
1555. C'eft un gros *in-fol.* de plus de
900. pages en lettres romaines. D'ailleurs il eft faux , qu'on ait retranché
quelque chofe dans les fuivantes. On
y a fait à la verité quelques legers

changemens, qui ſe réduiſent à qua- J. SLEI-
torze dans l'édition de *Simon à Boſco,* DAN.
& à 22. dans celle de *Rihelius* de l'an
1559. La plûpart ne tendent qu'à corriger quelques mots de peu de con-
ſéquence, ou quelques fautes d'impreſſion. Les plus conſiderables ſont
les ſuivans. Feüil. 11. de la 1e. édition, il y avoit que *Mayence* eſt éloignée de *Francfort quinque milliaribus,*
on a mis dans les autres *quatuor* : ce
qui eſt plus conforme à la verité.
Feüil. 27. de la 1e. l'Appel que *Lu-*
ther fit de la Bulle du Pape étoit
placé au 17. Novembre, on a mis le
18. Feüil. 154. de la 1e. On cite un
Decret contre les Anabaptiſtes de
Munſter fait à *Worms,* on a mis dans
les ſuivantes *Confluentiæ.* Feüil. 232.
de la 1e. *Maurice* eſt dit âgé de 21.
ans ; on a mis dans les autres 16. ans.
On a ajouté au feüil. 476. de la ſeconde édition quelque choſe ſur la
mort d'*Alphonſe d'Avalos,* qui n'eſt
pas dans la premiere. Feüil. 292. de
la 1e. il eſt parlé de riches Marchands,
qui fourniſſoient de l'argent à l'Empereur : c'étoient les *Fuggers,* qui ne
ſont nommés que dans les éditions

C iiij

J. SLEI- postérieures. Tout cela ne méritoit
DAN. point la remarque de *Varillas*, qu'
on ne pourroit juftifier de mauvaife
foy, qu'en difant qu'il a attribué par
inadvertance au texte même ce qui
convient aux notes marginales. Ces
notes ne font point de *Sleidan*, puifqu'elles ne fe trouvent point dans
fon édition de 1555. Celui qui eut
foin de l'édition de *Simon à Bofco* les
y joignit, comme il le marque dans
le titre, *cum novis copiofiffimifque annotationibus*. Les héritiers de *Rihelius*
les firent auffi entrer dans leur édition
de 1559. mais comme elles avoient
été faites par un Catholique, & que
Luther y étoit maltraité, ils corrige-
rent celles qui n'étoient pas favora-
bles aux Proteftans, & y en fubfti-
tuerent d'autres. Voila tout ce qui
peut avoir donné occafion au récit de
Varillas.

A peine *Sleidan* eut-il publié fon
Hiftoire, qu'on la traduifit en Allemand. *Henri Pantaleon* en donna la
premiere traduction en cette langue
à *Bafle* en 1557. *in-fol.* & y ajouta
après une continuation en cette même langue & en Latin. *Michel Beu-*

ther en fit depuis une nouvelle, à laquelle il joignit un Supplément jufqu'à fon temps. Celle-ci parut à
Strasbourg en 1570. & en 1589. *in-fol.*
Ofée Schadæus en a donné une troifiéme avec fa continuation à *Straf-*
bourg en 1625. *in-fol.*

L'Ouvrage fut auffi traduit en mê-
me-temps en François. *Hiftoire de*
l'Etat de la Religion & Republique fous
l'Empereur Charles V. Chez Jean Cref-
pin. 1557. *in-*8°. It. Avec la traduction des *trois Livres des quatre Empi-*
res. Strasbourg, 1558. *in-*8°. à deux
colonnes. It. Dans un Recueil François des Oeuvres de *Sleidan*, fous ce
titre : *Hiftoire entiere déduite depuis le*
déluge jufqu'au temps préfent en 29.
Livres, par Jean Sleidan. En laquel-
le eft premierement compris l'état des
quatre Empires Souverains ; puis de la
Religion & Republique jufqu'à la mort
de Charles V. Avec les Argumens &
Sommaires fur chaque Livre. Plus deux
Oraifons du même Sleidan, l'une à tous
les Princes d'Allemagne, & les Etats
de l'Empire, l'autre à l'Empereur Char-
les Quint. Au commencement y a une
Apologie de l'Auteur, laquelle il fit un

J. Slei-
dan.

peu devant *sa mort pour rendre raison de son Histoire. Le tout traduit par Robert le Prevost. Geneve, Jean Crespin. 1561. & 1563. in-fol. It. Ibid. Eustache Vignon. 1574. in-fol.*

Jean Daus en a donné une traduction Angloise à *Londres* en 1560. in-fol.

J'en trouve aussi une traduction Italienne sans nom d'Auteur ni de lieu. *Commentari o vero Istoria di Giovanni Sleidano, ne' quali si tratta dello stato della Republicha e della Religione Christiana, e di tutte le guerre ed altre cose notabili dal 1517. sino al 1555. tradotti dal Latino. 1557. in-4°.*

On a donné un abregé de l'Histoire de *Sleidan*, sous le titre d'*Epitome Commentariorum Sleidani. Geneva. Joan. Crispinus. 1556. in-8°.* Ouvrage qui a été traduit en François : *Sommaire de l'Histoire de l'Etat de la Religion & Republique, disposé par Tables. Strasbourg, 1558. in-8°.*

Il faut parler maintenant des continuations de l'Histoire de *Sleidan*.

Justin Gobler, de *Goslar*, en a fait une Latine depuis l'an 1556. jusqu'en 1567. qui a été imprimée pour la

premiere fois avec l'Hiftoire de *Slei-* J. SLÉI-
dan à Francfort, 1568. *in-fol.* DAN.

Henri Pantaleon en a fait une autre
en trois Livres, en Latin & en Allemand ; mais j'ignore quand elle a été
imprimée. *Michel Beuther* & *Ofée*
Schadæus en ont ajouté d'autres en
Allemand aux traductions en cette
langue qu'ils ont faites de l'Ouvrage de *Sleidan*, comme je l'ai marqué
ci-deffus.

Michaëlis Gafparis Lundorpii Con-
tinuatio Joannis Sleidani de ftatu Reli-
gionis & Reipublicæ. Francofurti. in-
8º. Trois tomes. Le premier en 1614.
le fecond en 1615. & le troifiéme en
1619. Cette continuation s'étend depuis l'an 1556. jufqu'en 1609.

On ne peut nier que l'Hiftoire de
Sleidan ne foit fort bien écrite, &
qu'elle ne contienne bien des chofes
intereffantes. Quelques Auteurs en
ont contefté la fidelité, jufques-là
que *Barthelemi Latomus* a prétendu
prouver qu'il y avoit onze mille fauf-
fetés. On affure même, que *Charles*
Quint l'avoit traité de menteur par
rapport aux chofes qu'il avoit dites
de lui, mais ce fait n'eft fondé que

J. SLEI-
DAN.

sur l'autorité de *Laurent Surius* qui
l'a avancé dans la Préface de ses Commentaires , & ne mérite par conséquent aucune créance ; il vaut mieux
s'en rapporter à l'Auteur de l'Apo-
theose de *Ruart Tapper* , qui assure
que cet Empereur traitoit *Sleidan*
d'Historien fidele & exact. En effet
son Histoire n'est presque qu'un extrait des Actes publics , & des piè-
ces originales qui étoient dans les
Archives de la Ville de *Strasbourg.*
Aussi suffit-il de lire son Apologie
composée par lui-même, & celle que
Frederic Hortleder lui a faite dans la
Préface de son Histoire Allemande
de la Guerre d'Allemagne , pour se
convaincre qu'il y a de l'exageration
& de la prévention dans ce qu'on dit
de son peu de fidelité.

2. *De quatuor summis Imperiis Libri
tres. Argentinæ. in-8o.* It. *Conrad Ba-
dius.* 1559. *in-16.* It. *Ab Henrico Mei-
bomio illustrati. Helmstadii ,* 1586. *in-
8o. & Wittebergæ ,* 1642. *in-8°.* It.
*Cum Guilielmi Xylandri commentario ,
edente Elia Putschio. Hanoviæ ,* 1608.
in-8o. Xylander commença ce Commentaire , mais comme il ne l'ache-

va pas, *Theophile Maderus* le conti- J. SLEI-
nua, & *Putſchius* le donna au Public, DAN.
avec quelques autres piéces de *Slei-*
dan, dont je parlerai plus bas. It.
Lugd. Bat. Elzevir. 1624. *in*-16. It.
Ibid. 1631. *in*-24. It. *Hagæ-Comit.*
1631. *in*-24. It. *Amſtel. Elzevir.*
1654. *in*-24. It. *Cum notis* H. *Mei-*
bomii & Georgii Hornii. Lugd. Bat.
1669. *in*-12. It. *Cum continuatione*
Ægidii Strauchii uſque ad annum 1669.
Wittebergæ, 1669. *in*-80. It. *Acceſſit*
continuatio Conradi Samuelis Schurtz-
fleiſchii uſque ad annum 1678. *Wit-*
tebergæ, 1678. *in*-80. It. Avec une
nouvelle continuation ſous ce titre :
Joh. Sleidani de quatuor ſummis Im-
periis Libri tres, olim ab Henrico Mei-
bomio Materiarum ſedibus illuſtrati,
nunc vero cum continuatione Ægidii
Strauchii, Conradi Samuelis Schurtz-
fleiſchii, & Chriſtiani Junckeri uſque
ad finem XVII. ſæculi denuo editi. Fran-
poſurti, 1711. *in*-80. L'Auteur ne s'eſt
étendu que ſur la derniere Monarchie, qui eſt celle de *Rome*, & c'eſt
elle que regardent les continuations
dont je viens de parler.

L'Ouvrage a été traduit de bonne-

J. SLEI-heure fous ce titre : *Trois Livres des*
DAN. *quatre Empires Souverains* ; à fçavoir,
de *Babylone*, *Perfe*, *Grece*, *Rome*,
Geneve, *Jean Crefpin.* 1557. *in-8o.*
Cette traduction eft de *Robert le Pre-
voft.* II. *Strafbourg*, 1558. *in-8°.* Avec
l'*Hiftoire de l'Etat de la Religion &
Republique.* Cette traduction a été
réimprimée plufieurs autres fois avec
cette Hiftoire, comme on le peut
voir ci-deffus. *Antoine Teiffier* en a
donné une nouvelle fous ce titre :
*Abregé de l'Hiftoire des quatre Mo-
narchies du Monde de Sleidan. Berlin*,
1700. *in-12.*

3. *Froffardus in brevem Hiftoriarum
Memorabilium, Epitomen contractus.
Parif. Colinæus.* 1537. *in-8o.* C'eft la
premiere édition de cet Abregé, qui a
été réimprimé plufieurs fois depuis,
fouvent avec l'Abregé de *Philippe de
Comines*, & quelquefois avec la Traduction de *Claude de Seyffel*, dont je
parlerai plus bas. L'Epitre dédicatoire de *Sleidan* eft adreffée au Cardinal
Jean du Bellay, Evêque de *Paris*, &
datée de cette Ville le 12. Juillet
1537.

4. *Philippi Cominæi de geftis Ludo-*

vici XI. Latinè , interprete Joh. Sleida-
no. Argentorati , 1545. *in-*4°. C'eſt la
premiere édition, qui a été ſuivie de
quelques autres, dans pluſieurs deſ-
quelles cette traduction accompagne
la précédente. L'Epitre dédicatoire
de *Sleidan* eſt datée de *Strasbourg* le
1. Janvier 1545. Il a mis à la ſuite
Brevis quædam rerum illuſtratio &
Galliæ deſcriptio. Poſſevin fait dans ſa
Bibliotheque Choiſie un crime à *Slei-*
dan d'avoir retranché dans cette Traduction pluſieurs choſes qui avoient
rapport à la Religion Catholique ;
c'eſt qu'il a ſuppoſé que c'étoit une
Traduction litterale de l'Ouvrage ,
& qu'il n'a pas ſçu que *Sleidan* y a
ôté bien des choſes de l'original , &
juſqu'à des Chapitres entiers , que
quelquefois il a abregé la narration ,
& d'autre fois l'a amplifiée ſuivant
ſon goût, qu'ainſi ſa Traduction eſt
entierement libre. On voit ici dix Livres, qui font les ſix premiers de l'é-
dition Françoiſe , & finiſſent à la
mort de *Louis XI.* La Traduction des
deux autres , qui contiennent l'Hiſtoire de *Charles VIII.* a paru ſous
ce titre.

J. SLEI-
DAN.

5. *Philippi Cominæi Commentariorum de Bello Neapolitano Libri quinque. Accessit brevis quædam explicatio
rerum & Authoris vita. Argentorati,
1548. in-4°.* Réimprimé plusieurs autres fois depuis avec les Traductions
précédentes. L'Epitre est datée du
mois de Mai de cette année 1548.

6. *Claudii Sesselii de Republica Galliæ, & Regum Officiis Libri duo, è
Gallico in Latinum Sermonem conversi,
brevique explicatione illustrati. Argentorati, 1548. in-8°.* It. Avec les Opuscules de *Sleidan. Hanoviæ, 1608.
in-8°.*

7. *Summa Doctrinæ Platonis de Republica & Legibus. Argentorati, 1548.
in-8°.* Avec l'Ouvrage précédent.

8. *Orationes duæ ; una ad Carolum
V. Cæsarem, altera ad Germaniæ Prin-
cipes & Ordines Imperii. Argentorati,
1544. in-4°.* It. En Allemand. La 1e.
cette même année 1544. *in-4°.* La 2e.
en 1542. *in-4°.* L'une & l'autre sous
le nom de *Baptiste Lasden.*

9. *Joannis Sleidani Opuscula. Edente Elia Putschio. Hanoviæ, 1608. in-
8°.* Les Ouvrages renfermés dans ce
Recueil avoient déja paru ; ce sont les
sui-

fuivans. 1. *De quatuor summis Impe-* J. SLEI-
riis. 2. *Cl. Seffelii de Republica Gallo-* DAN.
rum Libri duo Latinè redditi. 3. *Sum-*
ma doctrinæ Platonis de Republica &
Legibus. 4. *Orationes duæ.* Ce qui eft
fuivi des *Commentarii & notæ Guil.*
Xylandri in Libros de quatuor Monar-
chiis.

10. Il a auffi traduit en Latin le petit Catechifme de *Martin Bucer* ,
comme le marque *Verheiden* ; mais je
ne fçai quand cette Traduction a paru.

V. *Henrici Pantaleonis de Viris Il-*
luftribus Germaniæ pars 3a. p. 392.
Boiffardi Icones. Pars 2. p. 131. *Mel-*
chioris Adami Vitæ Germanorum Phi-
lofophorum. Jacbi *Verheiden Effigies*
præftantium aliquot Theologorum. p.131.
Les Eloges de M. de Thou , *& les ad-*
ditions de Teiffier. Cafparis *Sagittarii*
Introductio in Hiftoriam Ecclefiafticam,
tom. 1. p. 105. *& tom.* 2. p. 114. C'eft
l'Auteur qui parle le plus au long &
le plus exactement de *Sleidan.*

SPERON SPERONE.

SPeron Sperone naquit à *Padoüe* le 12. Avril 1500. d'une famille noble.

Après avoir fait ses études dans sa patrie avec beaucoup de rapidité & de succès, il y fut fait en 1520. n'ayant que vingt ans, premier Professeur en Logique, & passa en 1528. de ce poste à celui de Professeur extraordinaire en Philosophie, comme il nous l'apprend lui-même dans l'Apologie de ces Dialogues. Ces dates renversent absolument celles de *Riccoboni* & de *Tomasini*, qui le font seulement Professeur extraordinaire en Philosophie depuis l'an 1524. jusqu'en 1526.

M. *de Thou* veut qu'il ait enseigné la Philosophie pendant 64. ans, supposant qu'ayant commencé à le faire à l'âge de 24. ou 25. ans, il a continué jusqu'à la fin de sa vie; mais c'est une chose insoutenable. Il est à présumer, par le peu qu'on sçait de sa vie, qu'il ne professa que pendant ses premieres années.

Il demeura long-temps à *Rome*, &   S. SPE-
il y étoit ſous le Pontificat de *Pie IV.* RONE.
qui le fit Chevalier. Ce qu'on lit dans
Tomaſini, qu'il alla dans cette Ville
du temps de *Leon X.* & qu'il ſe rendit
agréable à ce Pontife & aux Cardi-
naux, par ſon eſprit & ſa capacité,
n'eſt pas probable, puiſque *Leon X.*
mourut en 1521. lorſqu'il n'avoit encore que 21. ans.

    Il fut employé en diverſes affaires,
& pluſieurs Princes, à qui il fut envoyé, voulurent l'élever à differentes dignités; mais l'amour qu'il avoit
pour l'indépendance les lui fit toujours refuſer.

    Ayant été une fois envoyé à *Veniſe*
par ſes Concitoyens pour négocier
quelque choſe, il parla dans le Sénat avec tant d'éloquence, que les
Juges & les Avocats abandonnoient
le Barreau, pour aller l'entendre.

    Envoyé auſſi par le Pape aux Rois
de France & d'Eſpagne pour les por-
ter à la paix, il les harangua d'une
maniere ſi perſuaſive, qu'il les déter-
mina à la faire, du moins à ce que
rapporte *Tomaſini*.

    On prétend qu'il étoit habile dans

S. Spe-
RONE.

la Jurisprudence , dans la Theologie , dans l'Histoire , & dans toute
forte de Litterature ; mais ce qui
nous reste de lui fait voir qu'il y a
de l'exageration dans ce qu'on dit
sur ce sujet à son avantage. Ce qu'il
y a de sûr , c'est qu'il possedoit fort
bien la langue Italienne , qu'il est mis
au nombre des meilleurs Ecrivains en
cette langue , & qu'il est cité comme
tel dans le Dictionnaire de *la Crusca*.

Vittorio Rossi rapporte dans l'Eloge d'*Ottavio Pancirola* une chose qui
ne donne pas une grande idée de lui.
Speron Sperone , dit il , avoit toujours
ouvert devant lui les Romans de
Dame Rovense , de *Renaud* , & d'autres Livres semblables. Lorsqu'on lui
demandoit , pourquoi il s'amusoit à
cette lecture , il répondoit qu'il avoit
coûtume de dérober dans les Ouvrages des autres bien des choses qu'il
inseroit dans les siens , & que comme il vouloit que ses larcins fussent
cachés , il ne pilloit que ces méchans
Livres , d'où il pouvoit prendre tout
ce qu'il vouloit , sans qu'on le sçût ,
parce que personne ne les lisoit ; au
lieu que s'il déroboit les pensées des

Auteurs celebres, comme ils étoient
entre les mains de tout le monde, on
s'en apperçevroit bien-tôt, & on le
décrieroit comme un Plagiaire.

Il mourut à *Padoüe* le 3. Juin 1588.
âgé de 88. ans, & fut enterré dans
la Chapelle de la Vierge de l'Eglife
Cathedrale, avec cette Epitaphe qu'
il s'étoit faite lui-même, & à laquelle on ajouta feulement quelque chofe.

*Sperone Speroni nacque nel 1500.
alli 12. Aprile, mori nel 1588. D. 3.
Giugno.*

*Meffere Sperone Speroni delli Alva-
roti, Filofofo, & Cavalier Padouano,
il quale amando con ogni cura, che do-
po fe del fuo nome fuffe memoria, che al-
men nell' animi de' Vicini, fe non piu
oltre cortefemente per alcun tempo fi
confervaffe, in volgar noftro idioma
con vario ftile fino all' eftremo parlò, e
fcriffe non vulgarmente fue proprie cofe,
& era letto & udito.*

*Vivette anni 88. Mefe 1. Giorni 22.
Mori padre di una figlivola, che li ri-
mafe di tre, che n'hebbe, & per lei
avo di affai nipoti, mà avo e proavo &
aavo à difcendenti dell' altre due tutte*

S. SPE-
RONE.

nobili , e bene stanti femine e maschi nel
le lor patrie honorate.

On lit aussi ces mots sur sa tombe:
Al gran Sperone Speroni, mio padre,
Giulia Sperona de' Conti. 1594.

Il étoit de l'Academie des *Infiam-*
mati de *Padoüe* , dont il fut élû Prince.

Catalogue de ses Ouvrages.

1. *J. Dialogi di Messer Speron Spe-*
rone. In Vinegia. Aldus. 1542. *in-8°.*
Feüill. 176. It. *Nuovamente ristampa-*
ti , & con molta diligenza riveduti &
corretti. In Vinegia , 1558. *in - 8°.*
Feüill. 154. It. *Di nuovo ricorretti , a'*
quali sono aggiunti molti altri non piu
stampati , e di piu l'Apologia de i pri-
mi. In Venetia , 1596. *in-4°.* Il composa ces Dialogues dans sa premiere
jeunesse. On en a une traduction
Françoise. *Les Dialogues de M. Spe-*
ron Sperone ; Italien, traduits en Fran-
çois par Claude Gruget , Parisien. Pa-
ris , Etienne Groulleau. 1551. *in-8°.*
Feüill. 229. Les dix Dialogues qu'on
voit ici, roulent sur des sujets de Morale. On a publié à leur occasion l'ouvrage suivant. , dont j'ignore l'Auteur. *Discorsi sopra i Dialoghi di M.*

Speron Sperone, ne' quali ſi ragiona S. Spe-
della Bellezza e della eccellenza de lor RONE.
concetti, *d'incerto Autore. In Venetia*,
1561. in-8o. Feüil. 22.

2. *Canace e Macareo, Tragedia. In*
Venetia, 1546. *in-8o.* It. *In Firenze*,
1546. in-8o. It. Avec un jugément
peu favorable, ſur cette piéce, qui
eſt ſans nom d'Auteur, mais que l'on
ſçait être de *Barthelemi Cavalcanti*,
ſous ce titre : *Giuditio ſopra la Trage-*
dia di Canace e Macareo, *con molte*
utili conſiderationi circa l'Arte Tragi-
ca & di molti Poëmi, *con la Tragedia*
appreſſo. In Lucca, 1550. *in-8o.* Feüil.
96. It. Avec le même. *In Venetia*,
1566. *in-8o.* It. Avec une Apologie
de *Sperone*, & quelques-unes de ſes
Poëſies. *Canace*, *Tragedia del ſignor*
Sperone Speroni, *alla quale ſono ag-*
giunte alcune altre ſue compoſitioni, *&*
una Apologia, *& alcune Lettioni in di-*
feſa della Tragedia. In Venetia, 1597.
in-4o.

3. *Orazioni del ſign. Sperone Spero-*
ni nuovamente poſte in luce. In Vene-
tia, 1596. *in-4o.* p. 216. On voit ici
neuf diſcours ſur differens ſujets. Le
5e. eſt un Eloge funebre de *Pierre*

S. SPE-
RONE.

Bembo , & le dernier un compli-ment à l'Académie des *Infiammati de Padoüe* , lorfqu'il en fut élû Prince. Ce Livre & les fuivans ont été mis au jour par les foins d'*Ingolfo Conti* , fon petit fils.

4. *Difcorfo della precedenza de' Principi e della Militia. In Venetia,* 1598. *in-*4°. p. 70. pour le premier difcours.

5. *Difcorfo della Militia. In Venetia,* 1599. *in* 4°. p. 38.

6. *Difcorfo in lode della Terra. In Pavia ,* 1601. *in-*40. p. 37.

7. *Difcorfi fopra le Sentenze ,* Ne quid nimis ; Nofce te ipfum *, & dell' amor di fe ftefso. In Padoua ,* 1602. *in-*4°. p. 33. Ce font trois petits difcours.

8. *Difcorfo circa l'acquifto dell' Eloquenza volgare. In Milano ,* 1602. *in-*4°. p. 40. En deux parties.

9. *Della Cura famigliare dialogo di M. Sperone Speroni , con un altro fuo difcorfo del lattare i figlivoli dalle Madri , & una efpofitione dell' Oratione Dominicale. In Milano ,* 1604. *in-*12. p. 78. Le Dialogue *della cura famigliare* eft tiré du Recueil de fes Dialogues ; les deux autres piéces n'a-

voient

voient point été encore imprimées. S. SPE-
ro. *Lettere di Messer Sperone Spe-*RONE,
roni. In Venetia, 1606. *in*-12. p. 188.
Ces Lettres , qui font fans date , ne
roulent que fur des bagatelles.

V. *Jacobi Phil. Tomafini Elogia,* tom.
1. p. 86. *Nicolai Comneni Papadoli ,
Hiftoria Gymnafii Patavini ;* tom. 1.
p. 328. *Les Eloges de M. de Thou &
les additions de Teiffier. Ghilini , Teatro d'Huomini Letterati ,* part. 1. p.
210. *Crefcimbeni , Iftoria della Volgar
Poëfia. Jacob. Gaddi de Scriptoribus
non Ecclefiafticis ,* tom. 2. p. 379.

JEAN CECILE FREY.

J Ean *Cecile Frey* , (en Latin *Janus*   J. C.
Cæcilius,*) étoit de *Keiferftul,* VIL-FREY,
le fur le Rhin , dans le Comté de
Bade , appellée en Latin *Forum Tibe-
rii* , comme il nous l'apprend lui-
même dans le 6e. Chapitre de fes *Admiranda Galliarum.*

Il s'appliqua particulierement à la
Philofophie , & étant venu à *Paris* ,
il l'y profeffa dans le College de *Montaigu* , où l'Abbé *de Marolles* fit fon
Tome XXXIX.   E

J. C.   cours fous lui en 1617. comme il le
FREY.   témoigne dans fes *Mémoires*.

Il fe vante dans le 10. Chapitre de
fes *Admiranda Galliarum* d'avoir été
le premier dans toute l'Europe qui
eût fait foutenir des Thefes de Philofophie en Grec, & d'avoir rendu l'u-
fage de ces fortes de Thefes fort commun à *Paris*.

Il fe donna depuis à la Medecine,
& s'y fit recevoir Docteur en cette
Ville. Il en a pris la qualité à la tête
de quelques-uns de fes Ouvrages,
auffi bien que celle de Medecin de
la Reine Mere, mais il eft à préfumer
que cette derniere n'étoit qu'honoraire à fon égard.

Il a eu dans fon temps de la réputation par rapport à la Philofophie ;
cependant ce qui nous refte de lui en
ce genre eft fort peu de chofe. Il cultiva auffi la Poëfie, & nous avons
plufieurs piéces de vers de fa façon,
qui n'ont rien que de méprifable,
parce qu'il ne s'eft attaché qu'à la
bagatelle de cet Art, comme aux
Anagrammes, aux Echos, & autres
chofes femblables, qu'on a appellé
avec raifon *difficiles Nugæ*.

Il mourut de peste à *Paris*, dans
l'Hôpital de *S. Louis* le 1. Août 1631.
comme le Pere de *S. Romuald*, Feüil-
lant, le marque dans ses *Ephemeri-*
des. Il étoit apparemment alors dans
un âge peu avancé.

Catalogue de ses Ouvrages.

Jani Cæcilii Frey , Doctoris Medici
Parisiensis Facultatis , necnon Philoso-
phorum ejusdem Academiæ Decani ,
opera quæ reperiri potuerunt , in unum
corpus collecta. Paris. 1645. in-8°. p.
866. en tout. On voit par le Privilege, qui est du 10. Janvier 1639. que
ce Recueil a été donné par *Jean Ba-*
lesdens. On y trouve les pieces suivantes.

1. *Philosophiæ compendium.* Il est assez étendu , puisqu'il tient lui seul
296. pages.

2. *Mens Jani Cæcilii Frey centuriis*
duabus Axiomatum expressa. Editio
quarta auctior & emendatior. J'en
trouve une édition faite à part à *Pa-*
ris en 1630. *in-12.*

3. *Definitiones, divisiones ac regulæ*
ex Logica & Physica Aristotelis , in
gratiam studiosorum Philosophicæ juven-
tutis.

J. C.
FREY.

J. C.
FREY.

4. *Admiranda Galliarum compendio indicata.* Cet Ouvrage avoit été imprimé féparément à *Paris* l'an 1628. *in-12.*

5. *Via ad divas fcientias artefque, linguarum notitiam, fermones extemporaneos nova & expeditiffima.* Il n'y a ici rien que de fort général & fort peu inftructif. Cet Ouvrage a cependant été réimprimé à *Jene* en 1674. *in-12.*

6. *Scientiæ & Artes, quotquot hactenus fuerunt aut fuperfunt, omnes ordine & cùm curâ diftributæ & defcriptæ.* Ce n'eft ici qu'un canevas & un fommaire fort abregé.

Telles font les piéces contenuës dans ce premier Recueil, qui a été fuivi d'un fecond, qui a pour titre.

Jani Cæcilii Frey, Medici Parifienfis, Helveti nobiliffimi, & Philofophi præftantiffimi, Opufcula varia nufquam edita. Parif. 1646. *in-8°.* p. 523. On trouve ici les Ecrits fuivans, qu'il avoit dictés en differens temps, & qui ont été communiqués par fes Ecoliers.

7. *Philofophia Druidarum.* Cet Ouvrage, qui eft de l'an 1625. a pour

titre particulier : *Philosophorum Sectæ, & antiquissima barbarica, sub qua Gallica.* J. C. FREY.

8. *Cribrum Philosophorum , qui Aristotelem superiore & hac ætate oppugnarunt.* De l'an 1628.

9. *De Universo propositiones curiosiores breviter expositæ.* De la même année.

10. *Cosmographiæ Selectiora.* De l'an 1629.

11. *Dialectica veterum præceptis ad expeditam rerum notitiam utilissimis instructa.*

12. *Compendium Medicinæ.* On lit à la fin : *Finis Compendii Med. dictati à J. C. Frey, Doctore Medico Parisiensi, in Gymnasio Becodiano anno* 1622.

L'Auteur fait paroître ici beaucoup de crédulité & peu de jugement ; & il y admet sans aucun examen les contes les plus ridicules. Il faut parler maintenant de ses Poësies , & autres piéces , que *Balesdens* avoit dessein de recueillir en un volume, comme il avoit fait les Ouvrages précédens ; ce qu'il n'a point exécuté.

13. *D. Nicolao , Myrensi Pontifici ,*

E iij

J. C.
Frey.

geminos hymnos *J. C. Frey* dixit anno
1608. *in*-4°. p. 11.

14. *Verbum. Parif. in*-4°. p. 7. fans
date. C'eſt un Poëme badin ſur le
mot *Verbum*, où l'Auteur fait entrer
tout ce qui regarde les differentes ſi-
gnifications qu'il peut avoir.

15. *Tandem bona cauſa triumphat.*
Strena anni 1612. *Viro Ill. Principis*
Academiæ Patrono Petro de la Mar-
tiliere. in-8°. p. 8. Ce ſont des piéces
de vers ſur le procès gagné par l'U-
niverſité contre les Jeſuites.

16. En 1618. il fit imprimer
deux Panegyriques, qu'il récita pour
les Paranymphes d'une Licence en
Theologie, dans l'un deſquels tous
les mots commencent par un C. comme le nom de celui dont il célebroit
les loüanges, appellé *Callæus* ; & dans
l'autre, qui étoit en l'honneur d'un
Dominicain, nommé *Claude Mahuet*,
il n'y avoit ni *R.* ni *S.* C'eſt ce que
j'apprends par les Mémoires de l'Abbé *de Marolles.*

17. *Vis Lauri, ſeu Irvallia. Aucto-*
re *J. C. Frey,* Sophiatro. *Parif.* 1621.
in-4°. p. 5. Ce ſont quelques vers
adreſſés à *Henri de Mêſmes,* Seigneur
d'*Irval.*

18. *Incendium geminum Pontium &* J. C.
Charenton. Parif. 1621. *in-*4°. pp. 4. FREY.
Diftiques & autres petites piéces de
vers.

19. *Echo Rupellana.* Parif. 1628.
*in-*8o. p. 16. Pauvre Ouvrage, dans
lequel il y a des réponfes d'*Echo*, au
bout de quatre ou cinq lignes de difcours en profe, fur la prife de *la Rochelle.*

20. *Maria Medices Auguftæ Reginæ
Elogia ex dictionibus quæ omnes ab ini-
tiali Regii nominis & cognomini littera
M. incipiunt, ad hiftoriæ fidem, pictaf-
que in Mariali tabellas concinnata.* Parif. 1628. *in-*8o.

21. *Panegyris triumphalis à Jano
Cæcilio Frey, Obelifcum Hieroglyphi-
cis Regii & Cardinalitii nominis litteris
depictum dedicante dicta Ludovico Re-
gi. Tumulus Rupellæ. Epigraphæ paral-
lelæ.* Parif. 1629. *in-*4°. p. 23.

22. *Venetia.* Parif. 1630. *in-*4°. p.
8. Ce font 31. Epigrammes fur la Ville & la Republique de *Venife.*

23. *Ofcula Amoris Crucifixi & Jani Cæcilii Frey.* Parif. 1630. *in-*12. p.
16. En vers.

24. *Lacrymæ ignis.* Parif. 1631. *in-*

J. C.
FREY.

12. p. 19. Ce sont des petites piéces de vers sur chaque circonstance de la Passion de *Jesus-Christ*.

25. *Recitus veritabilis super terribili esmeuta Paisanorum de Ruellio.* in-8o. Cette piéce macaronique est une des meilleures qui se soit faite en ce genre, au jugement de *Naudé* dans son *Mascurat*.

Cet article est tiré de quelques endroits de ses Ouvrages, & des Auteurs indiqués, qui en ont parlé en passant.

JULES-CLEMENT SCOTTI.

J. C.
SCOTTI.

Jules *Scotti*, qui dans la suite se nomma *Jules-Clement*, naquit à *Plaisance* l'an 1602. de l'illustre famille de ce nom. Il fut élevé à *Rome*, où après ses études d'Humanités il se présenta pour être reçu parmi les Jesuites. Comme on ne le connoissoit que par de bons endroits, les Superieurs le reçurent. Son entrée au Noviciat est marquée au 25. Novembre 1616.

Quoiqu'il n'eut pas été incorporé à la Province Romaine, cependant

par confideration pour fa famille , J. C.
qui le fouhaita , il fut deftiné à faire SCOTTI.
fon cours de baffe Régence dans le
Collége Romain. Il le commença en
1621. & le finit en 1626. Mais le
théatre étoit trop grand pour lui.

Au fortir de la Claffe , que l'on
nomme d'Humanité , *Scotti* fit fes
études de Theologie , toujours au
Collège Romain , avec un fuccès
fort inferieur à fes prétentions. Ce
n'eft pas qu'abfolument il manquât
d'efprit , ou d'application ; mais ce
qu'il avoit d'efprit étoit lourd , peu
net , & encore moins jufte. L'application auroit pû corriger ou diminuer ces défauts , fi elle avoit été re-
glée & méthodique ; mais un efprit
naturellement faux & borné ne con-
noit point fon mal , & tourne les remedes en poifon.

Scotti fe croyoit capable de tout ,
& entra en Theologie avec le deffein
d'en fortir par la porte la plus hono-
rable , c'eft-à-dire , par une Thefe
générale fur les matieres Theologi-
ques. Les progrès rapides du jeune
Marquis *Pallavicin* , depuis Jefuite
& Cardinal , qui étudioit dans la mê-

me Claſſe , & les applaudiſſemens que lui attirerent les Theſes de Theologie , qu'il ſoutint pendant trois jours en 1628. le picquerent. L'émulation lui inſpira une vive ardeur pour l'étude ; mais au lieu de ſe borner à ce qu'il devoit bien ſçavoir , il voulut ſe ſingulariſer en étudiant bien d'autres choſes , & ſe remplit par là la tête d'une multitude d'idées mal conçuës & plus mal digerées, qui ne firent que lui appéſantir & obſcurcir encore davantage l'eſprit.

Vers la fin du Cours il s'expoſa à ſoutenir une Theſe ſur un traité particulier ; mais le ſuccès en fut ſi médiocre , que les Examinateurs crurent devoir l'empêcher d'aller plus loin & de s'expoſer une ſeconde fois.

Au reſte quoiqu'on ne le trouvât pas auſſi habile qu'il croyoit l'être , on lui trouva le degré de capacité réquis pour être admis à la Profeſſion ſolemnelle des quatre vœux.

En 1631. *Scotti* fut envoyé au College de *Parme* , pour y enſeigner la Philoſophie, dont le cours étoit alors de trois années. Il commença un ſecond cours à *Ferrare* en 1634. En

1637. il s'engagea à continuer, dans J. C.
l'eſperance qu'après avoir enſeigné la SCOTTI.
Philoſophie pendant douze ans, il
auroit une Chaire de Theologie
Scholaſtique, qu'il ambitionnoit ſur
toutes choſes. La maniere dont il s'é-
toit tiré de ſes cours, & les mortifica-
tions qu'il avoit eſſuyées dans les dif-
putes publiques, avoient confirmé
ſes Superieurs dans la penſée où ils
étoient déja, que ce poſte ne lui convenoit pas. Mais il en jugeoit autrement, & ſe dégouta pour cela de
la Regence. On l'en déchargea, & on
le laiſſa dans le College de *Ferrare*
pendant les années 1639. 1640. &
1641. La premiere de ces trois années il conſerva le titre de Conſul-
teur, qu'il avoit eu les quatre années
précédentes. Ce titre ne paroît gueres dans les Eloges des Jeſuites; ſi je
le marque ici, c'eſt uniquement parce que *Scotti* dans un de ſes Livres
s'eſt fait honneur de l'avoir eu.

Après s'être degoûté du travail, il
s'ennuya de ne rien faire. L'occupation ne lui auroit pas manqué, s'il
eût voulu faire autre choſe que la
Theologie Scholaſtique; mais il étoit

J. C. SCOTTI.

butté là, & vouloit, à quelque prix que ce fût, parvenir à cet objet de ses desirs. S'imaginant que dans un autre Ordre il obtiendroit ce qu'il souhaitoit avec tant de passion, il forma le dessein de passer dans celui des Jeronymites de *Fiesoli.* Il en demanda la permission à son Général, qui étoit alors *Mutio Vitelleschi,* par deux lettres, la premiere du 2e. Février 1641. la 2e. du 22. Mars de la même année, & elle lui fut accordée le 13. Avril.

Toutes les mesures étoient prises pour sa sortie, deux Jeronymites étoient venus pour le prendre & le conduire dans leur Maison; mais au moment de l'exécution il changea tout d'un coup, congédia honnêtement les deux Religieux, & resta au College. La lettre par laquelle il rendit compte au Général de sa résipiscence, est du 11. Mai.

Ce Général, qui ne vouloit rien moins que pousser à bout son Religieux, le fit quelques mois après Superieur de la Résidence de *Carpi.* Outre que c'étoit donner à un homme soubçonneux une marque de confian-

ce propre à le raſſurer, c'étoit fournir matiere d'occupation à un eſprit
inquiet, & le mettre dans la néceſſité
de s'obſerver davantage.

Scotti ſe rendit à ſon poſte, & fut
Superieur de la Réſidence de *Carpi*
pendant les années 1642. & 1643. En
cette derniere année ayant appris que
le Comte *Ferdinand Scotti*, ſon parent,
étoit tombé malade à *Veniſe*, il y fit
un voyage, & un aſſez long ſéjour,
ſans en donner avis à ſon Général,
comme il auroit dû le faire.

Le ſéjour de *Veniſe* lui fut perni-
cieux. Les Jeſuites n'avoient point
alors d'établiſſement dans cette Ville. La liberté qu'il y goûta lui rendit inſupportable la gêne de la vie ré-
guliere. Néanmoins il garda encore
quelques meſures, & retourna à *Carpi*. *Theophile Raynaud* inſinuë qu'il
y donna quelque ſujet de le dépoſer;
Tu videris, lui dit-il, *quare Carpo
ſis abſtraƈtus, & an cum mulierculis
hæreres juſto diutius*.

Rappellé à *Rome*, il obéit. On le
plaça dans le College Romain, où il
vêcut ſans emploi pendant l'année
1644. & une partie de la ſuivante. Il

J. C. SCOTTI.

n'eut point de peine à sentir qu'on étoit mécontent de lui; Ses degoûts augmenterent, & il ne s'occupa plus qu'à chercher de quoi justifier la démarche qu'il vouloit faire. Dans cette vûë il écrivit deux Livres contre la Société.

En 1645. le Général *Mutio Vitelleschi* étant mort le 9. Février, ceux qui gouvernoient connoissant le caractere de *Scotti*, & craignant que s'il se trouvoit à *Rome* dans le temps de l'élection d'un nouveau Général, il ne causât quelques broüilleries, le renvoyerent dans sa Province, pour y assister à la Congregation Provinciale.

Il quitta *Rome* avec peine. Durant le voyage il fit les réflexions que peut faire un atrabilaire mécontent. Il avoit plus d'une fois menacé de se venger par quelque Satyre, si on ne lui donnoit satisfaction sur la Chaire de Theologie Scholastique. Il s'imagina que des Particuliers avoient intercepté quelques feüilles de ce qu'il avoit écrit contre le corps; Deux Lettres anonymes, qui lui furent rendües à *Lorette*, le confirmerent dans

cette idée. Il apprehenda que s'il se
trouvoit à la Congregation Provinciale, il n'y reçût quelque mortifi-
cation. Ainsi au lieu d'aller à *Parme*,
où il étoit envoyé, il alla droit à *Ve-*
nise, quitta l'habit de Jesuite, & prit
celui des Ecclesiastiques Seculiers. Ce
fut alors qu'il se fit nommer le Comte *Jules-Clement Scotti*.

    Vincent Carrafa, successeur de *Mu-*
tio Vitelleschi, fit tout ce qui depen-
doit de lui pour engager *Scotti* à se
reconnoître. Enfin il lui envoya un
ample pouvoir d'entrer dans tel Ordre Religieux qu'il voudroit. C'est
tout ce que le Général peut faire à
l'égard des Profés. Mais *Scotti* aima
mieux rester dans le siécle, & passa
le reste de ses jours d'abord à *Venise*,
ensuite à *Padoüe*.

    S'étant fait connoître dans cette
derniere Ville à *Jacques Caimo*, Professeur en Droit Civil, il lui fit tant
valoir son habileté dans la Philosophie, que ce Sçavant lui procura une
seconde Chaire extraordinaire en cette Faculté. *Scotti* en prit possession en
1650. & on lui accorda 300. florins
de gages. Deux ans après, c'est à-di-

J. C.
SCOTTI,

re, le 27. Février 1652. il fut aggregé au Collège de Philosophie & de
Medecine de *Padoüe*.

    Sebastien Colombina, second Pro-
fesseur du soir en Droit Canonique,
dans la même Université, étant mort
en 1653. *Scotti* sollicita sa place ; &
les obligations que la Republique de
Venise avoit à sa famille ne permirent
pas de la lui refuser. Il prit possession
de cette nouvelle Chaire le 23. Octobre de cette année, & la remplit un
peu moins de cinq ans, c'est-à-dire,
jusqu'en 1658. Plusieurs personnes
de pieté, instruites de son état, s'é-
tant plaintes alors de ce qu'on laissoit
dans un poste semblable un homme,
qui avoit abandonné contre les régles
l'Ordre auquel il étoit lié par des
vœux solemnels, on eut égard au
scandale public, & on ôta à *Scotti*
sa Chaire, en lui reservant cependant
une pension, pour le mettre en état
de subsister.

    Il demeura depuis ce temps-là à
Padoüe, & ce fut dans cette Ville
qu'il mourut le 9. Octobre 1669.
âgé de 67. ans ; il fut enterré dans
l'Eglise de *S. Augustin*, où on lui
dressa

dreſſa un Mauſolée avec cette Epitaphe.

D. O. M.

Julio Clementi Scotto è Placentinis
Comitibus Sermenti, innocentia, doc-
trina, æquanimitate Clariſſimo, Phi-
loſophiæ, mox Sacrorum Canonum in
Patavino Lycæo Profeſſori eruditiſſimo ;
qui Majorum virtutem inclitam, & pro
Veneta Republica Sereniſſ. res fortiter
geſtas, æquali gloria & fide, de poſte-
ritate optime meritus ſcientiarum om-
nium Monumentis eximie cumulavit ;
Jacobus Caimus Utinenſis Comes, Ju-
ris Civilis veſpertinis horis interpres
primarius, amico candidiſſimo P.

Obiit Patavii ſept. Idus Octobris
1669.

Catalogue de ſes Ouvrages.

1. *Monita Philoſophiæ tyronibus op-*
portuna ; una cum explicatione pluri-
marum vocum, quæ in diſtinctionibus
apud Philoſophos ac Theologos maxi-
me uſurpari conſueverunt. Ferrariæ ,
1636. *in*-16. *Alegambe* dans ſa Bibliotheque à fait mention de cet Ouvrage & de ſon Auteur ; mais *Sotwel*
n'en a point parlé, quoiqu'il donne
place dans ſon Catalogue aux Ecri-

Tome XXXIX.   F

J. C.
SCOTTI.

vains, qui ont quitté l'habit de Jesuite, lorsqu'ils ont publié quelques
Livres dans le temps qu'ils le por-
toient. Voici la solution : Elle est tirée de *Theophile Raynaud*, dans son
Clemens Scotus Virbius, (tom. 18. p.
173. Col. 2.) Il parle à *Scotti*. *Objicis
præterea Catalogum Scriptorum Societatis minusculis scriptionibus infar-
tum... sed es profecto hac in parte inex-
cusabilis ; in quo enim judicas alterum,
teipsum condemnas... Tenentur Romæ
litteræ tuæ quas cum opella tua tiiivili-
tio non æstimanda, ad Philippum Alegambe transmisisti, rogans ut eo nomi-
ne Catalogo Scriptorum insereris. Ille
genio tuo bona fide velificatus auxit tan-
tula scriptione, & nomini tuo syllabum
suum. Sed recipio autorem me illi fore,
ut tam nihili & scriptor & scriptio ex-
pungatur.*

    2. *Index Librorum à Julio Clemente
Scoto compositorum.* 1644. Il en donna
une seconde édition l'année suivante
1645. & enfin une troisième en 1650.
à la tête de ses *Animadversiones*. Je
n'ai point vû les deux premieres éditions, qui ne doivent gueres conte-
nir que des Ouvrages manuscrits. Je

rapporterai à la fin de cet article les J. C. titres de ceux qu'on voit dans la 3e. Scotti. de 1650.

3. *Lucii Cornelii Europæi Monarchia Solipsorum. Ad Virum Clariffimum Leonem Allatium. Venetiis,* 1645. *fu-periorum permiffu.* in-12. It. En Hollande, avec une prétenduë clef des noms propres. 1648. *in* 12. It. *Venetiis.* Avec le nom de *Melchior Inchofer.* 1652. *in* 12. It. *Helmftadii,* avec quelques Ouvrages Satyriques de *Gafpar Scioppius.* 1665. *in* 4°. It. Dans *Tuba Magna Mirum clangens fonum, &c.* It. En François : *La Monarchie des Solipfes traduite de l'Original La-tin de Melchior Inchofer, Jefuite, avec des remarques. Amfterdam,* 1721. *in-*12. Sans nom d'Imprimeur.

On a montré ci-devant, tom. 35. p. 337. que c'eft fans raifon & fans aucun fondement, que cette Satyre a été attribuée à *Inchofer.* Ce n'eft point d'ailleurs la beauté de l'Ouvrage qui a engagé à le réimprimer, & à le traduire. Peu de Lecteurs, ceux même qui lifent avec intelligence les Auteurs de la belle Latinité, font en état d'entendre le jargon du

J. C.
SCOTTI.

prétendu *Lucius Cornelius* ; & ceux
qui l'entendent , s'ils font de bonne
foi , conviennent que s'ils entendent
les mots, fouvent ils ne voyent point
le fens. C'eft un aveu que le Traducteur François a fait plus d'une fois.
Dans le Chapitre 2. l'Auteur dit qu'il
eft né dans un Pays , *ubi aves aquas
findunt.* Le Traducteur n'ignoroit pas
que les termes Latins fignifient , *où
les oifeaux nagent.* Cependant il a paffé cette phrafe Latine , fans la rendre
en François ; ce qu'il n'auroit pas
manqué de faire , s'il avoit fçû , que
Scotti a défigné par là la Ville de *Plai-
fance* , lieu de fa naiffance , où l'on
voit des Cygnes & d'autres Oifeaux
aquatiques, foit dans la riviere du *Po,*
foit dans les marais.

Ce n'eft pas que je croye , que l'on
doive chercher dans ce Roman fatyrique , l'hiftoire & la vie de fon Auteur. Il eft indubitable qu'il a voulu
fe cacher , & c'eft dans cette vûë qu'-
il raconte , qu'il vint à *Rome* avant la
fin du 16e. fiécle ; que quand il fut
rencontré par les *Solipfes* , il fréquentoit le Barreau & plaidoit ; qu'il a vê-
cu parmi eux 45. ans , &c. Mais il eft

Impoſſible qu'un faiſeur de Roman,
qui employe les termes *moy* & *je*, ſe
ſouvienne toujours qu'il eſt maſqué,
& que ce n'eſt pas lui qui parle, ſur-
tout ſi la paſſion le fait parler. Il arrive auſſi aſſez fréquemment, que la
prudence ſuggerant qu'il faut ſe cacher, l'amour propre, qui ne veut
pas renoncer abſolument à l'honneur
qui peut revenir d'un Ouvrage qu'il
trouve fort beau, menage en certains
endroits des anagrammes, des allu-
ſions & d'autres choſes ſemblables,
par où l'Auteur puiſſe enfin être de-
voilé.

On a voulu faire paſſer la Monarchie des *Solipſes* pour un Livre dicté
par la charité la plus pure. *Bayle*, plus
naturel, ne reconnoît dans cet Ouvrage qu'une Satyre dictée par le dé-
pit. *Scotti* étoit mécontent & plein de
vanité. *Omni opere*, dit *Pallavicin*,
Scottus ad ſublimioris Theologiæ Cathe-
dram adnitebatur; immotis ad hæc mo-
deratoribus noſtris. Tandem ſpe abjecta
meditari diſceſſum. Theophile Raynaud
dans ſon *Clemens Scotus. §. 6.* en parle ainſi. *Scopulus ad quem naufragavit,*
repulſa fuit, quam paſſus eſt, cum per-

J. C.
Scotti.

*ductis ad umbilicum Theologicis studiis
de propugnandis ex universa Theologia
conclusionibus ageretur... secundùm hanc
repulsam successit consequenter alia, ni-
mirum repulsa à Magisterio Scholastica
Theologia. Quam Cathedram per annos
multos prehensavit, adhibitis etiam po-
tentibus suffragatoribus... Quod preces
non extorserant, nec potentes suffraga-
tiones exoraverant, hoc minis & inten-
tatis famosis scriptionibus evincere frus-
tra connisus.*

La *Monarchie des Solipses* fut un de
ces libelles, dont *Scotti* avoit menacé
les Jesuites. On y voit par-tout un
homme fort content de lui-même,
& fort mécontent des Jesuites, occupé à se laver, & à les noircir. S'il
n'a pas été employé à enseigner la
Theologie ; c'est qu'ils ne sçavent
pas comment il faut l'enseigner. S'il
n'a pas été dans les charges qu'il souhaitoit, c'est qu'on n'y admet que
des sujets indignes. S'il a quitté l'Ordre, ce n'est point apostasie ; c'est qu'-
on l'a congedié, parce qu'il avoit trop
de mérite, & que ses grandes qualités
faisoient ombrage aux Superieurs.

Dans le titre, *Lucius* est l'anagram-

me de *Julius* , si l'on prononce ces J. C.
mots à la maniere des Italiens ; *Cor-* SCOTTI.
nelius fait allusion au bonnet quarré ;
Europæus par le rapport qu'il a en
Grec avec Ἐυροπος contient une allusion au nom *Scotti* , & à l'état de liberté où *Jules Clement* s'étoit mis.

L'Ouvrage est adressé à *Leo Alla-*
tus par une courte Préface, dont l'Auteur est nommé *Timotheus Cursantius.*
Aprosio dans sa *Visiera Alzata* fait
semblant d'être embarassé à deviner
le personnage caché sous ce masque.
Il ne pouvoit gueres ignorer, que c'é-
toit *Scotti* lui même , qui s'étoit dé-
guisé , afin de pouvoir se loüer en
toute liberté. Un endroit le decele. Il
y est dit : *Illud constat , nisi inter So-*
lipsos rubiginasset , & copia & splendo-
re , inter summates litterarum viros ,
fuisse radiaturum. L'Editeur des Ouvrages d'un ami ne s'avise pas de le trai-
ter d'esprit enroüillé ; il n'y avoit que
Scotti lui-même , qui troublé par la
passion pût parler ainsi ; mais s'il l'a-
voit été moins, il auroit fait réflexion,
qu'on pouvoit lui répondre , que s'il
s'étoit enroüillé parmi les Jesuites , il
falloit qu'il eût de grandes disposi-

J. C.
Scotti.

tions à la roüille , & que l'habit de
Jesuite n'avoit pas empêché *Sirmond*,
Petau , *Theophile Raynaud* , &c. qui
vivoient alors , de faire de bons Ouvrages , & d'en faire beaucoup.

Il est dit dans la même Préface que
l'Ouvrage fut commencé à *Rome* , où
étoit *Allatius* , & achevé à *Venise* , où
le prétendu *Cursantius* écrivoit , &
cela est vrai. Il y est fait mention d'un
voyage de *Lucius Cornelius Europæus*,
pour visiter les saints lieux de la Pa-
lestine. *Profecturus ad visenda sacra
Palæstinæ loca.* Cela paroît désigner le
voyage de *Scotti* à *Lorette.*

Il est rapporté dans le Supplément
de *Morery* de 1735. que ce fut *Allatius* , qui sauva de l'*Index* le Livre de
la *Monarchie des Solipses* , duquel il
avoit été nommé examinateur. Il étoit
fort naturel , que ce Sçavant s'inte-
ressât à la destinée d'un Livre qui lui
étoit dédié , & à la tête duquel son
nom paroît deux fois.

4. *Julii Clementis Placentini ex Il-
lustrissima Scotorum familia* , *de Potesta-
te Pontificia in Societatem Jesu, &c. qui
in octo partes tribuitur* , *Liber* , *Francisci Solanguis* , *Nobilis Cremensis opera
evul-*

evulgatus. Ad Innocentium X. Sum.
Pontif. Parisiis apud Bartholomæum
Macæum. 1546. *Cum Privilegio. in-*
40. p. 390. Ce n'eſt point à *Paris*,
mais à *Venife*, que ce Livre a été imprimé. Conſtat, dit *Theophile Raynaud*,
§. 4. *opus furtim Venetiis, ipfo præſente*
Clemente Scoto, cuſum eſſe ; idque no-
runt, qui nondum ære lavantur.

Baillet croyoit que ce *François So-*
languis, éditeur de l'Ouvrage & auteur de la Préface, étoit peut-être
Scioppius. Mais il ne paroît pas vrai-
femblable, que *Scioppius*, quand même il auroit voulu mal écrire, eût pû
réuffir à le faire auffi mal que *Solan-*
guis. Le ſtyle de celui-ci reſſemble ſi
bien à celui de *Scotti*, que l'on ne peut
gueres s'empêcher de penſer que le
Livre & la Préface ſont de même
main. *Scotti* tout plein de ſes *Solipſes*
prit le ſurnom de *Solanguis*, ſeul pru-
dent & ſage. C'eſt l'idée qu'il avoit
de lui-même ; de-là le grand projet
qu'il avoit formé de changer l'Inſti-
tut des Jeſuites, ne voulant pas rentrer parmi eux, s'ils ne prenoient ſa
réforme.

Le fond du Livre *de Poteſtate* eſt ce
Tome XXXIX. G

J. C.
Scotti,

racourci dans celui de *la Monarchie.*
Ces deux Ouvrages tendent au même but , qui est de décrier l'Institut
des Jésuites. Les mêmes choses que
l'Auteur de *la Monarchie* s'efforce de
tourner en ridicule , le Livre *de Po-
testate* les propose au Pape , comme
autant d'articles , qu'il peut & doit
réformer dans le gouvernement de la
Société.

Scotti ne réussit pas. Son Livre fut
condamné , & l'Institut des Jésuites
confirmé par *Innocent X. Sapientissi-
mus Princeps* , dit *Pallavicin* , *eo Libro nihil motus est , ut leges nostras im-
mutaret , vel privilegia contraheret ,
imo nostra confirmavit.*

Un des articles de la réforme pro-
posée par *Jules Scotti* , & peut-être le
plus important dans son idée , étoit
que les Jésuites ne répondissent point
aux Ecrits publiés contre eux. Ils ju-
gerent qu'il étoit à propos de lui répondre , & le Général *Vincent Car-
rafa* en donna la commission au P.
Sforza Pallavicin , qui professoit la
Theologie Scholastique dans le College Romain. Ce défenseur des Jésuites méprisa le Roman de *Lucius Cor-*

nelius, & il eut raifon. *Non tanti ha-*
beo, dit-il, *libellum nefcio quem refu-*
tare paulo ante memoratum, cui titulus
eft : de Monarchia Solipforum.

La réponfe de *Pallavicin* eft ferme,
mais fans aigreur. Elle parut trop dou-
ce à *Theophile Raynaud.* Perfuadé que
l'indulgence des Superieurs n'avoit
pas peu contribué à nourrir la confiance de *Scotti*, il crut devoir lui répondre d'une maniere, qui le fît rentrer en lui-même, & qui l'empêchât
de fe croire feul fage.

5. *Julii Clementis Scoti, ex Comiti-*
bus Placentinis, Illuftriffimi Philofophi,
Theologi, &c. de obligatione Regularis,
extra Regularem domum commorantis
ob juftum metum. De jure tuendi famam.
De Apoftatis ac Fugitivis. Opufcula tria,
in quibus juxta principia Theologiæ, tum
Scholaftica, tum Pofitiva, Sacrorum-
que Canonum ac Philofophiæ Moralis
plurimæ folvuntur quæftiones ; Livii Vi-
cecomitis Parmenfis opera typis vulgata.
Coloniæ, 1647. *in* 4⁰. p. 256. Ces
trois Opufcules imprimés à *Venife* &
non à *Cologne*, furent faits pour juftifier la conduite de *Scotti*, & le parti
qu'il avoit pris de ne point rentrer

dans la Societé. *Pallavicin* avertit qu'
ils contiennent bien des faussetés. Le
prétendu *Livius Vicecomes*, qui a mis
à la tête une Epitre datée de *Venise* le
22. Février 1647, n'est apparemment
pas different de *Scotti* lui-même, dont
l'usage étoit de se servir de cette adresse, pour se loüer en pleine liberté.

6. *Libellus supplex ad S. D. N. Innocentium X.* 1648. Je ne connois cette supplique que par le Catalogue
qu'il a donné de ses Ouvrages, ainsi
je ne puis dire quel en est le sujet précis.

7. *De probabilitate opinionum generatim acceptarum.*

8. *De probabilitate opinionum minus
generatim acceptarum.* Il marque dans
le même Catalogue, que ces deux
Opuscules ont été imprimés en 1649.
à *Francfort*.

9. *Julii Clementis Scoti, Comitis
Placentini, Animadversionum Opusculum primum, quod in duodecim capita
tribuitur, in quorum singulis animadversiones quinquaginta reponuntur,
Scilicet pro*

Cupiente in scientiis proficere;
Laudem in scientiis assecuto;

Tuenda ſcientiis vacantis ſanitate ; J. C.
Fovendis ſcientiarum ſtudiis ; Scotti.
Libros ſcribente ac vulgante ;
Libros legente ;
Libros amice recognoſcente ;
Oratoriæ facultatis ſtudioſo ;
Chriſtianæ Oratoriæ facultatis ſtudio-
   ſo ;
Poëſis ſtudioſo ;
Hiſtoriæ ſtudioſo ;
Grammaticæ ac Latinæ linguæ ſtudio-
   ſo.

Patavii, 1650. *in-*4°. p. 269. Chacune des douze piéces, contenuës dans ce volume, eſt dédiée à quelque perſonne diſtinguée de *Veniſe* ou de *Padoüe*, comme celle des deux autres parties. Les préceptes que *Scotti* donne ſur chaque matiere, ſont aſſez bons, mais ils n'ont rien que de commun, & que tout le monde ne ſçache. D'ailleurs il eſt pueril de les avoir réduits tous à cinquante ; c'eſt cependant la méthode qu'il a obſervée dans les parties ſuivantes. Il y a parcouru preſque toutes les Sciences ; mais à peu de frais ; & ce qu'il en dit eſt moins une preuve de ſa capacité, que de l'envie qu'il avoit de paſſer

G iij

J. C.
Scotti.

pour un homme universel, & capable d'inftruire les autres en toutes fortes de Sciences. C'eft ce qui paroîtra encore davantage, parce que je rapporterai plus bas des Ouvrages qu'il fe propofoit de donner au Public, & qui n'ont jamais exifté que dans fes idées. Au refte il profite avec foin de la moindre occafion de parler de lui-même, & de fe plaindre de la conduite des Jefuites à fon égard; & l'on trouve ici en plufieurs endroits les mêmes chofes qu'il avoit déja dites fur ce fujet dans fes Ouvrages précédens.

10. *Animadverfionum Opufculum fecundum, quod in 12. Capita tribuitur; in quorum fingulis animadverfiones quinquaginta reponuntur : Pro ftudiofo fcilicet*

Sacrarum Litterarum;

Sacræ Theologiæ;

Theologiæ Thomifticæ, Scotifticæ, &c.

Theologiæ Moralis;

Philofophiæ Moralis;

Juris Canonici;

Juris Civilis;

Philofophiæ contemplatricis;

Philofophiæ Arifotelicæ;

Textus Aristotelici ;

Medicæ facultatis ;

Mathematicarum disciplinarum.

Patavii, 1650. *in-*4°. p. 242.

11. *Animadversionum Opusculum tertium ; quod in duodecim capita tribuitur ; in quorum singulis animadversiones* 25. *reponuntur ; scilicet pro*

Bibliothecam instruente ;

Lectiones in Scholis habente ;

Lectiones in Scholis dictante ;

Accedente ad publica Gymnasia ;

Vacante privato Lectionum studio ;

Disputante generatim ;

Respondente ;

Arguente ;

Respondenti assistente ;

Disputationi præsentibus ;

Platonicæ Philosophiæ studioso ;

Stoicæ Philosophiæ studioso ;

Patavii, 1650. *in-*4°. p. 118. C'est apparemment cet Ouvrage , qui est marqué dans l'*Index* sous ce titre : *De seligendis Opinionibus & Auctoribus generatim. De observandis in Auctorum præsertim scientissimorum lectione. Patavii,* 1650. *in-*4°.

12. *Pædiæ Peripateticæ Dissertationes octo. Patavii,* 1653. *in-*8°.

J. C.
Scotti.

13. *Notæ sexaginta quatuor Morales, Censoriæ, Historicæ ad Inscriptionem, Epistolam ad Lectorem, Approbationem & capita tredecim introductionis ad Historiam Concilii Tridentini P. Sfortiæ Pallavicini è Soc. Jesu ; in quibus multa reponuntur cum multiplici eruditione ad utramque Theologiam, Canonicam, Conciliaremque scientiam potissime spectantia. Stanislaï Felic. Coloniensis opera typis evulgatæ, & selectis in Romana Curia viris dicata. His additus est libellus continens discussionem quatuor judiciorum jam impressorum de eadem P. Pallavicini historia ; una cum incommodis ab ea Romanæ Ecclesiæ illatis ac inferendis, ac illius pariter commodis. Quam sequitur exceptio contra accusationem Historiæ Petri Soave Polani, ejusdemque accusationis confutatio.* Coloniæ, (c'est-à-dire, apparemment *Padoüe*,) 1664. in-4°. p. 136. pour les *Notæ*, & 22. pour les deux autres piéces. Quoique *Scotti* n'ait point mis son nom à cet Ouvrage, il n'est pas difficile de reconnoître qu'il est de lui ; c'est son style, son génie, & sa maniere de penser. D'ailleurs il y prend vivement sa défense contre

tout ce que *Pallavicin* avoit dit de
lui, qu'il traite de menfonge & d'im-
pofture.

J.C.
Scotti

Ce font là tous les Ouvrages imprimés, de fa façon, que j'ai pû dé-
couvrir ; il les marque, à l'exception
de *la Monarchie des Solipfes*, dans le
Catalogue qu'il a donné à la tête de
fes *Adnimadverfiones.* Il faut maintenant tranfcrire la lifte qu'il y joint de
fes Ouvrages manufcrits.

Typis evulgandi.

1. *De divifione opinionis probabilis &
peculiariter de majori & minori probabilitate. Ubi agitatur contra Recentio-
rem nonnullum : An in moralibus fequi
liceat opinionem probabilem , dimiffa
probabiliori.*

2. *De locis è quibus petuntur eviden-
tia & certa argumenta , ac de locis
è quibus probabiles opiniones deduci
queunt.*

3. *De Opinionum Cenfuris.*

4. *Quinam fint veri Sacrorum Bibliorum interpretes ; Theologi tum Scho-
laftici, tum Morales ; Canonifta ; Legif-
tæ ; Philofophi ; Peripatetici ; Medici ;
Mathematici ; Hiftorici ; Oratores ;
Poëta ; Grammatici , &c.*

J. C.
SCOTTI.

5. *Quænam opiniones magis amplectendæ in Sacrarum Litterarum interpretatione ; in Theologia tum Scholastica tum Morali ; in Philosophia ; in Aristotelis Philosophia ; in Cæsarearum Canonicarumque legum explicatione ; in Medicina, in Mathematica, &c.*

6. *De Principibus Scholarum ; tum Theologorum, tum Philosophorum, tum Medicorum, &c.*

7. *Quæstiones Logicæ, Physicæ ac Metaphysicæ celebres nonnullæ.*

8. *Principia totius Moralis Theologiæ Universalissima ; & cujusque Moralis materiæ universalia.*

9. *De disputationibus inter Catholicos primo, tùm de disputationibus inter Catholicos, Hæreticos ac Gentiles ; in quo variæ eruditiones.*

10. *Vindicatur Aristoteles à multis, quæ plurimi sentiunt illum fidei Catholicæ repugnantia scripsisse.*

11. *Quandonam Jus Naturale prævaleat Juri Positivo, tum divino, tum humano.*

12. *Quandonam ex rei natura cesset Votorum obligatio.*

13. *De Examinatoribus ac examinandis ad Episcopatum coram sanctissimo,*

ad Rotæ Auditoratum, ad Ordines, ad
Confeſſiones, ad Conciones, ad Docto-
ratum in Philoſophia, in Medicina, in
Canonico ac Civili Jure, in Theologia,
&c.

J. C.
SCOTTI.

14. *De Axiomatum nonnullorum Po-*
liticorum cum Theologorum, etiam modò
celebrium, principiis conſenſu.

15. *Quales eſſe debeant Leges Eccle-*
ſiaſticæ, nominatimque à Regularibus
Prælatis latæ.

16. *Conſilia varia.*

17. *S. Petri, Apoſtolorum Principis,*
geſta, variis eruditionibus è S. Scriptu-
ræ Interpretibus maxime collectis illuſtra-
ta.

18. *Pietatis Opera, in quibus ſuam*
erga Deum cœliteſque pietatem exhibuit,
exhibetque Ser. Republica ac Civitas Ve-
neta.

Typis evulgandi ex occaſione tantum.

1. *Quales poſſint cenſeri Opiniones Hæ-*
reticæ, erroneæ, ſuſpectæ de hæreſi, teme-
rariæ, ſcandaloſæ, impiæ, &c. à non-
nullis impreſſæ, ſi cui conſequenter ad il-
lorum pronunciata ſtandum foret. In his
excipiuntur ſemper, quæ à legitimo Ju-
dice aliqua ex his notis affectæ ſunt vel
afficientur.

J. C. Scotti.

2. *Quænam censeri possint Bullæ obreptitiæ vel subreptitiæ à nonnullis obtentæ.*

3. *De Regularium institutorum perfectione , & quodnam simpliciter munus perfectum censeri posset juxta Sacros Canones.*

4. *Annotationes trecentæ, Criticæ, Historicæ ac doctrinales in librum de A. A. R. O. P. T. R. & V. P. S. P.* Cet Ouvrage que *Scotti* projettoit , étoit apparemment contre *Theophile Raynaud,* & *Palavicin.*

Les clameurs & les invectives de *Jules-Clement Scotti* firent si peu d'impression sur ses proches , qu'en 1699. *Jean Scotti,* son petit neveu entra parmi les Jésuites , & s'engagea par la Profession solemnelle des quatre vœux le 15. Août 1714. On a de lui un Livre de Pieté : *Dies Ecclesiastica per loca Sacræ Scripturæ progrediens ,* imprimé à *Rome* en 1724. & réimprimé à *Venise* la même année. L'Auteur n'y a pas mis son nom. Il enseignoit alors la Théologie à *Boulogne.* Il assista en qualité de Deputé de sa Province à la Congregation générale qui se tint à *Rome* en 1730.

V. *Vindicationes Societatis Jesu, Auta-*

tore *Sfortia Pallavicino. Roma* , 1649. J. C.
in 4°. *p.* 154. *Theophili Raynaudi Cle-* Scotti.
mens Scotus Virbius. Ejusdem Hoplothe-
ca contra istum Calumnia , *sect.* 2. *c.*
16. *Nicolai Comneni Papadoli Histo-*
ria Gymnasii Patavini , tom. 1. *p.* 156.

Cet Article vient de la même main que
celui de *Melchior Inchofer*, & de quelques autres sçavans Jesuites.

CLAUDE CHAPPUYS.

G Laude *Chappuys* naquit vers le C. CHAP
commencement du 16. siécle en PUYS.
Tourraine, & apparemment à *Am-*
boise, de même que *Gabriel Chappuys*,
son neveu. Le long séjour qu'il a fait à
Roüen, où il a possedé differens béné-
fices dans la Cathedrale, a fait croire
à *la Croix du Maine* qu'il étoit natif
de cette Ville, & le lui a fait distin-
guer d'un autre de même nom, qui a
été Valet de Chambre & Libraire du
Roi *François I.* quoique ce soit le mé-
me homme. Les Registres de la Cathedrale de *Roüen* lui donnent la qualité
de Prêtre de Tourraine, & *du Verdier*,
qui connoissoit parfaitement son ne-

C. Chap-
puys.

veu , qui lui avoit même dedié un de
ses Ouvrages , le fait natif de ce pays;
ainsi il n'y a aucune difficulté sur cet
article. Pour ce qui est de l'identité
du Libraire du Roy & du Bénéficier
de *Roüen*, elle est certaine par plusieurs
endroits , entre autres par une piéce
de vers de l'an 1563. dont je parlerai
ci-dessous , qu'il a signée *Chappuys ,*
Libraire du Roy & Chanoine de Roüen.

Il fut d'abord Valet de Chambre ordinaire du Roi *François I.* & son Libraire ou Garde de sa Librairie , c'est-
à-dire , suivant la maniere de parler
de ce temps-là , de sa Bibliotheque.
La Croix du Maine par une ignorance
grossiere , fidelement copiée par *Jean*
de la Caille , p. 117. de son *Histoire de*
l'Imprimerie , a interpreté le nom de
Libraire par celui d'Imprimeur, quoiqu'il ne lui eût fallu qu'un peu d'attention pour éviter cette faute.

Chappuys ayant embrassé l'état Ecclesiastique, le Roi *François I.* le nomma en 1536. en vertu de son Indult
au Doyenné de la Cathedrale de *Roüen.*
Il trouva des difficultés qui s'oppose-
rent à sa prise de possession , parce
que le Chapitre élut de son côté un
Doyen.

Il y eut pluſieurs débats entre lui,
& *Bertrand de Marſillac*, qui avoit été
élû; mais enfin ils s'accommoderent,
& *Marſillac* ayant réſigné à *Chappuys*
la dignité de Chantre qu'il poſſedoit,
celui-ci ſe déſiſta de ſes pourſuites,
& renonça au droit qu'il pouvoit avoir
au Doyenné par la nomination du Roi.

Chappuys prit poſſeſſion perſonnel-
lement de la dignité & Prebende de
Chantre de l'Egliſe de *Roüen* le 10. Septembre 1537. & la conſerva juſqu'en
1551. qu'il la permuta contre une Prebende de la même Cathedrale.

Il eut depuis le Prieuré de *S. Jacques du Val des Malades*, qu'il permuta avec *Jean de Villy* pour la dignité de Chancelier de l'Egliſe de *Roüen*.

Il prit poſſeſſion de cette nouvelle
dignité le 7. Octobre 1566. & la garda juſqu'en 1572. qu'il la réſigna à *Ma-
rian de Martinbos*, qui en prit poſſeſſion le 27. Mars de cette année.

On n'entend plus parler depuis de
Chappuys, qui mourut apparemment
quelque temps après étant déja aſſez
avancé en âge.

Marot dans ſon Epitre écrite ſous le
nom de *Fripelipes* à *Sagon* le met au

nombre des bons Poëtes de son temps.
Mais ses Poësies sont maintenant tombées entierement dans l'oubli.

Catalogue de ses Ouvrages.

1. *Le Blason de la main. Le Blason
du ventre. Le Blason de la partie honteu-
se & secrete de la Femme. Le Blason de
celle de la Pucelle.* Imprimés avec les
Blasons Anatomiques du corps Feminin
faicts par divers Auteurs. *Lyon, François Juste.* 1537. *in-16.* Tout cela est
en vers.

2. *Discours de la Court, présenté au
Roy par M. Claude Chappuys son Libraire, & Varlet de Chambre Ordinaire. Paris. André Roffet* 1543. *in-16.* p.
68. non chiffrées. C'est un Poëme, où
l'on parcourt tout ce qui se voit & se
peut trouver à la Cour, & où l'on parle même de plusieurs personnes qui
vivoient alors. *La Croix du Maine &
du Verdier* mettent une édition faite à
Roüen par *Claude le Roy & Nicolas le
Roux* la même année 1543. *in-80.*

3. *L'Aigle qui a fait la Poule devant
le Coq à Landrecy. Paris. André Roffet*
1543. C'est un Poëme sur la fuite de
l'Empereur *Charles V.* devant le Roi
François I.

4. *Le Grand Hercules Gallique qui* C. Chap-
*combat contre deux. in-*4°. ſans nom de puys,
lieu & ſans date, ſuivant *du Verdier.*
Cependant *la Croix du Maine* met
l'année 1545. Les deux C. C. qui marquent le nom de l'Auteur, déſignent
Claude Chappuys. C'eſt encore une piéce
ce de vers à la loüange de *François I.*

5. *Le Sacre & Couronnement du Très-*
Auguſte & Très-Chrétien Roy Henri
Deuxiéme de ce nom à Rèims l'an 1547.
au mois de Juillet. Paris, André Roffet.
1549. *in-*4°.

6. *La Croix du Maine* dit qu'il a
compoſé une Oraiſon ou Harangue,
qu'il prononça devant le Roi *Henri*
II. lorſqu'il fit ſon entrée à *Roüen* en
1550. Je ne ſçai ſi cela eſt imprimé.

7. *La réduction du Havre de Grace,*
par le Roy Charles IX. de ce nom. Roüen,
Martin le Megiſſier. 1563. *in-*4°. p. 8.
C'eſt une piéce de vers, qui eſt ſignée:
Chappuys, Libraire du Roy, & Cha-
noine de Roüen.

V. *Les Bibliotheques Françoiſes de la*
Croix du Maine & de du Verdier. Hiſ-
toire de l'Egliſe Cathedrale de Roüen, p.
319. 339. 412.

Tome XXXIX. H

GABRIEL CHAPPUYS.

Gabriel *Chappuys* naquît à *Amboise* vers le milieu du 16e. siécle. Quoique cette Ville soit sûrement le lieu de sa naissance, comme le marque *la Croix du Maine*, il ne s'est cependant renommé de cette Ville que dans le titre d'un de ses Ouvrages, dont je parlerai plus bas : par tout ailleurs il prend en général la qualité de Tourangeau ; ce qui a fait croire à quelques personnes qu'il étoit natif de *Tours*.

Il fut élevé sous la direction de *Claude Chappuys*, Valet de Chambre du Roy *François I.* & Garde de sa Bibliotheque, qui eut soin de le faire étudier ; mais *du Verdier*, qui nous apprend cette particularité, ne nous marque point le lieu où il fit ses études, ni aucune autre circonstance de sa vie.

On voit par les dates de ses Ouvrages, qu'il demeuroit à *Lyon* en 1574. & que ce fut là qu'il commença à communiquer au Public les fruits de ses

travaux Litteraires. Son féjour en cet- G. CHAP-
te Ville fut affez long , puifqu'il y PUYS.
étoit encore en 1583. & que ce ne fut
que cette année , qu'il vint s'établir à
Paris , où il demeura toujours depuis.

Comme il fçavoit les langues Latine , Italienne & Efpagnole , il s'appliqua à traduire en François plufieurs
Livres écrits originairement en ces
langues , & fur-tout en ces deux dernieres. Ces traductions ont eu leur
cours dans la nouveauté ; mais la plûpart font tombées entierement dans
l'oubli. Elles fe reffentent en effet de
la précipitation avec laquelle il les
travailloit ; & foit qu'il n'aimât pas
à languir long-temps fur un même
Ouvrage , foit que le befoin le pref-
fât , on y voit fans peine qu'il s'eft hâ-
té de les finir.

Du Verdier dit qu'en 1585. lorfqu'il
publioit fa *Bibliotheque Françoife* ,
Chappuys tenoit la place de *Belleforeft* ,
c'eft-à-dire, celle d'Hiftoriographe de
France , mais il n'en prend la qualité
que dans peu de fes Ouvrages. Depuis 1596. il prend prefque toujours
le titre de *Secretaire Interprete du Roy
en langue Efpagnole*. Son habileté en
H ij

G. Chap-
puys.
cette langue lui en avoit apparemment
procuré la place vers ce temps-là.

Aucun Auteur que je connoisse ne
marque le temps de sa mort. Cependant comme ses derniers Ouvrages
sont de l'an 1611. & qu'on n'entend
plus après parler de lui, il est à présumer qu'il est mort cette année-là,
ou la suivante. Il devoit alors avoir
plus de 60. ans.

Catalogue de ses Ouvrages.

1. *Heureux présage sur la bienvenuë
du Très-Chretien Roy de France & de
Poloigne Henri III. en sa très antique &
fameuse Ville de Lyon. Lyon. Benoist Rigaud*, 1574. *in-*8o. C'est un Poëme.

2. *Harangue de Charles Paschal sur
la mort de Marguerite de Valois, fille de
François I. épouse du Prince Emmanuel
Philebert Duc de Savoye; traduite de
Latin en François, par Gab. Chappuys.
Paris, Jean Poupy*, 1574. *in-*8o. p.
37.

3. *Les Commentaires Hieroglyphiques
ou images des choses de Jean Pierius Va-
lerian, ès quels comme en un vif tableau
est ingenieusement depeint & représenté
l'estat de plusieurs choses antiques, comme de monnoyes, medailles, armes, ins-*

criptions & devises, obelisques, pyra- G. CHAP-
mides & autres monumens : outre une in- PUYS.
finité de diverses & profitables histoires,
proverbes & lieux communs, avec la
parfaite interpretation des *Mysteres d'E-
gypte*, & de plusieurs passaiges de l'E-
criture Sainte conformes à iceux. Plus
deux livres de *Cœlius Curio* touchant ce
qui est signifié par les diverses images &
pourtraicts des Dieux & Hommes. Lyon.
Barthelemy Honorat. 1576. in-fol.

4. *Roland furieux, par Messire Louis
Arioste, Gentilhomme de Ferrare, traduit naïfvement de l'Italien en François.*
Lyon, Barthelemi Honorat. 1576. in-
8°. Je n'en connois que deux éditions
posterieures, l'une qui est de *Lyon*,
1582. in-8o. l'autre faite à *Roüen*, chez
Claude le Villain, 1617. in-8o. p. 603.
Le nom de *Chappuys* ne paroît point
à cette derniere, qui est la seule que
j'aie vûë, mais une piéce de vers qui
est signée *Rodol. Bou. Cast.* (C'est-à-
dire, *Raoul Bouthrays de Chateaudun*,)
& intitulée : *In laudem Gabrielis Cha-
puisii, Turonensis, translatoris hujus ope-
ris* ; & quatre vers de *Chappuys* qui
font au dessous du portrait de l'*Arioste* font voir que cette traduction est
de lui.

G. Chap-
puys.

5. *La suite de Roland furieux , con-*
tenant la mort du très-magnanime &
vaillant Roger , fleur des Paladins de
France , & tous les grands succès , hau-
tes & genereuses entreprises proposées &
non fournies par le divin Arioste. Avec
les Sommaires allegoriques sur chacun
discours. Mise d'Italien en François par
Gabriel Chappuys. Cette suite a dû paroître vers le même temps , que la
traduction précédente. *Du Verdier* , p.
1198. de sa *Bibliotheque* en marque
une édition faite à *Lyon* par *Barthéle-*
my Honorat en 1582 *in* 16. J'en ai vû
une *revûë & corrigée outre les précéden-*
tes éditions. Roüen , Claude le Villain ,
1618. *in* 80. p 349. *Du Verdier* nous
apprend que *Jean-Baptiste Pescatore ,*
de *Ravenne* , est l'Auteur de l'Ouvrage
Italien , que *Chappuys* a mis ici en
François. Il est dans cette langue en
vers , & divisé en 40 chants ; mais
Chappuys l'a traduit en prose , en 40.
discours.

6. *Cinq discours de cinq chants nou-*
veaux de M. Loys Arioste , suivant la
matiere du Furieux , avec suite de quel-
ques nouvelles stances du même Auteur ,
traduicts nouvellement en François par

G. *Chappuys.* Lyon , *Barthelemy Hono-* G. CHAP-
rat , 1576. *in-*8°. Avec le *Roland Fu-* PUYS.
rieux, comme dans l'édition suivante.
It. *Roüen ,* Claude le *Villain ,* 1618.
*in-*8°. p. 84.

7. *Les Colloques de* Mathurin *Cor-*
dier pour le profit & avancement de la
Jeuneſſe , traduicts en François. Lyon .
Loys Cloquemin, 1576. 1579. *in* 8°. Le
Latin eſt ici a côté du François.

8. *Le ſecond Livre de* Primaleon *de*
Grece , mis en François par Gab. Chappuys. *Lyon,* 1577. *in-*80. It. *Ibid.* Pierre *Rigaud ,* 1612. *in-*16. p. 442. On
voit à la tête une Epitre de *Chappuys,*
datée de *Lyon* le dernier Octobre
1577. & à la fin un avertiſſement du
même , dans lequel il promet la traduction du troiſiéme Livre. Cette traduction eſt entierement differente de
celle que *Guillaume Landré ,* d'Orleans, a donnée du même Livre; la fin
n'en eſt pas la même , & elle ne contient que 38. chapitres, au lieu que la
traduction de *Landré* en a 55. M. de
la Monnoye a ignoré cette double traduction , lorſque dans ſes notes ma-
nuſcrites ſur la *Bibliotheque de la Croix*
du Maine , il a repris cet Auteur d'a-

G. CHAP- voir donné à *Chappuys* une traduction
PUYS.   du 2e. Livre de *Primaleon*, par la raison que *Landré* l'avoit traduit. Le premier Livre avoit été traduit précé-
demment par *François de Vernassal.*

9. *Le troisième Livre de Primaleon
de Grèce, traduit d'Espagnol en François, par G. Chappuys.* Lyon, Jean Bé-
raud, 1579. in-8°. feüil. 347. L'Epitre dédicatoire de *Chappuys* est datée
de *Lyon* le 1. Mars de cette année. It.
Lyon, Jean Rigaud, 1609. in-16. p.
426. *La Croix du Maine* a attribué encore à *Chappuys* la traduction du 4e.
Livre imprimée à *Lyon* en 1583. *in-*
8°. & en 1597. *in-16.* Mais il n'y a
aucune apparence qu'elle soit de lui;
l'Epitre, qui est à la tête dans les deux
éditions que j'ai rapportées, est au
nom de *Benoist Rigaud*, & ne fait aucune mention de *Chappuys* ; il y est
seulement dit que ce Livre avoit été
traduit en François par une des plus
doctes plumes de ce temps. *Chappuys*,
qui avoit mis son nom aux deux Livres précédens, ne se seroit pas avisé
de se cacher ici sans aucune raison.
Tout le fondement qu'on a eu de lui
attribuer ce quatriéme, est qu'il avoit
pro-

promis dans le précédent de pousser G. Chap-
cette traduction jusqu'à la fin. Mais puys.
differentes raisons peuvent l'avoir empêché d'exécuter cette promesse. *La
Croix du Maine* s'est trompé plus grossierement, quand il a prétendu que
Chappuys avoit aussi traduit le 5e. Livre ; puisque ce 5e. Livre est imaginaire, & que l'Ouvrage n'en a que
quatre ; C'est encore ce que M. *de la
Monnoye* a ignoré.

10. *Le quinziéme Livre d'Amadis de
Gaule, mis en François par G. Chappuys. Lyon, Benoist Rigaud, 1578. in-*
16. p. 526. chapitres 65. L'Epitre de
Chappuys est datée de *Lyon* le 1. Février 1577.

11. *Le seizéme Livre d'Amadis de
Gaule, mis en François. Lyon, François Didier, 1578. in-16. p. 845.* chapitres 71. L'Epitre de *Chappuys* est datée de *Lyon* le 25. Janvier 1578. *Antoine Tyron* avoit donné l'année précédente une traduction differente des
trente-trois premiers chapitres de ce
Livre, sous le titre de *Quinziéme Livre. Nicolas de Montreux* en a donné
aussi une traduction à sa façon, à *Paris, 1577. in-16.*

Tome XXXIX. I

12. *Le dix septiéme Livre d'Amadis
de Gaule, mis en François. Lyon, Etienne Michel,* 1578. in-16. Feüil. 440.
chapitres 91.

13. *Le dix-huitiéme Livre d'Amadis
de Gaule traduit d'Espagnol en langue
Françoise. Lyon, Louis Cloquemin,* 1579.
in-16. p. 999. chapitres 132. L'Epitre
de *Chappuys* est datée de *Lyon* le 1.
Janvier de cette année.

14. *Le dix-neuviéme Livre d'Amadis
de Gaule traduit d'Espagnol en langue
Françoise. Lyon, Jean Beraud,* 1582.
in-16. Feüil. 445. chapitres 124. Il doit
y avoir eu une édition précédente. Ce
même Livre a été aussi traduit differemment par *Jacques Charlot,* Champenois. *Lyon, Louis Cloquemin,* 1581.
in-16.

15. *Le vingtiéme & pénultiéme Livre
d'Amadis de Gaule mis d'Espagnol en
François. Lyon, Louis Cloquemin,* 1581.
in-16. Feüil. 384. chapitres 96. L'E-
pitre de *Chappuys* est datée de *Lyon* le
20. Novembre 1580. *Jean Boyron* a
donné une autre traduction de ce Livre, imprimée de même à *Lyon* chez
Antoine Tardif, 1582. in-16.

16. *Le vingt-uniéme Livre d'Amadis*

de Gaule , mis d'Espagnol en François. G. Chap-
Lyon , Loys Cloquemin , 1581. *in*-16. puys.
Feüil. 448. chapitres 122. L'Epitre de
Chappuys est datée de *Lyon* le 20. Fé-
vrier 1581.

17. *Briefve Histoire des Guerres Ci-*
viles advenues en Flandre & des causes
d'icelles, contenant tout ce qui s'y est fait
durant le gouvernement de la Duchesse
de Parme, du Duc d'Albe, de Don Loys
de Requesenes , du Comte de Mansfelt ,
& de Don Jean d'Austrie, jusques à pré-
sent, avec le pourtrait de la statuë du sus-
dit Duc d'Albe ; recueillie du Sommai-
re de M. P. C. & mise en François par
G. *Chappuys. Lyon , Jean Beraud ,*
1578. *in*-80. p. 274. Cette Histoire est
traduite de l'Espagnol de *Pierre Cor-*
nejo, Prêtre Espagnol , qui étoit alors
en Flandre.

18. *Les Mondes Celestes , Terrestres*
& Infernaux. Le Monde petit, grand ,
imaginé, mêlé, risible, des sages & foux ,
& le très-grand. L'enfer des Ecoliers ,
des mal mariez , des Putains & Ruf-
fians, des Soldats & Capitaines poltrons,
des pietres Docteurs , des Usuriers , des
Poëtes & Compositeurs ignorans ; tirez
des Oeuvres de Doni Florentin , par Ga-

I ij

briel Chappuys. *Lyon , Barthelemi Honorat ,* 1578. *in-8o.* L'Epitre du Traducteur est adressée à *Antoine du Verdier , sieur de Vauprivas ,* & datée de
Lyon le 1. Juillet de cette année. It.
*Revûs , corrigés & augmentés du Mon-
de des Cornus, par F. C. T. Lyon, Etienne Michel ,* 1580. *in. 8o.* p. 476. Sans
le *Monde des Cornus ,* qui en a 264.
It. *Avec l'Enfer des Ingrats. Lyon, Bar-
thel. Honorat ,* 1583. *in-8o.*

19. *Dix plaisans Dialogues du S. Ni-
colo Franco , traduits d'Italien en François. Lyon , Jean Beraud ,* 1579. *in-16.*

20. *La civile conversation , divisée en
quatre Livres ; traduite de l'Italien du
S. Etienne Guazzo , Gentilhomme de
Casal. Lyon , Jean Beraud ,* 1579. *in-*
8o. *Belleforest* donna la même année à
Paris une autre traduction de cet Ouvrage.

21. *Le parfait Courtisan du Comte
Baltasar Castillonois , ès deux langues ,
répondans par deux colonnes l'une à l'autre pour ceux qui veulent avoir l'intelligence de l'une d'icelles ; de la traduction
de Gabriel Chappuys. Lyon , Loys Cle-
quemin ,* 1580. *in-8o.* It. *Paris , Nicolas Bonfons ,* 1585. *in-8o.* p. 678. L'E-

pitre du Traducteur est datée de *Lyon* G. CHAP-
le 1. Décembre 1579. PUYS.

22. *L'Histoire des Amours extrêmes
d'un Chevalier de Seville, dit Luzman,
à l'endroit d'une belle damoiselle, appellée Arbolea, les cas merveilleux qui lui
advinrent en dix ans qu'il fut errant
par le Monde, & la fin que prinrent
les amours d'icelui; conjointes avec plaisir & érudition si grande, qu'il est im-
possible de le lire sans une merveilleuse
instruction, pour ce que le tout tend à dé-
couvrir les erreurs & folies des hommes.
Composé par Hierosme de Contreras,
excellent Historiographe du Roi d'Espagne, & mise d'Espagnol en François
par Gabr. Chappuys. Lyon, Benoist Rigaud, 1580. in-16.* It. *Paris, Nicolas
Bonfons, 1587. in-16.* Feüil. 190. It.
Roüen, 1598. in-12.

23. *Anacrise ou parfait jugement &
examen des esprits propres & naiz aux
sciences. Composé en Espagnol par M.
Jean Huart, Docteur, natif de S. Jean
du pied de Port, & mis en François par
Gabriel Chappuys. Lyon, François Didier, 1580. in-16.* Feüil. 374. *L'Epitre
du Traducteur est datée de Lyon le
25 Février 1580.* It. *Paris, Micard,*

L iij

1588. *in-*16. It. *Ibid. Nicolas Lescuyer*,
1619. *in-*12. Cette Traduction de
Chappuys est miserable, au jugement
de M. *de la Monnoye* dans ses notes sur
Baillet ; les deux bonnes sont celles de
Paris, 1645. par *Charles Vion d'Ali-*
bray, & celle d'*Amsterdam*, 1672. par
François Savinien d'*Alquié*, nom qui
paroît supposé.

24. *Manuel du Catechisme Catholi-*
que, *extrait & abregé de George Edere*,
Conseiller de l'Empereur, *sans diminuer*
ni augmenter du Catechisme général mis
ci-devant en lumiere par le Commande-
ment du Pape Pie V. Traduit de Latin
en François, *tant pour servir de Formu-*
laire aux Curez voulant Catechiser la
Jeunesse, *que pour le profit de tous ceux*
qui sont ignorans des principaux points
de la Foy Chrétienne & Catholique.
Lyon, Jean Patrasson, 1580. *in-*8º.

25. Il a fait des additions au Livre
intitulé : *Promptuaire des Médailles*
des plus renommées personnes, *qui ont*
été depuis le commencement du Monde.
Avec briefve description de leurs vies
& faits. Lyon, G. Rouille, 1581. *in-*8º.

26. *La* 2º. *&* 3º. *partie de la Diane*
de George de Montemayor, *traduites*

d'Espagnol. *Lyon* , *Loys Cloquemin* , G. CHAP-
1582. *in*-16. La traduction de la pre- PUYS.
mière partie est de *Nicole Colin.*

27. *Hexameron , ou six Journées*
contenant plusieurs doctes discours sur
aucuns poincts difficiles en diverses scien-
ces , avec maintes histoires notables &
non encore oüies. Fait en *Espagnol* par
Antoine de Torquemade , & mis en
François par G. Chappuys. Lyon , An-
toine de Harsy , 1582. *in*-8°. p. 489.
L'Epitre de *Chappuys* est datée de cette Ville le 8. Novembre 1581 It. *Pa-*
ris , Philippe Brachonier , 1583. *in*-16.
Feüil. 319.

28. *Figures de la Bible déclarées par*
Stances par G. C. T. *Lyon ,* 1582. *in*-
8°.

29. *Les cent excellentes Nouvelles de*
M. Jean-Baptiste Giraldy Cinthien ,
Gentilhomme Ferrarois ; mises d'Italien
en François. Paris , Abel Langelier. in-
8°. Deux volumes ; le 1. en 1583. &
le 2e. en 1584.

30. *Dialogues Philosophiques Italiens-*
François ,touchant la vie civile , traduits
des Dialogues Italiens de M. Jean-Ba-
ptiste Giraldy Cinthien , par G. Chap-
puys. Paris , 1583. *in*-8°.

G. CHAP-
PUYS.

31. *Leçons Catholiques sur les Doctrines de l'Eglise; divisées en trois parties. La premiere apprête les armes pour combattre les Hérétiques; la seconde est pour les endommager; la troisiéme pour se défendre contre iceux; prononcées à Turin l'an 1582. par commandement & en présence de Charles Emmanuel Duc de Savoye & Prince de Piemont. Par François Panigarole, Milanois, de l'Ordre de l'Observance, traduit de l'Italien en François par G. C. T. Lyon. Jean Stratius, 1583. in-8°.*

32. *Les Sermons très-doctes & éloquens de M. Corneille Musso, Evêque de Bitonte, mis d'Italien en François par G. C. Paris, 1584. in-8°.* Les deux premiers Sermons de ce volume sont de la traduction de *François de Belleforest*, comme on le voit par l'Epître dédicatoire; le reste est de *Chappuys.*

33. *Lettres facetieuses & subtiles, de Cesar Rao, d'Alexan, Ville du Païs d'Otrante, non moins plaisantes & récreatives que morales pour tous esprits genereux, traduites nouvellement d'Italien en François par G. Chappuys. Lyon, Antoine Tardif, 1584. in-16. p. 410.* L'Epitre de *Chappuys* est datée de Pa-

ris le 6. Avril de cette année.

34. *Miroir Univerſel des Arts & Sciences en général de l'excellent Docteur M. Leonard Fioravanti, Bolognois, diviſé en trois Livres. Au premier eſt traité de tous les Arts Liberaux & Méchaniques, & ſe montrent tous les ſecrets qui ſont en iceux de plus grande importance. Au ſecond, des diverſes Sciences, Hiſtoires & belles contemplations des Philoſophes anciens. Au troiſiéme ſont contenus pluſieurs ſecrets & notables inventions très utiles & neceſſaires à ſçavoir.* Traduit d'Italien en François. Paris, Pierre Cavellat 1584. in-8°. pp. 680. L'Epître de *Chappuys* eſt datée de Paris le 1. Fevrier de cette année.

35. *Les Facetieuſes Journées, contenant cent certaines & agréables nouvelles, la plûpart advenues de notre temps; les autres recueillies & choiſies de tous les plus excellens Auteurs étrangers qui en ont écrit.* Par G. C. D. T. Paris, Jean Houze 1584. in 8°. Feuil. 357. L'Epître de *Chappuys* eſt datée de *Paris* au mois d'Avril de cette année.

36. *Les ſix livres de Mario Equicola d'Alveto de la nature d'Amour.*

G. Chap tant humain, que divin, & de toutes
puys. les differences d'icelui. Mis en François par G. Chappuys. Paris, Jean
Houé, 1584. in-8o. Feuil. 347. It.
Ibid. 1589 in-12. Feuil. 447.
Lyon, Jean Veyrat 1598. in-12. Feuill.
446.

37. Suite des Memoires & Histoire
de l'origine, invention & Auteurs des
choses & sciences, à l'imitation de Po-
lydore Virgile, divisé en deux livres,
composé premierement en latin par Alexandre Sarde, & traduit nouvellement par G. Chappuys. Lyon. Jean
Stratius. 1584. in-8o. pp. 86. Le Privilege est du 6. Octobre 1582.

38. Le sommaire de toutes les sciences, par Dominique Daulphin, Gentilhomme Italien; mis d'Italien en François. Lyon, Antoine Tardif, 1584.
in-8o.

39. Lettres & missives amoureuses de
Pasqualigo, traduites d'Italien en François. Paris. Abel l'Angelier. 1584.
in-8o.

40. Les secrets de nature. Lyon, Honorat. 1584. in-8o. Je ne connois cet
ouvrage que par la Bibliothèque de
la Croix du Maine; c'est apparem-

ment encore une traduction.   G. CHAP

41. *Considerations civiles sur plusieurs* PUYS. *histoires, principalement sur celles de Guichardin, par le sieur Remy Floren-tin ; mises en François par Gabriel Chappuys. Paris.* 1585. *in* 8º.

42. *L'état, description, & Gouver-nement des Royaumes & Republiques du monde, tant anciennes que moder-nes, comprises en* 24 *livres : contenant divers reglemens, ordonnances, loix coûtumes, offices, Magistrats, & au-tres choses notables appartenantes à l'histoire, & utiles à toutes manieres & conditions d'hommes, tant en affaires d'Etat que de la Police, & propres en tems de paix & de Guerre. Par G. Chappuys. Paris. Pierre Cavellat* 1585. *in-fol.* Feuil. 316.

43. *Dialogues du vrai honneur mili-taire, traitans contre l'abus de la plû-part de la Noblesse, comme l'honneur se doit conformer à la conscience ; mis d'Espagnol en François par G. Chap-puys. Paris, Thomas Perrier,* 1585. *in-*8o. Feuil. 134. Il y a ici trois dialogues, dont l'Auteur Espagnol est Jerome d'Urrea.

44. *Continuation des Annales de*

C. CHAP
PUYS. *France jusqu'à Henri III. Paris. 1585.*
in-fol. & la suite des *Annales & Chro-*
niques de France de Nicole Gilles,
continuées par *Denys Sauvage,* &
François de Belle-forest, dans cette
édition & dans les suivantes, qui
ont été augmentées par différens Auteurs.

45. *Cent sermons sur la Passion de*
Notre Seigneur, prononcés à Milan par
R. P. F. Panigarole, Mineur Obser-
vantin, & traduits par G. Chappuys,
d'Amb. Tourangeau. Paris. 1586.
in-8º. Quatre tomes. It. 2ᵉ. *Edition.*
Ibid. Ambroise Drouart 1597. in-8o.
Quatre tomes. L'Epître de *Chappuys*
est datée du 15. Septembre 1586.

46. *Le Théatre des divers cerveaux*
du monde, auquel tiennent place, selon
leur degré, toutes les manieres d'esprits
& humeurs des hommes, tant louables
que vicieuses, déduites par discours
doctes & agréables ; traduits de l'Italien
par G. C. D. T. Paris, Felix le Man-
gnier. 1586. in-16. Feuill. 268. L'Auteur Italien de cet Ouvrage est *Tho-*
mas Garzoni.

47. *Conseils militaires traduits de*
l'Italien de Cosme Bartoli. Paris. 1586.
in-8o.

48. *Dialogues de la Philosophie* C. CHAP-
Phantastique des trois en un corps, & PUYS.
mesmement des Lettres, des Armes, &
de l'honneur, où sont contenues diverses
& agréables matieres, mis d'Espagnol
en François. Paris, Sebastien Molin.
1587. in-8º. Feuill. 232.

49. *L'œuvre entier & parfait de la*
vanité du monde, composé en Espagnol
par le R. P. F. Diego de Estella, de
l'Ordre de S. François, & divisé en
trois volumes. Mis en François par G.
Chappuys, Annaliste & Translateur
du Roy. Paris. Gervais Mallot. in-12.
Trois tomes : le 1. en 1587. le 2e. en
1588. & le 3e. en 1589.

50. *Harangue de l'ancienne institution*
& coûtumes des saintes Stations, ré-
tablie & remise sus par Notre S. P.
le Pape Sixte V. Prononcée en Latin
au temple de Sainte Sabine, le jour des
Cendres, par François Panigarole, &
mise en nôtre vulgaire de la traduction
de G. Chappuys. Paris 1587. in-8º.
pp. 29.

51. *Epitres spirituelles du R. P. J.*
de Avila, fidelement traduites & mises
en meilleur ordre qu'elles ne sont en
l'exemplaire Espagnol. Par G. Chap-

C. CHAP-
PUYS.

puys. *Paris, Pierre Cavellat.* 1588.
in-12. deux vol.

52. *Le Commentaire du Comte Jean Picus Mirandulus sur une chanson d'amour, composée par Hierome Benivieni, citoyen Florentin, selon l'opinion des Platoniciens, mis en François par G. C. T.* Cet ouvrage de la traduction de Chappuys, se trouve à la suite du *Discours de l'honnête amour sur le Banquet de Platon, par Marsile Ficin, traduit de Toscan en François par Guy le Fevre de la Boderie. Paris, Abel l'Angelier* 1588. *in*-8°.

53. *Histoire du Royaume de Navarre, contenant de Roy en Roy tout ce qui est advenu de remarquable dès son origine, & depuis que les Roys d'Espagne l'ont usurpé, ce qui s'est fait & passé jusques aujourd'hui par ses Rois légitimes, servant aussi d'abregé de l'Histoire de ces derniers troubles de France. Tirée des meilleurs Historiens Latins, François, Espagnols & Italiens. Par l'un des Secretaires Interpretes de Sa Majesté, Paris, Nicolas Gilles* 1596. *in*-8°. pp. 876.

54. *Les fleurs de méditations divines pour tous les jours de la semaine. Dé-*

vôtes priéres & exercices spirituels de C. CHAP.
R. P. F. Louis de Grenade ; le tout PUYS.
recueilli par Hernando de Villareal ,
& mis d'Espagnol en nôtre langue par
G. Chappuys , Secretaire Interprete
du Roy en langue Espagnole. Paris
1598. in-12 p. 354. It. Rouen 1627.
in-12.

55. *Méthode de servir Dieu , traduit*
de l'Espagnol du P. Alphonse de Ma-
drit. Douay 1598. in-12. Il y a appa-
remment une édition précedente.

56. *Raison & Gouvernement d'Etat*
en dix livres du Seigneur Giovanni Bo-
tero Benese , traduits sur la 4e. impres-
sion Italienne plus ample que les au-
tres premieres , la version répondant à
son original colonne pour colonne , par
G. Chappuys. Paris , Guill. Chaudie-
re. 1599. en-8o. Feuill. 348.

57. *Harangue du Cavalier Philip-*
pe Cauriana faite à la Reine Marie de
Medicis à son département de Toscane
pour passer en France ; de la version de
G. Chappuys. Paris , Claude de Morel.
1600. in-8o. pp. 19.

58. *Histoire de nôtre tems sous les*
Regnes des Rois Henri III. & Henri
IV. R. de France & de Navarre , con-

C. CHAP-tenant tout ce qui s'est passé tant en
PUYS. France qu'ès autres pays circonvoisins,
jusques à la paix faite entre les Rois
de France & d'Espagne. Par Gab. Chappuys. Paris, Laurent Sonnius. 1600.
in-8o. Feuill. 335. Cette histoire s'é-
tend depuis l'an 1574. jusqu'en
1598.

59. *La Toscane Françoise Italienne*
de G. Chappuys ; contenant les noms,
limites, antiquités, & grandeur de
Toscane, l'origine, liberté, discordes
& ruines de Florence, depuis restau-
rée & aggrandie par Charlemagne, ses
richesses, valeur, noblesse, ensemble de
ses magnanimes, Chefs & Ducs de la
très-illustre Maison de Medici, jusques
aujourd'hui, avec leur Genealogie. Paris. Par l'Auteur. 1601. in-8o. Feuill.
39. En Italien & en François.

60. *Citadelle de la Royauté.* Paris.
1603. in-8o.

61. *Livre II. du Catechisme de Gre-*
nade, faisant la cinquième partie de
son introduction au symbole de la Foi,
Plus un traité de la maniere & méthode d'enseigner les mysteres de nôtre foi
aux Infideles, trad. de l'Espagnol. Paris, Robert Fouet 1605. in-4o. It. Ibid.
1607. in-4o.

62. *Sermons & ſaints Exercices très-* G. CHAP
doctes & éloqnens ſur tous les Evangiles PUYS.
du S. Carême, diviſés en deux tomes.
compoſés en Eſpagnol par le R. P.
de Valderama de l'Ordre de S. Auguſ-
tin, traduits en François par G. Chap-
puys. Paris, Robert Fouet. 1610. *in-*8°.
Deux tomes de plus de 1200 pages
chacun. L'Epître dédicatoire de
Chappuys, au Cardinal *du Perron*
eſt datée de cette année.

63. *Le miroir du Prince. Au Dauphin*
1610. Je ne connois cet Ouvrage que
par ce qu'on en dit dans l'Epître dédicatoire du ſuivant.

64. *Hiſtoire generale de la guerre de*
Flandre, diviſée en 2. *to. Contenant toutes*
les choſes mémorables advenuës en icel-
le depuis l'an 1559. *juſques à la Treve*
conclue en la ville d'Anvers le 9. *Avril*
1609. *Par G. Chappuys. Paris, Ro-*
bert Fouet 1611. *in-*40. Deux tom.
pp. 672. & 491. L'Ouvrage eſt partagé en quinze livres. It. *Edition nou-*
velle. Paris, 1633. *in fol.* Deux tomes. Cette édition eſt diviſée en 20.
livres & va juſqu'en 1632. Mais
l'augmentation n'eſt point de *Chap-*
puys, qui étoit mort depuis long-

Tome XXXIX. K

tems, quoique le privilege semble
le dire.

65. *Discours de Jules Mazarini
traduits par G. Chappuys. Paris. 1611.
in-12. Deux tom.*

66. *Méthode de se bien confesser,
traduit d'Italien en François. Lyon,
Benoist Rigaud.* Je ne trouve cet ouvrage que dans la *Bibliotheque de la
Croix du Maine*, non plus que le suivant.

67. *Six livres de la Noblesse, traduits d'Italien en François.* Je ne sçai
ce que c'est.

68. *Manuel des Catholiques, contenant la vraye maniere de prier Dieu,
par G. Chappuys. Anvers 1641. in-80.*
Avec fig. Il doit y avoir des éditions
antérieures.

V. *Les Bibliotheques Françoises de
la Croix du Maine & de Du Verdier.*

PHILIPPE PICINELLI.

PHilippe *Picinelli* naquit à *Milan*
le 21. Novembre 1604. & reçut
au baptême le nom de *Charles-Fran-
çois*, qu'on lui changea en celui de

Philippe, lorſqu'il reçut l'habit Religieux.

On eut bien de la peine à l'élever
à cauſe de ſa délicateſſe, & il fut attaqué de diverſes maladies pendant
ſon enfance ; mais ſon tempérament
ſe fortifia dans la ſuite.

Après avoir fait ſes études d'Humanités & ſa Logique, il entra à l'â-
ge de 18 ans, c'eſt-à-dire en 1622.
chez les Chanoines Réguliers de La-
tran. Après ſa profeſſion, il fit ſa
Philoſophie à *Cremone*, & enſuite ſa
Théologie à *Plaiſance*.

Ses études finies, on l'envoya à
Breſcia, où il fut occupé à expliquer
l'Ecriture ſainte les jours de Fête
après Veſpres dans l'Egliſe de *Sainte*
Afre : emploi qu'il remplit près de
dix ans en différentes villes d'Italie.

Il s'adonna depuis à la Prédication,
& prêcha pendant quarante ans le
Carême dans les principales villes du
Pays.

Il paſſa auſſi par les principales
charges de ſon Ordre, & y fut enfin
fait Abbé perpétuel. Ses momens de
loiſir ont été occupés à compoſer
quelques ouvrages, qui ſont tous de

K ij

P. PICI- morale, à l'exception d'un seul.
NELLI.   On ignore le tems de sa mort. Il
vivoit encore en 1678. étant alors
âgé de 74. ans. Mais comme il n'est
plus fait mention de lui depuis, il
est à présumer qu'il ne passa gueres
cette année.

Catalogue de ses Ouvrages.

1o. *I Pregi della Ghirlanda Ci-*
vica ; sacro discorso del P. Filippo Pi-
cinelli, fatto da lui nel senato della Re-
publica di Luca il quarto sabatto di Qua-
resima dell'anno 1635. in Pisa 1635.
in 4o.

2. *Le Bellezze fruttifere dell'Ulivo ;*
simbolico discorso per S. Francesca Ro-
mana, oblata Olivetana in Pistoia.
1647. in-4o.

3. *Il Giglio candido & odoroso ; sim-*
bolico discorso alle lodi de S. Antonio
di Padoua, detto nel giorno di sua trans-
lazione li 15. Febbraro 1648. in S.
Francesco di Pistoia. in Pistoia. 1648.
in-4o.

4. *Il Mongibello Nevoso & infoca-*
to, alle glorie del Patriarca S. Ignazio
di Loyola discorso, detto in Pistoia l'an-
no 1647. dato in luce dal Collegio de
Nobili di quella citta. In Pistoia 1647.
in-4o.

5. *J Miſtici Coloſſi; diſcorſi per S. P.* P I C I-
*Petronio. In Bologna. in-*4°.

6. *Applauſi Feſtivi nelle ſolennita*
d'alcuni ſanti. In Venetia. 1549. *in-*12.
It. in Milano. 1650. *in-*12.

7. *L'Ombrone conſolato ; Epitalamio.*
In Piſtoia. 1648. *in-*4°.

8. *Il mondo ſimbolico ò ſia Univer-*
ſita d'impreſe. In Milano. 1653. *in-*
fol. It. di nuovo ampliato. Ibid. 1669.
in-fol. It. Trad. en Latin: *Mundus ſim-*
bolicus in emblematum univerſitate for-
matus, explicatus, & tam ſacris, quàm
profanis eruditionibus ac ſententiis il-
luſtratus, idiomate Italico conſcriptus
à Phil. Picinello, in Latinum traduc-
tus ab Auguſtino Erath. Editio noviſ-
ſima. Coloniæ 1696. *in-fol.*

9. *Fœminarum ſacræ ſcripturæ elo-*
gia. Mediolani 1657. *in-*8°. It. *No-*
rimbergæ 1694. *in-*12.

10. *Encomii ſacri. In Milano* 1658.
*in-*8°. Il y a joint deux diſcours Aca-
demiques intitulés, l'un *l'Alcide ope-*
rante, ò ſia il Nobile virtuoſo, & l'autre *le delitie delle Nevi.*

11. *Il Cherubino quadriſorme per S.*
*Aldobrando. In Bologna. in-*8°.

P. PICI- 12. *L'idea del Principe Republichif-*
NELLI. *ta. Vita di Carlo Contarini, Duce di
Venetia. In Milano 1664. in-12.*

13. *J. Lumi refleffi, o verò concetti
della facra Biblia offervati ne' i volu-
mi non facri, ftudii eruditi. In Milano 1667. in-fol.* It. Trad. en Latin
fous ce titre : *Lumina reflexa, five con-
fenfus veterum Claffiicorum & Ethni-
corum Authorum, cum fingulis pene
verficulis Bibliorum veteris & novi
Teftamenti, inftar Commentarii ad totam
S. Scripturam, ex Italico Latine reddita ab Auguftino Erath, Canonico
Regulari Wettenhufano. Francofurti ad
Mœnum. 1702. in fol.* Il y a de l'é-
rudition dans cet Ouvrage.

14. *Ateneo de' i Letterati Milanefi
adunati d'all'Abbate Filippo Picinelli. In Milano. 1670. in-4º.* Cet
Ouvrage eft le feul de cet Auteur qui foit connu & recherché.
C'eft cependant une pure compila-
tion, où il a copié fans diftinction les
bons & les mauvais Ecrivains, fans
y ajoûter prefque aucune chofe de
fon fond. On ne voit dans la plûpart des articles que des louanges
générales, fans particularités & fans
dates.

15. *Prodigii delle preghiere spiegati* P. PICI-
in cento discorsi scritturali, eruditi, mo- NELLI.
rali. In Milano. 1672. *in-*4°. pp. 601.

16. *Le Massime de'i Sacri Chiostri,*
ricavate dalla Regola del Padre S.
Agostino, e spiegate in cento discorsi,
studii senili dell'Abbate Fil. Picinelli.
In Milano 1678. *in-*40. pp. 577.
On voit par l'Epître dédicatoire datée de *Casoretto*, où il demeuroit
alors, le 30. Mars de cette année,
qu'il étoit âgé de 74 ans.

L'Ouvrage a été traduit en Latin
fous ce titre : *Sacrarum Religionum*
Maxima, ex Regula S. Augustini de-
sumptæ, ac centum discursibus explicatæ.
Augustæ Vind. 1696. *in-*4°. Cette traduction eft apparemment d'*Augustin*
Erath.

17. *Symbola Virginea ad honorem*
Mariæ Matris Dei Italice explicata
50. *discursibus a Picinello, in Latinum*
traducta ab Augustino Erath. Augustæ
Vindel. 1694. *in-*80. L'Ouvrage Italien eft de l'an 1678.

V. *Ateneo de'i Litterati Milanesi.*
p. 192. On ne le connoît que par
ce qu'il en dit lui-même en cet endroit.

JEROME GHILINI.

J. GHI-
LINI.

JErôme *Ghilini* naquit à *Monza*
dans le *Milanez* le 19. Mai 1589.
de *Jacques Ghilini*, natif d'*Alexandrie de la Paille*, qui étoit un des
Secretaires du Senat de *Milan*, &
de *Victoire Homaia*.

Il fut élevé à *Milan*, & y fit ses
études d'Humanités & sa Philosophie, sous la conduite des Jesuites.
Il alla ensuite à *Parme*, où il commença à se donner au Droit Civil
& Canonique; mais une maladie fâcheuse qui lui survint l'obligea quelque tems après à abandonner l'étude, & à retourner dans la maison
paternelle.

Sa santé rétablie, il songeoit à aller reprendre ses études de Droit,
lorsque la mort de son pere, & les
affaires qu'elle lui occasionna, tour-
nerent ses pensées d'un autre côté.

Il se maria, & épousa une fille
d'*Alexandrie*, nommée *Hiacinthe Ba-
liana*. Il s'établit à cette occasion dans
cette ville, où il se partagea entre les
soins

foins de fa maifon, & fes études par- J. GHI
ticulieres.

Sa femme étant morte, il prit l'habit Eccléfiaftique, & reçut l'Ordre
de Prêtrife. Il reprit depuis l'étude
du Droit Canonique, & s'y fit recevoir Docteur.

Il eut quelque temps après l'Abbaye
de *S. Jacques de Cantalupo* dans le
Diocèfe de *Boiano*, au Royaume de
Naples, & fut fait Protonotaire
Apoftolique.

Il retourna alors demeurer à *Milan*, où le Cardinal *Cefar Monti*, Archevêque de cette ville, lui donna
un Canonicat uni à la Théologale de
l'Eglife de *S. Ambroife*.

Il ne demeura gueres dans cette
ville que cinq ans, après lefquels
fes affaires l'ayant rappellé à *Alexandrie*, il y fixa de nouveau fa réfi-
dence. Il y étoit encore, âgé de 78
ans, lorfque *Picinelli* compofa fon article. Comme la bibliothéque de cet
Auteur, où il l'a fait entrer, a paru
en 1670. & qu'il n'y eft point parlé
de fa mort, on peut préfumer que
Ghilini vivoit encore alors.

Tome XXXIX. L

J. GHI-   Il étoit de l'Académie des *Incog-*
LINI.   *niti* de *Venise.*

  Catalogue de ses Ouvrages.
  1. *La Perla Occidentale ; sonetti
in lode di Margherita. C. M. P. M.*
J'ignore la date de cet ouvrage, aussi
bien que des deux suivans.
  2. *Il Tanaro glorioso ; Odi in lode
di Agostino Domenico squarciasichi
Presidente del Senato di Milano.*
  3. *Praticabiles casuum conscientiæ
resolutiones, brevissimis Conclusionibus explicata.*
  4. *Teatro d'Huomini Letterati aper-
to dall' Abbate Girolamo Ghilini. Volume* 1. *In Milano* 1633. *in* 8°. pp.
430. Il n'y a eu que le premier volume imprimé en cette forme. It. *In
Venetia* 1647. *in* 4°. Avec un second
volume. Il n'y a eu que ces deux
d'imprimés, quoiqu'on marque à la
tête du livre suivant qu'il y en a eu
six qui l'ont été. *Baillet* a fort mal
jugé de cet ouvrage, quand il a dit
dans le *Jugement des sçavans*, qu'il
est estimé pour l'exactitude & la di-
ligence que l'Auteur a apporté, en
recueillant les principales actions &

les écrits de ceux dont il parle. Il J. Gri-
faut plutôt dire que c'eſt un Auteur lini.
peu judicieux, grand & fade louan-
geur. Ses éloges ne contiennent
preſque que des generalités. Le peu
de dates qu'il y a ſont ſouvent fauſ-
ſes, & il parle des ouvrages d'une
maniere ſi vague, qu'il n'apprend preſque rien. Il faut cependant excep-
ter un petit nombre d'articles, qui
ſont plus curieux, plus recherchés,
& plus exacts que les autres.

5. *Annali di Alexandria, & del
Territorio circonvicino, dall'Origine
ſua ſin' al* 1659. *In Milano.* 1666 *in-fol.*

V. *Teatro d'Huomini Letterati di
Girol. Ghilini vol.* 1. *p.* 121. *Atheneo
de' i Letterati Milaneſi, di Filippo Picinelli. p.* 341. *Glorie degli Incogniti.
p.* 269.

MICHEL DE LA VIGNE.

Michel de la Vigne naquit à M. DE LA
Vernon en Normandie l'an VIGNE.
1588.

Jacques de la Vigne, Chanoine de
l'Egliſe Collégiale de cette ville,

L ij

M. DE LA son oncle paternel, se chargea de
VIGNE. son éducation, & l'envoya étudier à
Paris.

Après avoir fait ses études d'Humanités , & sa Philosophie, il se
tourna du côté de la Médecine, dans
laquelle il eut pour Maîtres *Simon
Pietre* , & *Pierre Seguin* , Professeurs
Royaux.

Ayant achevé son cours de Médecine , avant que d'avoir l'âge necessaire pour prendre le degré de Docteur , il se retira dans sa patrie , pour
s'y appliquer avec tranquillité à l'étude , & ne revint à *Paris* , que lorsqu'il fut en état de recevoir le degré qu'il souhaitoit.

A peine l'eut-il reçu en 1614. que
la mort de sa mere arrivée dans ce
temps là, l'obligea de retourner à *Vernon* , où il eut d'abord dessein de se
fixer.

Il s'y maria dans cette pensée ;
mais ayant perdu quelque temps après
son pere, & se voyant accablé de
Tailles & de Subsides , il se réfugia à
Paris.

Il y enseigna d'abord la Rhétori-
que dans le College du Cardinal le

Moine. Cette circonstance rapportée
par *Vigneul-Marville*, a été omise
dans son éloge Latin. M. DE LA VIGNE.

Mais il reprit peu après l'exercice
de la Médecine, dans laquelle il
se rendit très-habile, & acquit de la
réputation & du bien.

Ayant été fait Doyen de la Faculté
de Médecine, il se déclara fortement
contre les Chimistes & l'Antimoine,
& prononça un discours contr'eux
dans le Parlement le 1. Mars 1644.

Il mourut le 14 Juin 1648. âgé
de 60 ans. Il laissa deux enfans, un
fils d'un esprit fort borné, & une
fille fort sçavante, & fort spirituelle.
Ce qui lui faisoit dire quelquefois
en plaisantant. *Quand j'ai fait ma
fille je pensois faire mon fils ; & quand
j'ai fait mon fils, je pensois faire ma
fille.*

On n'a de lui que les deux discours suivans.

*Orationes duæ. Quarum prior habita
est apud D. Pro-Prætorem Urbanum
die 9. Decembris 1643. Posterior in
frequenti senatu calendis Martiis, anno 1644. adversus Theophrastum Re-
naudot, Gazettarium, Medicum Mon-*

M. DE LA
VIGNE.

peliensem , & omnes Medicos extra-
neos, Lutetia Parisiorum Medicinam il-
licite facientes. Paris. 1644. *in-* 4°.

V. *Son Eloge en Latin , imprimé*
in- 4°. *pp.* 3. *Melanges d'histoire & de*
Litterature de Vigneul-Marville. tom.
I. *p.* 79.

HENRI CATHERIN DAVILA.

H. C.
DAVILA.

Enri Catherin Davila naquit à
Sacco , ancien Château du ter-
ritoire de *Padoue* le 30. Octobre. 1576.
comme il paroît par les Regiftres de
l'Eglife de ce lieu , d'*Antoine Davila,*
qui ayant été autrefois Connétable
du Royaume de Chypre, avoit perdu
tous fes biens , lorfque cette Ifle fut
prife par les Turcs en 1570 & de *Flo-*
rence Sinclitico , d'une famille noble
de la même Ifle.

Ainfi *Jean Imperiali* , & tous ceux
qui l'ont copié , comme *Baudoin,*
Bullart , & plufieurs autres fe font
trompés , en le faifant naître dans
l'Ifle de Chipre Il eft vrai qu'il prend
en quelque endroit la qualité de Cy-
priot ; mais il ne l'a fait , que parce

qu'il étoit originaire de cette Isle,
où son pere étoit né.

On lui donna le nom *d'Henri Ca-
thérin,* en l'honneur *d'Henri III.* Roy
de France, & de *Catherine de Medicis,* sa mere, par reconnoissance pour
les bienfaits que son pere avoit reçu
de cette Princesse, pendant son sejour
en ce Royaume, & pour l'engager,
aussi bien que le Roi son fils qui
étoit monté depuis son départ sur le
thrône, à lui accorder sa protection.

Les esperances qu'*Antoine d'Avila*
avoit conçues de ce côté là, l'engage-
rent à amener en France *Henri Catherin,* son fils, avant sa septiéme année.

Il y fut élevé dans le Château de
Villars en Normandie, dont le Seigneur, *Jean d'Hemeri* Maréchal de
France, avoit épousé sa sœur *Marguerite,* qui après avoir été Dame
d'honneur de *Catherine de Medicis,*
avoit été pourvûe si avantageusement
par le crédit de cette Princesse.

Il nous instruit lui-même de sa ve-
nue en France au commencement de
son Histoire, lorsqu'il dit, suivant
la traduction de *Baudoin* : ,, la for-
,, tune, qui a toujours travaillé ma

H. C.
DAVLLA.

» vie, a voulu que dès les premieres
» années de mon enfance je me fois
» vû transportée par elle même bien
» avant dans les Provinces & dans
» le cœur de la France ; où après
» avoir demeuré long-tems , j'ai eu
» tout loifir de voir de mes propres
» yeux les plus remarquables , & les
» plus fecretes circonftances de tant
» d'evenemens fignalés. «

Ainfi je ne vois point fur quel fondement *Ange-Comnene Papadoli* l'a
mis au nombre des éleves de l'Univerfité de *Padoue*, qui n'eft ouverte
qu'aux jeunes gens d'un âge mûr. Il
eft vrai, que cet Auteur cite une Lettre de *Davila*, où il prétend avoir
appris qu'il y avoit étudié ; mais *Apoſtolo Zeno* affure dans fa vie avoir lû
avec beaucoup d'attention toutes fes
Lettres, fans y avoir rien trouvé de
femblable.

On pourroit cependant dire qu'à
fon retour à *Padoue* en 1599. s'y
trouvant fans occupation , il s'y donna plus particulierement à fes études,
qui ne l'avoient occupé jufques là ,
que de temps en temps, & avec beaucoup d'interruption , & qu'il profita

des inſtructions des ſçavans Profeſſeurs qui y enſeignoient, pour ſe mettre en état de travailler à l'Hiſtoire
qu'il avoit entrepriſe. La choſe n'a
rien que de fort probable.

Imperiali, & ceux qui l'ont ſuivi,
ont tout brouillé, lorſqu'ils ont dit,
que le triſte état où le jeune *Davila*
ſe trouvoit réduit dans le Royaume
de Chypre avec toute ſa famille par
la tyrannie des Turcs, lui fit naître
la penſée d'aller chercher ailleurs dequoi ſe tirer de cette miſere ; qu'il alla d'abord à *Avila* en Eſpagne, d'où
ſa famille tiroit ſon origine & ſon
nom, & où il avoit encore des parens ; mais que n'en ayant pû rien
tirer autre choſe que des ſentimens
de compaſſion, il paſſa en France,
où il fut bien reçu du Roy *Henri*
III. & de *Catherine de Medicis* ſa mere ; & qu'il y fit venir un de ſes freres, & deux de ſes ſœurs, que
cette Princeſſe prit à ſon ſervice. Tous
ces faits conviennent à *Antoine Da-*
vila ſon pere, qui en effet après la
ruine de ſon pays, paſſa en Eſpagne,
& de là en France ſous le regne, non
point d'*Henri III.* mais de *Charles*

H. C.
DAVILA.

IX. en 1571. & qui y fit placer son
fils *Louis*, en qualité de Gentilhomme de la Chambre, & succesive-
ment ses deux filles *Marguerite* &
Cornelie en celle de Dames d'Honneur, auprès de *Catherine de Medicis*.

On ne sçait point en quel lieu pré-
cisément il fit ses études ; mais il est
sûr que ce fut en France, puisqu'il
n'en sortit pour retourner en Italie
qu'en 1599. âgé alors de 23 ans.

On peut seulement conjecturer
par un endroit du neuviéme Livre
de son Histoire, qu'après avoir demeuré quelque temps en Normandie,
il vint étudier à *Paris*, & fut élevé
à la Cour ; peut-être en qualité de
Page de la Reine Mere, ou du Roy.
Car il y marque qu'il fut present au
discours que le Roi *Henri III.* prononça le 16. Octobre 1588. à l'ou-
verture des Etats de *Blois* ; & parlant
dans le même livre du Frere *Jacques
Clement*, Jacobin, il témoigne l'a-
voir vû & entretenu plusieurs fois à
Paris, où la Cour étoit alors, en allant rendre visite à *Estienne Lusignani*,
Jacobin, Evêque de *Limisso*, qui

demeuroit dans le même Couvent. DAVILA.

Quoiqu'il en soit, il est certain qu'il n'oublia rien pour acquerir les sciences necessaires à un homme qui veut se mettre en état d'écrire l'Histoire avec succès, comme il est facile de le reconnoître par celle qu'il nous a laissée.

Il fondoit ses esperances sur la protection de *Catherine de Medicis* & du Roy *Henri III.* mais il eut le chagrin de les perdre tous les deux en 1589. cette Princesse étant morte à *Blois* le 5. Janvier de cette année, & ce Prince le 2. Août suivant. Si l'on s'en rapporte à plusieurs Auteurs, tant François qu'Etrangers, on s'imaginera que *Davila* étoit alors entierement dans les bonnes graces de *Catherine*, qui l'avoit élevé a plusieurs postes considerables ; car ils en parlent sur ce ton. Tel est *Marin le Roy de Gomberville*, qui au rapport du P. *le Long* dans sa *Bibliothéque Historique de la France* n°. 8490. assure que pour le secret des affaires, il n'en a sçu que ce que *Catherine de Medicis* lui en avoit communiqué.

En s'exprimant ainsi, il n'a pas fait

H. C.
DAVILA.

attention que *Davila* n'avoit encore
que douze ans lorsque cette Princesse
mourut, & qu'il étoit par conséquent
incapable d'avoir part à sa confiance.
Mais ce qu'il n'a pû sçavoir de cette
Princesse même, il a pû l'apprendre
de *Louis Davila*, son frere, qui étant
beaucoup plus âgé que lui, l'avoit
servi long-tems, & avoit été employé par son ordre, dans plusieurs
affaires importantes.

Parvenu à l'âge de 18 ans, il voulut satisfaire l'inclination qu'il avoit
pour les Armes, & entra dans le
service. Il se trouva au mois d'Avril
1594. au Siége de *Honfleur*, & il y
fut en danger de sa vie, ayant eu un
cheval tué sous lui. Il se démit quelque temps après un pied, & pensa en
être estropié pour le reste de ses jours,
mais il en guérit. En 1597. étant au
Siége d'*Amiens*, il fut blessé d'un
coup de pertuisanne au genouil droit.
Ce sont là les seules particularités
qu'il nous apprend de sa vie mili-
taire.

Les guerres civiles de France étant
cessées, & la paix ayant été faite au
mois de May 1598. il reçut ordre

de ſon pere de ſe rendre à *Padoue*, H. C.
où il s'étoit retiré après la mort de DAVILA.
Catherine de Medicis.

Il s'y rendit en 1599. Mais à peine
y fut-il arrivé, qu'il perdit ſon pere
par un triſte accident. Soit accès de
folie, ſoit autre choſe, il ſe jetta d'u-
ne grande hauteur en bas, & s'étant
fracaſſé tout le corps, il en mourut
deux heures après.

Henri Catherin Davila ſe mit depuis au ſervice de la Republique de
Veniſe, & fut chargé juſqu'à la fin
de ſa vie de differens emplois militaires. Cela fait voir, que *Baudoin*
étoit fort mal inſtruit de ce qui le
regardoit, lorſqu'il a dit de lui : ,, ſoit
,, qu'il ne ſe ſentît plus propre à la fa-
,, tigue des armes, ſoit que ſon deſ-
,, tin l'appellât ailleurs; tant y a qu'au
,, penchant de ſon âge, & dans un
,, plus haut comble de toutes ſortes
,, d'honneurs, il fit une glorieuſe ré-
,, traite à *Veniſe*, où la Republique lui
,, donna de quoi ſubſiſter honorable-
,, ment tout le reſte de ſes jours. ,,
Paroles, qui ne ſont qu'une para-
phraſe de ces Latines d'*Imperiali*.
Gloria ſatur, avoque gravis, Veneta

H. C.
DAVILA.

*Reipublicæ perhonorifica suscepit stipen-
dia, quibus ad extremum usque spiri-
tum, rebus suis opulenter prospexit.*

Bien loin d'être chargé d'années,
lorsqu'il sortit de France, il n'avoit
que 23 ans. Il ne pouvoit alors être
las du service & rassasié d'honneurs
militaires, puisqu'il n'avoit servi dans
les Troupes que quatre ans, & qu'il
ne paroît pas y avoir rempli aucun
poste qui le distinguât des autres.
D'ailleurs la paix étoit faite en France, lorsqu'il retourna en Italie; ainsi
s'il cherchoit un lieu de repos, il n'é-
toit pas besoin qu'il en sortît. Enfin
il est sûr qu'il porta les armes jusqu'à la fin de sa vie.

Thomas Stigliani éprouva de tris-
tes effets de son courage à l'occasion que je vais rapporter. *Davila*
se trouvoit à *Parme* au mois d'Août
de l'année 1606. Il y fréquentoit
l'Académie des *Innominati*,& y voyoit
Stigliani. On sçait que celui-ci étoit
un homme présomptueux, qui ne
vouloit point souffrir d'égaux, & qui
ne reconnoissoit personne qui lui fût
supérieur en mérite & en capacité. Ils
avoient eû ensemble quelques pa-

roles à l'occasion d'une dispute litteraire. *Davila* choqué, l'ayant rencontré le neuf du mois d'Août, lui demanda satisfaction de ce qu'il avoit dit de lui, & ils mirent l'épée à la main en présence de *Flavio Querenghi*, & de deux amis communs, qui tâcherent envain de les séparer. *Davila* blessa d'abord son ennemi au bras droit, & lui enfonça ensuite son épée sous la mamelle droite avec tant de force, qu'elle lui passa au travers du corps, & lui sortit au dessous de l'épaule du même côté. Après ce coup. *Davila* sans songer à emporter son épée qu'il laissa dans la playe, se retira avec une blessure à la jambe gauche, qui le faisoit boiter. Telles furent les suites de cette querelle, dont la mémoire ne s'est conservée que dans une Lettre de *Stigliani* au Duc *Odoard Farnese*, qui étoit alors à *Plaisance* & qui est datée du 24 du même mois; temps auquel il n'étoit pas encore guéri de sa blessure. On y voit que ce Duc avoit aussi reçu une Lettre de *Davila*; mais nous n'avons point cette derniere, qui nous mettroit peut-

H. C.
DAVILA.

être mieux au fait du sujet de la querelle & nous feroit connoître à qui on doit donner le tort.

Le Duc interposa son autorité pour assoupir cette affaire, dont on ignore la fin. On voit seulement par une autre Lettre de *Stigliani* à *Cintio Aldobrandini*, Cardinal de *S. George*, daté de *Naples* le 7 Octobre suivant, que cette querelle l'avoit obligé de sortir de l'Etat de *Parme*. Mais il est à présumer que le Duc lui rendit ses bonnes graces, puisque *Stigliani* écrivit de *Plaisance*, le 2. Decembre de la même année aux Académiciens *Innominati*, pour les remercier de l'honneur qu'ils lui avoient fait de le choisir pour leur Prince, à la place de *Pomponio Torelli*.

Davila sorti de *Parme*, se retira à *Venise* la même année 1606. dans le temps qu'à l'occasion des differends de la Republique avec le Pape *Paul V.* on y levoit des troupes. Rempli de zele pour sa patrie, il s'offrit de lever trois cens hommes d'infanterie, & ses offres furent acceptées en plein Senat ; on lui assigna pour cela, par année

année trois cens ducats, qui furent H. C.
augmentées à differentes reprises juf- DAVILA.
qu'à neuf cens.

Tout le reste de sa vie fut depuis
employé au service de la Republique. Il fut pendant quelque temps
Gouverneur à *Retimo* dans le Royaume de Candie. Rappellé en Italie, à
cause des Guerres de *Frioul*, il fut
chargé de défendre les confins de
Cadore, de *Feltre*, & de *Belluno*,
contre les attaques des troupes Al-
lémandes; & il s'acquitta si bien de
cette Charge, que le Senat de *Venise*
lui accorda une pension de cent
cinquante ducats, dont ses deux fils
dévoient jouir après sa mort.

Ces guerres étant terminées, on
l'envoya en qualité de Gouverneur
à *Cataro* en Dalmatie, pour défendre cette ville contre les attaques
des Turcs qui la menaçoient aussi
bien que la Dalmatie, dont elle est
la clef. Il ne quitta ce Gouvernement que pour passer à d'autres en
Lombardie & il les remplit tous au
gré de la République de *Venise*,
qui pour l'en récompenser fit en
1622. un décret, par lequel elle or-

Tome XXXIX. M

donna que quand il se trouveroit au Senat, il seroit placé auprès du Doge, comme l'avoient été ses Ancêtres, lorsqu'ils étoient Connétables du Royaume de *Chypre*.

Il retourna depuis en Dalmatie, où il fut Gouverneur de *Zara*. De retour en Italie il eut divers Gouvernemens en Terre ferme, & principalement celui de *Brescia*. *Louis Giorgio*, General des troupes Venitiennes dans ce pays, lui ayant ordonné de se transporter à *Creme*, pour défendre cette place & y commander les Milices, il se mit en chemin pour s'y rendre. En passant au Bourg de *S. Michel*, dans la campagne de *Verone*, il s'y arrêta avec toute sa famille. On avoit donné par tout des ordres pour lui fournir les charettes nécessaires pour transporter son bagage, mais un brutal refusant d'obeir à ces ordres, s'emporta contre lui, & lui tira même un coup de pistolet, qui l'étendit mort sur la place, dans la chambre où il étoit, en présence de sa femme & de ses enfans. D'autres scelerats qui l'accompagnoient ayant tiré aussi, blesferent quelques autres personnes, & tuerent le Chapelain de *Davila*. Le brutal, qui avoit tué *Davila*, porta bientôt la peine de son crime; car étant rentré dans la chambre quelque temps après pour voir s'il étoit mort, *Jean Antoine Davila* fils aîné d'*Henri Catherin*, lui tira un coup de pistolet dont il se tua. Ses complices furent aussitôt arrêtés & conduits à *Verone*, où ils furent pendus, & exposés ensuite dans la Campagne de *S. Michel*.

Davila fut enterré dans l'Eglise de la *Madonna di Campagna* dans le Bourg de *S. Michel*, sans aucune inscription à sa louange. Il étoit alors dans sa 55e année.

On ignore le jour & le mois de sa mort, mais elle a dû arriver devant le mois de Juillet de l'an 1631. quoique quelques Auteurs la reculent à l'année suivante. *Casserri* s'est trompé considerablement dans son *Synthema vetustatis*, lorsqu'il l'a mise en 1610.

La Republique de *Venise* fut touchée de sa perte, & pour récompenser ses services, accorda une pen-

M i

H. C.
DAVILA.

fion à sa veuve, qui étoit chargée
de neuf enfans, quatre garçons &
cinq filles.

Il s'étoit marié depuis son retour
en Italie, & avoit épousé *Orsola*,
ou *Orsetta degli Ascusfi*.

Les differens emplois de *Davila*
ne l'avoient point empêché de cultiver toujours les Lettres, & de travailler à ses momens de loisir à son
Histoire des troubles de France, pour
laquelle il avoit amassé beaucoup de
mémoires pendant son séjour en ce
Royaume. Il eut le plaisir d'achever
cet Ouvrage, & la satisfaction de le
voir imprimé quelques mois avant
sa mort. C'est le seul que nous
ayons de lui, & il en faut parler
maintenaut.

*Historia delle Guerre civili di Fran-
cia di Henrico Caterino Davila, nella
quale si contengono le operationi di quat-
tro Re, Francesco II. Carlo IX. Henrico
III. & Henrico IV. cognomento il
grande. In Venetia, Tommaso Baglioni.*
1630. *in-4°*. L'Epître dédicatoire,
que *Davila* mit à cette premiere édition, est datée de *Brescia le 1. Fevrier*
1639. & adressée au Senateur *Ma-*

H. C.
DAVILA.

lino. Cette édition est remplie de fautes d'impreſſion, de même que pluſieurs des ſuivantes. It. 2a. *Impreſſione corretta. In Venetia* 1634. *in-4o.* It. *Ibid.* 1638. *in 4o.* It. *In Lione* 1641. *in-4o.* C'eſt la premiere qui ſe ſoit faite hors de l'Italie. It. *In Venetia* 1642. *in-4o.* It. *In Parigi nella ſtamperia Reale.* 1644. *in-fol.* Deux volumes. C'eſt la plus belle & la plus correcte que l'on ait de cette hiſtoire. It (*in Roano.*) 1646 *in-fol.* It. *In Venetia* 1662. 1670. 1676. *in-4o.* It. *Aggiuntevi in queſta edizione oltre alle Memorie della vita dell'Autore, e della ſua caſa, le Annotationi di Giovanni Balduino nel Margine, e alcune Oſſervazioni critiche d'un Anonimo nel fine. In Venetia* 1733. *in-fol.* Deux volumes. Cette derniere édition eſt magnifique. *Apoſtolo Zeno* a mis à la tête des Mémoires très curieux ſur la famille & la vie de *Davila*; pour les obſervations annoncées dans le titre, on les a omiſes, parce que ce qu'il y a de principal ſe trouve dans les annotations marginales de *Baudoin*, comme on le marque à la fin dans un avertiſſement. Il s'eſt fait quel-

H. C.
DAVILA.

ques autres éditions de l'Hiſtoire de *Davila* ; mais il y a certainement beaucoup d'exageration dans ce que *Papadoli* dit qu'elle a été imprimée deux cent fois. Il eſt auſſi difficile de ſe perſuader de la verité de ce que le même Auteur avance, que *Davila* ayant offert ſon Hiſtoire à pluſieurs Libraires de *Veniſe*, ils la rejetterent tous, & qu'il ne s'en trouva qu'un, qui n'ayant point ſes preſſes occupées, ſe chargea de l'imprimer, à condition cependant qu'il la laiſſeroit là, s'il lui venoit quelque choſe qui lui parût de meilleur défaite ; mais que l'Hiſtoire ayant été imprimée, elle fut ſi bien reçue, & ſi recherchée, que toute l'édition fut vendue en une ſemaine, qu'on fut obligé d'en faire deux autres conſecutivement, & qu'il s'en vendit juſqu'à quinze mille exemplaires en une année. Ce qui donne lieu de croire, que ces trois éditions faites en une ſeule année, & tout le récit qui les accompagne, n'ont rien de réel, c'eſt que dans tous les exemplaires de l'année 1630. on trouve à la fin un long *Errata*, qui eſt le même en tous;

or il n'est pas probable, qu'on eût H. C.
laissé par-tout les mêmes fautes, si DAVILA.
on eût fait deux nouvelles éditions
depuis la prémiere, & qu'on n'en
eût corrigé aucune.

Jean *Baudoin* a traduit en François l'Histoire de *Davila*, & l'a publiée sous ce titre : *Histoire des Guerres Civiles de France, contenant tout
ce qui s'est passé de plus mémorable sous
le Regne de quatre Rois, François II.
Charles IX. Henri III. & Henri IV.
surnommé le Grand, jusqu'à la paix
de Vervins inclusivement ; écrite en Italien par H. C. Davila, & mise en
François par J. Baudoin. Paris.* 1642.
in-fol. Avec des sommaires & des remarques aux marges. Deux tomes.
C'est la premiere édition de cette
traduction, qui a été suivie par quelques autres, comme on le peut voir
dans l'Article de *Baudoin* tom. 12.
de ces Mémoires p. 214.

Basile Varen de Soto, Provincial des
Clercs Reguliers Mineurs de la Province d'Espagne, en a fait une traduction Espagnole, & y a ajoûté une
continuation depuis l'an 1598. où
finit *Davila* jusqu'en 1630. en cinq

H. C.
DAVILA.

livres. Le tout a été imprimé pour la premiere fois à Madrid en 1551 *in-fol.* & pour la seconde en 1659. Dans la même ville & en la même forme. Ces deux éditions ont été effacées par une troisiéme plus belle, qui a paru à *Anvers* en 1686. *in-fol.* avec plusieurs figures.

On en a aussi deux traductions Angloises. L'une est de *Guillaume Aylesbury*, & a été imprimée à *Londres* en 1647, *in-fol.* mais elle n'est pas entiere & finit à l'année 1572. l'autre, qui est complette, est de *Charles Cotterel*, & a paru à *Londres* en 1666. *in-fol.*

Davila est un de nos meilleurs Historiens. Il a même attrapé la maniere d'écrire l'histoire. Ses harangues & autres discours inserés dans son ouvrage sont de son invention, & il les a accommodés avec ses sentimens. On l'accuse d'avoir voulu penetrer trop avant dans le cœur des Princes. Il se montre fort reconnoissant des bienfaits qu'il avoit reçu de *Catherine de Medicis*, dont il prend toujours le parti. Il n'est pas toujours exact sur la Geographie, les noms propres

&

& les rangs de ceux dont il parle ; ce
qui eſt aſſez pardonnable à un étranger comme lui. *Baudoin* a corrigé ces
ſortes de défauts dans ſa traduction.
Pour ſuppléer aux connoiſſances qui
lui manquoient, il a tiré pluſieurs
choſes de l'Hiſtoire de M. *de Thou*,
& de quelques autres Hiſtoriens qu'il
a ajuſtées à ſa mode. Au reſte ſon Hiſtoire eſt écrite en beau langage, & avec
beaucoup de netteté, d'ordre & d'é-
xàctitude.

Il en a paru une eſpece de critique
ſous le titre de *Remarques ſur l'Hiſtoire de Davila,* à la ſuite des *Memoires de M. de Beauvais-Nangis, ou
l'Hiſtoire des Favoris François. Paris.
1665. in-12. p.* 123. Cette critique,
qui eſt juſte, n'ôte rien au merite de
l'Hiſtoire de *Davila*, & fait ſeulement connoître que les Auteurs les
plus exacts ne ſont pas toujours
exempts de fautes.

On trouve cinq de ſes Lettres à
Aloyſio Lollini dans le Recueil des
Epiſtolæ Miſcellaneæ de cet Evêque,
imprimées à *Belluno*, en 1643. *in-4*0.
aux pages 45. 119. 122. 126. 147.
Ces Lettres ſont Latines ; mais la lati-

Tome XXXIX. N

H. C.
DAVILA.

nité de *Davila* est dure & obscure. L'Auteur de sa vie cite une de ses Lettres, qui se trouve à la p. 347 des *Discorsi Morali di Flavio Querenghi.* Je ne sçai ce que c'est.

V. *Sa vie par Apostolo Zeno à la tête de la derniere édition de son Histoire.* Elle est pleine de recherches curieuses & singulieres; l'Auteur est le premier qui nous ait instruit des particularités de la vie de *Davila*; tout ce qu'on en avoit dit jusques là n'étant qu'une suite de fautes & d'erreurs. *Joannis Imperialis Musæum Historicum.* p. 197. Bullart, *l'Académie des Sciences,* tom. 1. p. 183, *Sa vie par Baudoin à la tête de sa traduction Françoise, & par Basile Varen de Soto devant la traduction Espagnole.* Tous ces Auteurs qui ont copié *Imperiali*, ne méritent aussi considération.

CHARLES SCHAAF.

CHarles *Schaaf* naquit à *Nuys*, ville de l'Electorat de *Cologne* le 28. Août 1646. d'*Henri Schaaf*, Major dans les troupes du Landgrave de *Heſſe-Caſſel*.

La perte qu'il fit de ſon pere, lorſqu'il n'avoit pas encore atteint ſa huitiéme année, ne l'empêcha pas de s'attacher fortement à l'étude, & d'y faire des progrès peu communs pour ſon âge.

Il ſe rendit de bonne heure à l'Académie de *Duisbourg*, où il s'appliqua à la Philoſophie, aux Belles-Lettres, aux langues Orientales, dans leſquelles il eut pour Maître *Pierre van Maſtricht*, & à la Théologie.

Ayant achevé ſes études, il ſe deſtinoit à l'état Eccléſiaſtique : mais l'Electeur de Brandebourg *Frederic-Guillaume*, ſur la demande que lui en firent les Etudians en Théologie, l'établit en 1677. Profeſſeur en langues Orientales à *Duisbourg*.

Il y remplit cette place juſqu'en

N ij

1679. qu'il fut appellé à *Leyde* pour un poste semblable ; les Curateurs de cette derniere Université furent si contens de lui, qu'ils augmenterent ses gages à differentes reprises, & lui ôterent par là l'envie d'accepter un emploi ailleurs.

Ainsi il demeura dans cette ville jusqu'à la fin de sa vie, & il y mourut le 4. Novembre 1729. d'une attaque d'appoplexie, qui le prit en sortant de son cabinet. Il étoit alors âgé de 83 ans.

Il s'étoit marié pour la premiere fois en 1693. & sa femme étant morte, il en prit une seconde. Il a eu quelques enfans de ces deux mariages, entr'autres *Jean-Henri Schaaf* né en 1701. qui a cultivé à son exemple les Langues Orientales.

Il ne s'est pas moins distingué par la douceur & la regularité de ses mœurs, que par son érudition. Le désir qu'il avoit d'être utile le rendit infatigable. Il faisoit quelquefois jusqu'à sept leçons differentes par jour. Il a prêché outre cela diverses fois à *Leyde*, à *Amsterdam*, & ailleurs avec une approbation generale.

Catalogue de ses Ouvrages   **C.**

1°. *Opus Aramæum complectens* Schaaf. *Grammaticam Chaldaïcam & Syriacam. Lugd. Bat.* 1686. *in-*8°. L'Auteur y a fait entrer quelques endroits choisis du Chaldéen de l'Ancien Testament, & de la version Syriaque du Nouveau.

2. *Novum D. N. J. C. Testamentum Syriacum, cum versione Latina. Cura & studio Joannis Leusden & Caroli Schaaf editum. Lugd. Bat.* 1708. *in-*4°. La version latine qu'on voit ici, est celle de *Tremellius* retouchée. *Leusden* & *Schaaf* ont travaillé conjointement à cette édition, mais le premier étant mort, lorsqu'ils en étoient au 20. verset du 15. Chapitre de l'Evangile de *S. Luc*, *Schaaf* fut chargé seul de l'ouvrage.

3. *Lexicon Syriacum Concordantiale. Lugd. Bat.* 1708. *in-*4°. A la suite de l'édition du nouveau Testament Syriaque.

4. En 1711. *Schaaf* fut prié de la part des Curateurs de l'Academie de Leyde, de faire un catalogue des livres Hebreux, Chaldéens, Syriaques & Samaritains, de même que des

N iij

C.
SCHAAF.

écrits des Rabbins , tant imprimés que manuscrits qui se trouvoient dans la Bibliothéque de cette Academie. Il s'acquitta de cette commission dans l'espace de trois mois , d'une maniere qui répondit à l'attente des Curateurs. Ce catalogue est joint à celui de la Bibliothéque publique de *Leyde* imprimé *in-fol.* en 1711.

5. *Epitome Grammaticæ Hebraïcæ. Lugd. Bat.* 1716. *in*-8°.

6. Une Lettre Syriaque de l'Evêque *Mar Thomas* , écrite du Malabar au Patriarche d'*Antioche* , & traduite en Latin par *Schaaf.* Avec une Lettre Syriaque de ce dernier à *Mar Thomas* , suivie d'une Relation historique ; le tout imprimé en 1714. *in*-4°.

7. *Sermo Academicus de Linguarum Orientalium scientia , suo modo cuivis Christiano , præcipue autem Theologo intelligenda ; dictus* 27. *Maii* 1720 , *quum Linguarum Orientalium Professionem in Academia Lugduno-Batava auspicaretur. Lugd. Bat.* 1720. *in*-4°. Il n'avoit apparemment enseigné jusques là qu'en particulier.

des Hommes Illustres. 151
V. Son éloge dans la Bibliotheque
Germanique. tom. 22. p. 98.

JEAN PREVOST.

JEan *Prevôt* naquit à *Dilsperg* dans J. Pre-
le Diocèse de *Basle* le 4. Juillet vôt.
1585. de *Theobald Prevôt.*

Après avoir appris dans sa patrie
les premiers élemens de la langue
Latine, il alla à *Dole* continuer ses
études dans le College des Jesuites.

Ses Humanités finies, il retourna
en Allemagne, & employa trois
années à la Philosophie d'abord à
Molshem, & ensuite à *Dilingen*, &
il reçut dans cette derniere ville le
degré de Maître ès arts le 3 Juillet
1603.

Il avoit la conception aisée, & une
grande facilité de parler; ces heureuses dispositions lui procurerent un
Protecteur en la personne du Prince *Leopold*, Archiduc d'Autriche,
Evêque de *Strasbourg*, qui l'envoya
en Espagne pour y faire sa Théologie.

Il partit le 29. Avril 1604. pour

aller s'embarquer à *Gennes*, & visita en chemin faisant quelques villes
d'Italie. Etant à *Padoue*, il y fut surpris par les grosses chaleurs, qui le
dégoûterent du voyage qu'il devoit
faire, & il resolut de passer tout l'été
dans cette ville. Pendant le séjour
qu'il y fit, il fréquenta, pour s'occuper, les Ecoles de l'Université.

Les leçons d'*Hercule Saxonia*, fameux Medecin de ce tems, qu'il écou-
ta plusieurs fois, lui inspirerent du
goût pour la Medecine, & les écrits
de *Fernel*, qu'il lut avec avidité, le
déterminerent à abandonner le dessein qu'il avoit de se donner à la
Théologie, pour se tourner du côté
de la Medecine.

Un obstacle s'opposoit cependant
à ce nouveau dessein; c'étoit la diset-
te où il se trouvoit, ayant alors dé-
pensé ce qu'il avoit reçu de l'Evêque
de *Strasbourg*. Mais on le surmonta;
on lui procura une place de Précepteur dans une bonne maison, & on
le mit ainsi en état d'étudier sans
aucune inquiétude pour les besoins
de la vie. Un Seigneur de *Padoue*,
nommé *Alexandre Vigontia*, le prit

depuis auprès de lui pour le diriger
dans ses études.

Avec ces secours *Prevôt* s'appliqua
avec ardeur à la Medecine sous *Hercule Saxonia*, *Eustache Rudius*, *Thomas Minadous*, & *Jerôme Fabrice.*
Ce dernier conçut tant d'estime pour
lui, qu'il ordonna en mourant qu'on
lui remettroit ses écrits pour les donner au Public ; mais l'avarice de ses
héritiers, qui voulurent profiter de
la somme qu'il leur avoit laissée pour
cela, empêcha que sa derniere volon-
té n'eût son exécution.

Prevôt se donna aussi à la Philosophie sous *Cesar Cremonin*, & apprit les Mathematiques par les soins
de *Galilée*, & de *Jean Antoine
Magin.*

Il reçut le degré de Docteur en
Medecine le 8 Mars 1607. & se donna ensuite à la pratique avec beaucoup de succès. Il se vit bientôt recherché par plusieurs personnes de
considération, & la nation Allemande, résidente à *Padoue*, le choisit le
13. Août 1612. pour son Medecin,
à la place d'*Adrien Spigelius*, qui avoit
été appellé en Moravie.

Il fut nommé le 29. Mars de l'année suivante 1613. premier Profeffeur du troifiéme livre d'*Avicenne*
avec 60 florins feulement de gages
Il paffa le 14. Janvier 1616. à la
feconde chaire de Profeffeur extraordinaire en Medecine Pratique, & on
lui affigna 200 florins de gages.
Profper Alpini étant mort l'année
suivante 1617. *Prevôt* fut chargé à fa
Place de la démonftration des Plan-
tes, & l'on ajoûta pour cela 60 florins à fes appointemens. Il s'acquitta
de cette fonction pendant quatorze
ans, c'eft à-dire, jufqu'à fa mort.

Il monta le 6. May 1620. à la premiere chaire de Profeffeur extraordinaire en Medecine Pratique, avec
250 florins de gages, qui furent
augmentés dans la fuite jufqu'à 600.

Quelque tems avant fa mort, on
lui offrit à *Boulogne* une chaire avec
douze cens écus d'appointemens ;
mais fon attachement pour l'Univerfité de *Padoue* & fon défintereffe-
ment la lui firent refufer.

La pefte ayant attaqué la ville de
Padoue en 1631. il fe retira le 20.
Juillet avec fa famille à une maifon

de campagne, pour éviter le mal.
Mais la douleur que lui cauſa la mort
de quatre de ſes enfans, lui procura en ce lieu une fièvre violente dont
il mourut le 3e Août de la même
année 1631. âgé de 46 ans.

Il fut enterré dans l'Egliſe de *S.*
Antoine, & la Nation Allemande lui
fit trois ans après mettre cette inſ-
cription dans l'Ecole de Medecine.

Joanni Prevotio, Rauraco, Philo-
ſopho ac Medico inſigni, Pratica ex-
traordinariæ Profeſſori primario, civi
& doctori deſideratiſſimo, natio Ger-
mana Artiſtarum poſuit anno 1634.

Il avoit été marié deux fois. Il
épouſa d'abord *Madeleine Nicole Va-*
ſelin, petite fille d'un riche Négo-
ciant, dont il eut deux garçons &
quatre filles. Cette femme étant morte, il épouſa en ſecondes nôces *Eli-*
zabeth Miani, qui lui donna un gar-
çon & une fille.

Catalogue de ſes Ouvrages.

1. *De Remediorum, cùm ſimpli-*
cium, tùm compoſitorum materià. Venetiis 1611. *in* 12.

2. *De Lithotomia, ſeu calculi veſi-*
cæ ſectione, conſultatio. Avec *Gregorii*

J. Pre-Horftii *obfervationum medicinalium*
VOI. *fingularium libri quatuor pofteriores.*
*Ulmæ, 1628 in-4o. It. Aveo Johannis Beverovicii de Calculo liber. Lugd.
Bat. 1638. in-12.*

3. *Medicina Pauperum, mira ferie continens remedia ad ægrotos cujufcumque generis perfanandos aptiffima, facile parabilia, extemporanea, & nullius & perexegui fumptus. Huic adjungitur ejufdem Autoris libellus aureus de Venenis & eorum Alexipharmacis. Francofurti 1641. in-12. It. Acceffit de medicamentorum materia tractatus. Lugd. 1644. in-12. It. Paris. 1654. in-24. It. Lugd. 1660. in-12.*

4. *De compofitione medicamentorum libellus. Rintelii 1649. in-8o. It. Francofurti 1656. in-12. It. Amftelodami 1665. in-12. It. Patavii 1660. in-12.*

5. *Opera medica Pofthuma. Francofurti 1651. in-12. It. Acceffit libellus de compofitione medicamentorum. Ibid. 1656. in-12.* Les ouvrages contenus dans ce petit Recueil, font les fuivans : *Tractatus de remediorum cùm fimplicium, tùm compofitorum ma-*

teria. *Medicina Pauperum, ſive de Re-*   J. Prɛ-
mediis facile parabilibus. De venenis & vót.
Alexipharmacis. De ſignis. On y a
joint *Joannis Stephani, Medici Ve-*
neti, Coſmetice.

6. *Semeiotive, ſive de ſignis Medi-*
cis, Enchiridion. Acceſſit de compo-
nendorum medicaminum ratione, necnon
de menſuris & ponderibus Medicis
ſyntagma. Venetiis 1654. *in-*24.

7. *Selectiora remedia, multiplici uſu*
comprobata, quæ inter ſecreta Medica
jure recenſeas. Francofurti. 1659. *in-*12.
It. ſous cet autre titre : *Hortulus Me-*
dicus, ſelectioribus Remediis, ceu flo-
ribus verſicoloribus refertus. Patavii.
1666. *in-*12.

8. *De urinis Tractatus poſthumus.*
Patavii. 1667. *in-*12.

9. *De morboſis uteri paſſionibus Trac-*
tatio. Patavii 1669. *in-*8º.

10. *Conſilia Medica.* Avec *Georgii*
Hieronymi curationum Exoticarum
Chiliades II. & Conſiliorum Medici-
nalium Centuriæ IV. Ulmæ 1676. *in-*40.

V. Jacobi Philippi Tomaſini Elogia.
tom. 2. p. 224. Il y a quelques fauſ-
ſes dates qu'il faut corriger par ſon

CHARLES DE BOUELLES

C. DE
BOUELLES.

CHarles de Bouelles , en latin *Bo-*
villus , mal appellé *Boville* par
quelques Auteurs , naquit à *Sancourt*
près de *Ham* dans le Vermandois,
de la noble famille des *Bouelles* ,
connue dans le Pays.

Il vint dans sa jeunesse étudier à
Paris , mais il nous apprend dans l'E-
pître dédicatoire de son *Geometricum*
opus , qu'il y demeura deux ans sans
y faire presque rien , jusqu'à ce qu'il
sortit de sa léthargie par l'étude de
la Geometrie & des Mathematiques ,
à laquelle il se donna avec une grande application & un goût particulier.
Il y eut pour Maître *Jacques le Fe-*
vre d'Estaples , avec lequel il fut toujours lié depuis par une étroite amitié,
& s'y rendit habile pour son temps. Il
acquit même bientôt de la réputation
par là , & dès l'an 1507. *Symphorien*
Champier fit mention de lui , comme
d'un homme qui s'appliquoit avec

succès aux Mathematiques, dans son traité *de Gallia viris illustribus.*

Bouelles étoit cette année là à *Rome,* comme on le voit dans l'Epître dédicatoire de ses *Quæstiones Theologicæ.* Il visita alors les principales Villes de l'Italie, pour s'y perfectionner dans ses connoissances par le commerce des sçavans de ce Pays. Il voyagea aussi vers le même temps en Espagne, & y acquit là connoissance du *Cardinal Ximenes,* dont on a une lettre datée du 16. Novembre 1509. qui lui est adressée.

Une Lettre de *Bouelles* à *Germain de Ganay,* Evêque de *Cahors,* & depuis d'*Orleans,* nous apprend qu'il étoit en Allemagne en 1505. qu'il y eut une conference avec *Tritheme* & qu'il prit cet Abbé pour un magicien, & sa *Steganographie* pour un livre de Negromance : simplicité dont *Jacques Gohorri* & d'autres ont eu raison de se mocquer.

Il fut depuis Chanoine de *Noyon* & de *S. Quentin,* & Professeur en Theologie dans la premiere de ces villes. *Charles de Hangest de Genlis,* Evêque de *Noyon,* lui témoigna tou-

C. D E jours beaucoup d'affection ; & plu-
BOUELLES. sieurs de ses Ouvrages sont datés
de la Maison de campagne, que ce
Prelat avoit à *Carlepont*. Cet Evêque étant mort le 30 Janvier 1528.
Jean de Hangest, son neveu, qui lui
succeda, eut pour *Bouelles* autant d'affection que son oncle, & lui en donna des marques dans toutes les occasions.

Il disoit rarement la Messe, mais
il l'entendoit toujours avec beaucoup
de devotion. Il fonda même en l'E-
glise de *Noyon* la Messe de *Sainte
Barbe* en double au 4. Decembre,
& l'Annuel de la sainte Trinité au
17. May *pour quelque faux pas qu'il
avoit fait en ses écrits, dit le Vasseur,
en traitant de ce Mystere, par inadvertance.*

En 1553. l'Empereur *Charles quint*
supportant impatiemment la honte
qu'il avoit reçue au Siége de *Metz*,
qu'il avoit été obligé de lever, fit
assieger *Teroüanne*, qui fut emportée
d'assaut le 10 Juin de cette année,
& rasée, comme *Bouelles* l'avoit pré-
dit quarante jours auparavant. Cette
particularité rapportée par *le Vasseur*,
&

& la date des derniers ouvrages de
Bouelles , font voir que tous les Auteurs ont trop avancé le temps de ſa
mort , que perſonne n'a pû fixer au
juſte , mais que l'on a toujours pla-
cée beaucoup avant ce temps.

Depuis cette année 1553. on n'entend plus parler de lui ; ce qui fait
croire qu'il ne l'a pas paſſée de beaucoup , d'autant plus qu'il devoit
avoir alors au moins 75 ans, puiſqu'il
étoit diſciple de Jacques le Fevre dès
l'an 1495.

Il fut enterré dans la Chartreuſe de
S. Louis , ou du *Mont-Regnaud lès*
Noyon , dont il avoit toujours aimé
particulierement les Religieux.

Catalogue de ſes Ouvrages.

1. *Geometricæ introductionis libri*
ſex , breviuſculis annotationibus ex-
planati , quibus annectuntur libelli de
circuli quadratura , & de cubicatione
Sphæræ , & introductio in Perſpecti-
vam. Ces ouvrages de *Bouelles* ſe
trouvent dans un Recueil intitulé :
Arithmetica Severini Boetii in compen-
dium redacta, ſive introductio in Arith-
meticam ſpeculativam Boetii ; cum Iu-
doci Clichtovei Commentario, & Aſtro-

C. DI nymico libro *Jacobi Fabri Stapulensis* „
BOUELLES & *quibusdam Caroli Bovilli lucubra-*
tionibus. Parif. Henricus Stephanus
1503. *in-fol. Tritheme*, le Vasseur,
Hemerez , & d'autres Auteurs , qui
ont parlé de lui , lui ont donné la
gloire d'avoir le premier trouvé la
quadrature du cercle dans le petit
ouvrage qu'on voit ici fur cette matiere ; mais c'est une fausse gloire,
puisqu'il n'y a pas mieux réussi que
tant d'autres qui y ont travaillé depuis. L'*Introductio in Perspectivam* a
été inferée avec *Epitome rerum Geo-*
metricarum ex Geometrico introducto-
rio Car. Bovilli per JoannemCæfarium,
dans l'Appendix de la *Marguarita*
Philofophica. Bafilea 1535 *in 4o.*

    2. *Liber de intellectu. Liber de*
fensu. Liber de Nihilo. Ars oppositorum.
Liber de generatione. Liber de fapiente.
Liber de duodecim numeris. Epiftola
complures femper mathematicum opus
quadripartitum de numeris perfectis , de
mathematicis Rofis , de Geometricis cor-
poribus, deGeometricis fupplementis. Pa-
rif. Henric. Stephanus 1610. *in-fol.*
Feuil. 196. Il faut dire quelque chofe de quelques-uns de ces ouvrages.

Dans le livre *de sensu* il met Feuil. 25. & 48. le soleil au centre du monde, & veut feuil. 41. que le monde soit un veritable animal, dont le soleil & les Planettes sont les sens, & les étoilles l'imagination. Le livre *de Nihilo* a été réimprimé avec un traité de *Martin Schoockius* & un Poëme de *Jean Passerat* sur le même sujet, à *Groningue* 1661. *in-8o.* Mais on y a omis l'*Hecatodia*, ou les cent vers, divisés en 50 distiques, que *Bouelles* avoit faits sur le même sujet, & avoit mis à la suite de son livre dans le Recueil dont il s'agit. Le traité *de numeris* fait connoître que l'Auteur donnoit dans les idées des Pythagoriciens sur les nombres ; il s'y donne bien de la peine pour prouver que le nombre de six est celui des Hommes & celui de sept le nombre de Dieu. Les Lettres sont au nombre de 20 tant de *Bouelles*, que de ses amis. La troisiéme traite de la Steganographie de *Tritheme*, qu'il y traite de magicien. *Maittaire* l'a inserée pour sa singularité dans le deuxiéme tome de ses *Annales Typographici.* p. 210. Il s'agit dans la 12e d'un Her-

O iij

C. D E mite Suisse, qui a vécu à ce qu'on
Bouelles prétend, 22 ans sans manger. *Wol-*
fius l'a inférée dans le 2e. tome de
ses *Lectiones memorabiles* p. 19.

3. *Physicorum elementorum libri de-*
cem. Paris. *Afcenfius* 1512. *in-4o.*
Feuill. 79. Il marque dans l'Epître
dédicatoire, qu'il avoit fait long-
temps auparavant sept livres *de Phy-*
ficis elementis ; mais que son voyage
d'Espagne & d'Italie l'avoit empêché de les faire imprimer.

4. *Quæstionum Theologicarum libri*
feptem, centenas, atque ita in univer-
fum feptingentas quæftiones & earum
folutiones complectentes. 1°. *de Deo.*
2°. *de creatione Angelorum.* 3°. *de*
creatione materiæ & univerfi. 4°. *de*
voluptatis paradifo & exilio proto plaf-
torum. 5°. *de diluvio, regnis mun-*
di & humanæ mentis habitibus. 6°. *de*
veteri teftamento ab Abraham ad Chrif-
tum & Hebræorum ftatu. 7°. *de Ver-*
bi Incarnatione, Chrifti in terris con-
verfatione, & utriufque teftamenti con-
cordia. Dialogi de Trinitate duo. De
divinis Prædicamentis liber unus. In
ædibus Afcenfianis 1513. *in-fol.* Feuil.
80. *Bouelles* a composé tous ces ou-

vrages à *Carlepont.* l'an 1512.

5. *Commentarius in primordiale Evangelium divi Joannis. Vita Remundi Eremitæ. Philoſophicæ & Hiſtoricæ aliquot Epiſtolæ. Hæc de novo caſtigatius impreſſa ſunt cum non nullis additionibus & Epiſtolis pluribus. In ædibus Aſcenſianis.* 1514. in-4°. Feuill. 90. Je ne ſcais point la date de la premiere édition, qui n'eſt peut-être point differente de celle-ci. A la fin du commentaire ſur le 1. chapitre de S. Jean, on lit ces mots : *Editus Ambianis in ædibus Franciſci de Halevin ejuſdem loci Pontificis an.* 1511. Les Lettres qui ſont au nombre de 43. ſont de 1510. & des quatre années ſuivantes, & roulent ſur des matieres philoſophiques peu importantes. La vie de *Raimond Lulle*, qui eſt au feuillet 34. eſt curieuſe.

6. *L'art & ſcience de Geometrie, avec les figures ſur chacune regle, par leſquelles on peut facilement comprendre ladite ſcience. Paris, Henri Etienne* 1514. *in*-4°. It. ſous cet autre titre : *Geometrie pratique compoſée par le noble Philoſophe Me. Charles de Bouelles, & nouuellement par lui reuûe, aug-*

C. DE *mentée, & grandement enrichie. Paris,*
BOUEELES 1547. *in* 4°. Feuill. 70. It. *Paris.*
Regnaud Chaudiere 1551. *in* 4°. It.
Ibid. 1608. *in* 8°. La dédicace de
l'Auteur est latine, & datée de *Noyon*
en Novembre 1542. Il y dit qu'il
a composé cette Geometrie en François à la sollicitation de ses amis,
mais avec peine, n'ayant point l'u-
sage d'écrire en cette langue. Il ajoûte qu'*Oronce Finé* l'étant venu voir
à *Noyon*, il lui avoit remis son manuscrit, & qu'il s'étoit chargé de
veiller à l'impression.

7. *Theologicarum conclusionum libri*
decem; quorum quinque primi necessa-
ria Dei nomina atque prædicata pertrac-
tant, residuis vero quinque divina con-
tingentia nomina trutinantur. 1. est de
esse Dei. 2. De unitate Dei. 3. De ejus
immensitate. 4. De divina æternitate.
5. De Trinitate. 6. De creatione. 7.
De Incarnatione Verbi 8. De Passione
ejusdem 9. De resurrectione. 10. De di-
vino judicio. In ædibus Ascensianis.
1515. *in-fol.* Feuill. 184. On voit à
la fin que cet ouvrage a été composé à *Carlepont* l'an 1513.

8. *Ætatum mundi septem supputatio.*

Pariſ apud Badium. 1551. *in-4o.* C. D
Feuill. 48. Il compoſa cet ouvrage BOUELLES
à *S. Quentin* ſur la fin de l'année
précedente.

9. *Reſponſiones ad novem quæſita
Nicolai Paxii, Majoricenſis ſeu Ba-
learici, in arte Lulliſtarum peritiſſimi,
apud Badium.* 1521. *in-40.* Feuill.
8. Cette réponſe eſt datée du 18 Novembre 1514.

10. *Divinæ caliginis liber, docens
quonam pacto humana mens hunc mun-
dum ſenſibilem ac cæleſtem, imo crea-
turam omnem tranſiliens, ſupra ſe evec-
ta ſoli Deo contemplationis vi conjun-
gitur & unitur; quo in hac vita bea-
tius haberi poteſt nihil. Lugduni* 1526.
in-8o. pp. 71. non chiff. Cet ouvrage eſt daté du 8 Septembre 1525.

11. *Illuminati ſacre Profeſſoris Caroli Bovilli opus egregium de voto,
libero arbitrio, ac de differentia Ora-
tionis. Pariſ. Barth. Macæus.* 1589.
in-8o. Feuill. 90. Ce n'eſt qu'une
ancienne édition renouvellée par un
nouveau titre de l'an 1589. & qui a
dû paroître pour la premiere fois vers
l'an 1529. puiſqu'il y a à la tête deux
Epîtres de *Bouelles* qui ſont de cette
année.

C. DE
BOUELLES
12. *De raptu D. Pauli libellus. De Prophetica visione liber. Paris. Simon Colinæus.* 1531. *in-8°.* Feuill. 46. Ces deux ouvrages ont été composés en 1530. L'édition de 1531. a reparu avec ce nouveau titre, à la suite de l'ouvrage précédent : *Illuminati sacre Professoris Car. Bovilli de raptu D. Pauli. Ejusdem de Prophetica visione. Paris. Bart. Macæus* 1589 *in-8°.* Jean Albert Fabricius rapporte dans sa *Bibliotheca Mediæ & infimæ Latinitatis*, tom. 1. p. 931. que *Simler* nous apprend que le traité de *Bouelles De Prophetica visione* se vendoit seul à Paris un écu d'or, *nummo aureo.* Je ne sçai comment ce sçavant homme s'est trompé si grossierement. *Simler* parle bien differemment ; *venit Parisiis*, dit-il, *solido Gallico.*

13. *De laude Jerusalem liber unus. De laude Gentium liber. De concertatione & area peccati liber. De septem vitiis liber. Lugduni. Seb. Gryphius.* 1531. *in-8o.* pp. 334. Le premier ouvrage est un commentaire fort ample sur le Pseaume 147. *Lauda Jerusalem Dominum.* Le second en est un autre sur le Pseaume 116. *Laudate Dominum*

Dominum omnes gentes.

14. *Proverbiorum vulgarium libri tres.* Pariſ. *Galiot du Pré* 1531. *in*-80. Feuill. 171. L'Epître dédicatoire de *Bouelles* eſt datée du 16. Fevrier 1527. It. *Paris. Sebaſtien Nyvelle* 1558. *in*-80. Les Proverbes y ſont en François, mais expliqués par un commentaire latin.

15. *Liber de remediis vitiorum humanorum, & eorum conſiſtentia. Pariſ.* 1532. *in*-80. Cet Ouvrage qui eſt diviſé en 58. Chapitres, eſt dédié au Preſident *Pierre Lizet,* par une Epître datée de *Noyon* le 1. Septembre 1531.

16. *Liber de differentia vulgarium linguarum, & Gallici ſermonis varietate. Quæ voces apud Gallos ſint factitiæ & arbitrariæ vel barbaræ, quæ item ab origine Latina manarint. De hallucinatione Gallicanorum nominum. Pariſ. Rob. Stephanus.* 1533. *in*-4°. pp. 107. L'Epître de l'Auteur eſt datée de cette année. *Wolfgang Hunger* a combattu ce Livre en pluſieurs choſes dans celui qu'il a publié ſous ce titre : *In Caroli Bovilli vocum Gallicanarum tabulas notæ. Arguuntur obiter complures ab aliis quoque eruditis*

Tome XXXIX. P

C- DE *viris perperam expositæ super Gallicis*
BOUELLES *dictionibus etymologiæ. Ejusdem Elen-*
chus alphabeticus prætermissas in tabu-
lis Bovillianis innumeras dictiones Ger-
manicas, quibus hodie passim Gallia
utitur, luculenter exponens. Argento-
rati 1583. *in-8°.*

17. *Libellus de constitutione & utili-*
tate artium humanorum. Parif. in-4°.
Ancienne édition sans date.

18. *De Resurrectione dialogi duo: in-*
terlocutoribus Pharisæo, Saducæo & Phi-
losopho. Parif. 1551. *in-4°.* Feuill.
26.

19. *Dialogus de Mundi excidio &*
instauratione; interloquentibus, sapien-
tia erudiente & ignorantia interrogan-
te. Parif. 1552. *in-12.* Feuill. 26.
Avec quelques Lettres peu importantes à la fin. Ces deux Ouvrages
ont été réimprimés avec un autre
sous le titre suivant.

20. *Dialogi tres de anima immor-*
talitate, de resurrectione, de mundi
excidio & illius instauratione. Lugd.
Seb. Gryph. 1552. *in-8°.* pp. 170.
L'Epître est datée de Noyon le 15.
Octobre 1543.

21. *Geometricum opus, seu Geome-*

triæ libri duo. Pariſ. Vaſcoſan 1557.
in-8°.

V. *Les Epitres liminaires de ſes œuvres.*
Tritheme, de ſcriptoribus Ecclesiaſticis.
Jacques le Vaſſeur, Annales de l'E-
gliſe de Noyon. Claudii Heme-
rez, Tabella chronologica Decanorum
& Canonicorum Eccleſiæ S. Quentini,
Pariſ. 1633. *in-8o. Joannis Alb. Fa-*
brici Bibliotheca mediæ & infirmæ La-
tinitatis. Tom. 1. *p.* 923.

JEAN PEARSON.

J*Ean Pearſon* naquit vers l'an 1615.
à *Creake.* dans le Comté de *Nor-*
folk en Angleterre.

Il fit ſes premieres études dans
l'école d'*Eaton* & fut reçu enſuite
en 1631. dans le College du Roy
à *Cambridge.*

Après y avoir pris le degré de Maî-
tre-ès-Arts, il devint ſucceſſivement
Chapelain du Lord *Georges Goring* à
Exeter, Prebendier de *Salisbury*, &
Predicateur de *S. Criſtophe* à *Londres.*

Il fut depuis reçu Docteur en
Theologie, & paroiſſoit devoir par-

J.
PEARSON

venir à quelque chose de plus considerable: mais la mort tragique du Roy *Charles I.* arrivée en 1649. fut un obstacle à son élevation. Comme il étoit bon Royaliste, il demeura sans emploi pendant onze ans, c'est-à-dire, jusqu'au rétablissement du Roy *Charles II.* en 1660.

Il fut fait alors Archidiacre de *Surrey*, ensuite Principal du Collège de *Jesus à Cambridge*, Prebendier d'*Ely*, Chapelain ordinaire du Roy, & enfin Principal du Collège de la Trinité à *Cambridge*.

Jean Wilkins, Evêque de *Chester*, étant mort le 19. Novembre 1672. *Pearson* fut nommé pour lui succeder, & sacré le 9. Fevrier de l'année suivante.

Il conserva ce Siege pendant plus de quatorze ans, & mourut vers le milieu du mois de Juillet 1686. dans la 72e. année de son âge.

C'étoit un des plus sçavans hommes du parti des Episcopaux d'Angleterre, & il avoit joint à l'étude de l'Histoire Ecclesiastique, qu'il possedoit parfaitement, une grande connoissance des langues & des antiquités payennes.

Catalogue de ſes Ouvrages. **J.**

1. *Expoſition du ſymbole des Apô-* **PEARSON**
tres (en Anglois) Londres 1659. in-
4°. It. 5ᵉ. édition. Ibid. 1683. in-fol.
It. en latin : *Expoſitio ſymboli Apoſto-*
lici, juxta editionem Anglicanam in La-
tinam linguam tranſlata. Francofurti
ad Viadrum 1691. in-4°. Cette traduction eſt de *Simon-Jean Arnold,*
Inſpecteur des Egliſes du Bailliage
de *Sonneberg.* Cet ouvrage, qui a été
auſſi traduit en Flamand, eſt eſtimé,
& a commencé à donner de la réputation à ſon Auteur.

2. Il a travaillé avec *Richard Pear-*
ſon, ſon frere, *Antoine Scattergood,*
Chanoine de *Lincoln,* & *François*
Gouldman, Recteur *d'Okendon* dans
le Comté *d'Eſex* au fameux Recueil,
intitulé : *Critici ſacri, ſive doctiſſimo-*
rum virorum in ſacra Biblia annota-
tiones & tractatus, & imprimé à *Lon-*
dres en 1660. & 1661. en neuf volumes *in-fol.*

3. *Vetus Teſtamentum Græcum, cum*
Præfatione (Joannis Pearſon.) *Acce-*
dit novum Teſtamentum Græcum. Can-
tabrigiæ. 1665. in-12. 3. vol.

4. *Vindiciæ Epiſtolarum S. Ignatii.*

J.
PEARSON

Accesserunt Icaaci Vossii Epistolæ duæ adversus Blondellum. Cantabrigiæ 1672. *in-4°.* It. dans le Recueil intitulé: *SS. Patrum qui temporibus Apostolicis floruerunt, opera. Antuerpiæ* 1698. *in fol.* tom. 3. p. 236. Le dessein de *Pearson* dans cet ouvrage, est de soutenir la distinction des Evêques, & des Prêtres, que quelques Calvinistes, entr'autres *Jean Daillé*, avoient prétendu combattre, en attaquant la verité des lettres de *S. Ignace*, où cette distinction est nettement exprimée.

5. *Prolegomena in Hieroclem. Londini.* 1673. *in-8°.* Avec les œuvres de ce Philosophe.

6. *Annales Cyprianici*, Dans l'édition de *S. Cyprien* donnée par *Jean Fell*, Evêque d'*Oxford*, à *Oxford* 1682. *in-fol.* & réimprimée à *Amsterdam* 1700. *in-fol.*

7. *Joh. Pearsonii opera posthuma. Edenda curavit, & dissertationes novis additionibus auxit. H. Dodwellus. Londini* 1688. *in-4°.* Les ouvrages qu'on trouve ici, sont 1°. *Annales Paulini.* 2°. *Lectiones in Acta Apostolorum* 3°. *De serie & successione*

primorum Romæ Epiſcoporum differtationes duæ.

Il eſt à propos de dire ici un mot de
Richard Pearſon, qui a travaillé avec
ſon frere aux critiques d'Angleterre.

Né à *Creake*, il fit ſes premieres
études à *Eaton*, & fut reçu en 1646.
au College du Roy à *Cambridge*. Il
enſeigna le Droit civil au College
de *Gresham*, & fut Garde de la Bibliotheque du Roy d'Angleterre à
S. *James*. Il mourut en 1670. dans la
Religion Catholique Romaine, à ce
qu'on prétend.

V. *Ant. Wood, Athenæ Oxonienſes.*

THOMAS STAPLETON.

Thomas *Stapleton* naquit au mois
de Juillet de l'an 1535. à *Hen-
field*, dans le Comté de *Suſſex* en
Angleterre, de *Guillaume Stapleton*,
Gentilhomme catholique du Pays.

Il commença ſes études à *Cantor-
bery*, & alla les continuer à *Wincheſ-
ter*, dans le College de *Wykeham*,
fondé par un Evêque de ce nom.

T. STA-
PLETON.
Il passa ensuite en 1554. à *Oxford*, où il fut reçu dans le College Neuf, fondé par le même Evêque.

Peu de temps avant la mort de la Reine *Marie*, arrivée en 1558, il fut pourvû d'un Canonicat de *Chichester*, étant alors Bachelier ès Arts. Mais il n'en joüit pas long-tems; car la Reine *Elizabeth* étant montée sur le thrône d'Angleterre, & ayant proscrit la Religion Catholique, *Stapleton* fut obligé avec son pere, sa mere, & toute sa famille de sortir de ce Royaume & d'aller chercher une retraite aileurs.

Ils se retirerent à *Louvain* où *Stapleton* s'appliqua avec beaucoup d'ardeur à la Theologie, dans laquelle il fit de grands progrès.

Il vint ensuite à *Paris*, pour s'y perfectionner dans la connoissance des langues saintes, & passa depuis à *Rome* dans un esprit de devotion.

De retour à *Louvain* il commença à travailler à quelques ouvrages pour la défense de la Religion catholique.

Le Roy *Philippe II.* ayant fondé une Université à *Douay* en 1572.

Stapleton se rendit dans cette ville à T. STA-
la sollicitation de quelques uns de PLETON.
ses amis, qui vouloient lui procurer de l'emploi.

Il fut d'abord chargé d'enseigner
la Theologie dogmatique à *Anchim*
près de *Douay.* Quelques tems après
il prit les degrès de Bachelier, de
Licentié, & de Docteur en Theologie à *Douay*, fut fait Chanoine de
l'Eglise de *S. Amé* de cette ville, &
y fut nommé Professeur Royal de
l'Ecriture sainte.

Les troubles des Pays-Bas l'ayant
obligé d'abandonner son poste, il se
retira à *Rome*, pour y attendre un
meilleur temps. Dès que ce temps fut
venu, il retourna à *Douay* reprendre ses fonctions.

Dégoûté après cela du monde, il
songea à le quitter. Dans cette vûe
il resigna son Canonicat, renonça
à sa Chaire, & entra à *Douay* chez
les Jesuites, qui l'envoyerent au bout
de quelque temps à *Louvain.*

Deux ans de séjour dans la Com-
pagnie lui firent connoître que cette vie ne convenoit point à son genie
& à sa façon de vivre, & il en sortit

T. STA- conservant cependant toujours de
PLETON. l'affection pour ceux qu'il quittoit.

Retourné à *Douay* il eut bientôt
un nouveau Canonicat de *S. Amé*,
& fut enfin appellé à *Louvain* en
1590. pour y être Professeur Royal
de l'Ecriture sainte.

Le Roy d'Espagne le nomma dans
la suite au Doyenné del'Eglise d'*Hil-
verbeck* dans la campine Brabançonne
près de *Bois le-Duc*, qui valoit mille
florins de rente. Ce qui joint au profit qu'il tiroit des pensionnaires de
qualité qu'il prenoit chez lui, le met-
toit fort à son aise.

Il acquit bientôt par ses écrits la
réputation d'un grand Théologien
& d'un habile Controversiste. Le Pape *Clement VIII.* se faisoit un plaisir
de se les faire lire pendant ses repas,
& conçut par là une si grande estime
pour l'Auteur, qu'il voulut l'attirer
à *Rome.* Il lui fit écrire pour cela par
le Cardinal *Aldobrandini*, dans le
dessein de le faire Protonotaire Apostolique, ou même, comme quelques-uns prétendent, de l'élever au
Cardinalat. Mais *Stapleton*, qui commençoit à devenir infirme, s'excusa
de faire ce voyage.

Il étoit fujet à la goure, qui l'affli- T STA-
geoit fi fort qu'il en boitoit un peu. PLETON.
Un Medecin lui confeilla pour adou-
cir fon mal de fe faire un cautere.
Il fuivit ce confeil, mais la playe s'é-
tant fermée au bout de trois mois,
il en mourut le 12. Octobre 1598.
âgé de 63 ans. C'étoit fon année cli-
macterique, qu'il avoit toujours
fort apprehendé.

Il fut enterré à *Louvain* dans l'E-
glife de *S. Pierre* avec cette longue
épitaphe, qui contient les principales particularités de fa vie, & où l'on
le fait natif de *Chichefter*, parce qu'il
étoit né dans le diftrict de cette
ville.

Hic è regione fepultus eft eximius
Dominus ac Magifter nofter Thomas
Stapletonus, qui Cicefttriæ in Anglia
nobili loco natus, & litterarum ftudiis
à parentibus addictus, cum in Colle-
giis Wiceamicis [primum Wintoniæ,
deinde Oxonii] eum in Artium libe-
ralium difciplina curfum feciffet, ut
magnam fui expectationem apud fuos
excitaffet ad ipfo fuo Urbis Epifcopo
accitus, Ecclefiæ Cathedralis Canoni-
cus inftituitur; fed paulo poft, profanis

T. STA- *hominibus omnes totius Angliæ Eccle-*
PLETON. *fias per fummum nephas invadentibus,*
eo quod ille in impias eorum leges ju-
rare conftanter renuebat, loco cedere,
& fibi fuga [ut poterat] confulere coac-
tus, in has regiones concedens, Dua-
ci primum conftitit, ubi Catechiffen
ad tempus egit, donec tandem ad fu-
premam Magifterii dignitatem & Ca-
thedram evectus facras fcripturas pu-
blice fumma cum laude interpretatus
eft. Inde Lovanium à fua Majeftate
Catholica evocatus, in hac Academia
faoræ Theologiæ Profeffor Regius, in hac
D. Petri Ecclefia Canonicus, in Col-
legio Hilberbecenfi Decanus extitit.
Demum poft quadraginta duos annos
in exilio tranfactos (quos fere prælec-
tioni aut fcriptioni omnes impendit)
ceffit è vita, relictis laborum fuorum mo-
numentis, partim Anglice ad fuos,
partim Latinè in commune totius Rei-
publicæ bonum defcriptis, quæ quanta
fuerit ejus induftria, quanta animi pie-
tas, quam accenfum veritatis Catholicæ
propugnandæ ftudium, omnibus ea lec-
turis teftatum faciens.

Catalogue de fes Ouvrages.

Thomæ Stapletoni, Angli, facra

Theologiæ Doctoris & Profeſſoris Regii, T. STA-
Duaci primo , deinde Lovanii , opera PLETON.
quæ extant omnia , nonnulla auctius &
emendatius , quædam jam antea Anglice
ſcripta , nunc primum ſtudio & di-
ligentia doctorum virorum Anglorum
latinè reddita. In quatuor tomos diſtri-
buta. Pariſ. 1620. in-fol. Voici le détail des ouvrages contenus dans ce
Recueil.

Tome 1. pp. 1293.

1. *Compendium breve & verum*
ſtudiorum Thomæ Stapletoni , uſque ad
annum ætatis ſuæ 63. 1598. menſe Octo-
bri ab ipſomet verſibus comprehenſum. A
la tête de ce volume. Le titre pourroit faire croire qu'il auroit compoſé cette piéce ſur la fin de ſa vie ;
mais il ne faut pas le prendre à la ri-
gueur.

2. *De principiis fidei Doctrinalibus*
libri 12. imprimés ſéparément *Pariſ.*
1579 & 1582 *in-fol.* L'Epître dédicatoire au Pape *Gregoire XIII.* eſt datée du 10. Octobre 1578.

3. *Succeſſionis Eccleſiaſticæ defenſio*
amplior & fugitivæ ac latentis Proteſ-
tantium Eccleſiæ confutatio copioſior ;
contra Guilielmi Fulconis , Angli , ina-

T. STA-*nes cavillationes adversus hujus ope-*
PLETON. *ris libr. 4. cap. 10.& 11. editas. Liber
XIII.* Cet ouvrage est daté de *Douay*
le 22. Juin 1580. Le livre de *Guillaume Fulke*, auquel il sert de réponses, est intitulé. *Responsio ad Stapletoni Cavillationes. Londini* 1579.
in-8o.

4. *Relectio scholastica & compen-
diaria principiorum fidei doctrinalium
per controversias, quæstiones, & articulos tradita. Antuerpiæ* 1596. *in-4o.*
Datée de *Louvain* le 20. Fevrier de
cette année 1596.

5. *Auctoritatis Ecclesiasticæ circa
S. scripturarum approbationem adeo-
que in universum luculenta & accurata defensio libri tribus digesta ; contra
disputationem de Scriptura Guil. Whitakeri. Antuerpiæ* 1592. *in-8o.* Daté
de *Louvain* le 22. Janvier de cette
année. L'ouvrage de *Witaker* avoit
paru quelques années auparavant sous
ce titre : *Disputatio de sacra scriptura
in primis contra Bellarminum & Thom.
Stapletonum. Cantabrigiæ* 1588. *in-8o.*
Ce sçavant Anglois ne voulant pas
demeurer en reste, opposa à la réponse de *Stapleton* une replique,

qu'il intitula *pro Autoritate & αυτοπιολα* T. SCA-
facræ scripturæ duplicatio contra Sta- PLETON,
pletonum. Cantabrigiæ. 1694. *in-*8o.
Il s'attira par là une nouvelle réponfe de *Stapleton.*

6. *Triplicatio inchoata adverfus
Guil. Whitakeri Anglo-Calvinifæ du-
plicationem pro Ecclefiæ auctoritate,
Relectioni Principiorum fidei doctrina-
lium per modum Appendicis adjuncta.
Antuerpiæ* 1596. *in-*4o. Datée de
Louvain le 10. Mars de cette an-
née.

Tome 2e. pp. 1653.

7 *De univerfa juftificationis doctrina hodie controverfa libri* 12.
Parif. 1582. *in-fol.*

8. *Speculum pravitatis hereticæ per
Orationes ad oculum demenftrata.Dua-
ci* 1580. *in-*8o. Datée du 29. Mars
de cette année.

9. *Orationes funebres.* Il y en a
quatre, qui ont été imprimées féparément avec quelques autres. *Orationes funebres & dogmaticæ. Antuerpiæ.*1576. *in-*8o.

10. *Orationes Academicæ Mifcel-
laneæ. Antuerpiæ* 1600. *in-*8o. Avec
une Epître dédicatoire de *Thomas*

T. STA-
PLETON.

Worthington, datée du 25. Mars de
cette année. Ces discours qui sont
au nombre de 19. roulent sur des
sujets de morale ou de dogme.

11. *Orationes Catechetica duodecim,
sive manuale peccatorum de septem pec-
catis capitalibus.* Antuerp. 1598. *in-8o.*
L'Epître est datée du 15. Nov. 1593.

12. *Vere admiranda, seu de magni-
tudine Romanæ Ecclesiæ libri duo.* Antuerpiæ 1599. *in-4o.* It. *Roma* 1600.
in-8o. L'Epître est du 1. Mars 1599.

13. *Propugnaculum fidei primitivæ
Anglorum quo fides illa, quæ Anglis ante
mille annos per S. Augustinum tradita
fuit, & quæ tunc temporis ac deinceps per
universam Christi Ecclesiam semper
viguit, quam nunc protestantes Papisti-
cam vocant, Orthodoxam esse vereque
Christianam asseritur & probatur. A.
Thoma Stapletono anno* 1565. *mater-
na lingua Anglicana compositum, &
pro appendice ad Historiam Ecclesiæ
Anglicanæ Vener. Bedæ ab eodem Stapletono tunc Anglicè versam annexum.
Nunc primum Latinè editum. Interprete Gulielmo Rainerio, Theologo An-
glo.* L'original Anglois a été imprimé à *Anvers* 1565. *in-4.* & l'Epître

tre de *Stapleton* eft datée de cette
ville le 17. Oct. de la même année.

14. *Replica Thomæ Stapletoni ad
Refponfum Horni , Pfeudo Epifcopi
Vvintonienfis, quo is Feckenhami Vener.
Abbatis Vveftmonafterienfis rationes
recufandi juramentum de Regio in caufis Ecclefiafticis primatu impugnat.
Opus nunc primum Latinè editum.*
Voici l'origine de cet ouvrage. *Jean
de Feckenham* étant en prifon , pour
avoir refufé de prêter le ferment de
fupremacie , compofa un Ouvrage
Anglois qu'il intitula : *Declaration
des fcrupules touchant le ferment de fupremacie, contenue dans un écrit adreffé
au Docteur Horn , Evêque de Vvin-
chefter. Londres. in-4°.* Robert Horn
répondit à cet écrit par un autre ,
qu'il intitula par allufion à fon nom
qui fignifie un *cor de chaffe , le bruif-
fement du cor. Londres 1566. in-4°.*
Feckenham travailla à repliquer , mais
craignant de fe faire de nouvelles
affaires , fi l'on fçavoit que la replique vînt de lui , il envoya tous fes
papiers à *Stapleton* , qui mit le tout
en ordre , & y ajouta ce qu'il jugea
à propos. Il fit allufion au titre du

Tome XXXIX.   Q

T. Sta- livre de son adversaire, en intitulant
PLETON. le sien : *Contrebruissement. Louvain*
1567. *in-4°*. Mais le Traducteur a
cru devoir supprimer ce titre peu
naturel.

15. *Nota falsitatis in Ivellum re-
torta. Opus sic inscriptum, quia in eo
falsa demonstrantur quæ Ivellus Pseu-
do Episcopus Sarisburiensis Responso
Hardingi, Doctoris Catholici, impo-
suit, quo is nonnulla Catholicæ fidei
dogmata defendit de quibus Ivellus publice pro concione Londini habita, omnes in toto Christiano Orbe Catholicos,
magna cum ostentatione provocaverat,
ut illa vel uno aliquo sacræ scriptura,
Generalis Concilii, vel alicujus anti-
qui Patris, qui intra primos sexcentos
à Christo annos vixit, testimonio proba-
rent. Olim à Thoma Stapletono, nempe anno* 1566. *Anglicè conscriptum,
nunc primum Latinè versum opera &
industria S. A. C. A.* L'original Anglois a été imprimé à *Anvers* en
1566. & la preface est datée du 24.
Juillet de cette année.

16. *De Protestantismo & primis
ejusdem Autoribus Martino Luthero,
Philippo Melanchtone & Joanne Cal-*

vino differtatio. Cet ouvrage eft en- T. STA
core traduit de l'Anglois, mais j'igno- PLETON.
re la date de l'impreffion de l'original.

Tome 3. pp. 993.

17. *Antidota Evangelica in Mat-*
thæum, Marcum, Lucam, Johannem.
Antuerpiæ 1595. *in* 8°. Datés du
premier Octobre 1594. C'eft une explication des paffages des Evangiles
dont les heretiques fe fervent pour
foutenir leurs erreurs.

18. *Antidota Apoftolica contra noftri*
temporis hærefes, in quibus loca illa
explicantur quæ Hæretici hodie (ma-
xime Calvinus & Beza) vel ad fua
placita ftabilienda, vel ad Catholicæ
Ecclefiæ dogmata infirmanda, callide
& impie depravaverunt. In Acta Apof-
tolorum. Tomus 1. *Antuerpiæ* 1595.
in 8°. *In Epiftolam B. Pauli ad Ro-*
manos. Tomus 2. *Ibid.* 1595. *in* 8°.
In duas B. Pauli Epiftolas ad Corin-
thios, tomus 3. *Ibid.* 1598. *in* 8°.

Tome 4. pp. 1065.

19. *Promptuarium morale in Evan-*
gelia Dominicalia. Pars Hyemalis &
Aftivalis. Antuerpiæ 1592 *in* 8°. It.
Coloniæ 1615 *in* 8°. deux tomes.

Q ij

T. STA-
PLETON.
20. *Promptuarium Catholicum ad instructionem concionatorum contra hæreticos nostri temporis super omnia Evangelia totius anni Dominicalia.* Antuerpiæ 1562. in-8°. It. *Parif.* 1606. in-8°.

21. *Promptuarium Catholicum super Evangelia ferialia totius Quadragesimæ. Lugd.* 1602. in-8°. L'Epître est datée du premier Janvier 1594.

22. *Promptuarium Catholicum super Evangelia in Festis sanctorum totius anni. Antuerpiæ* 1592. in-8°.

23. *Tres Thomæ, seu Res gesta S. Thomæ Apostoli, S. Thomæ Archiepiscopi Cantuariensis & Martyris, & Thomæ Mori Angliæ quondam Cancellarii. Duaci.* 1588. in-8°. It. *Coloniæ* 1612. in-8°. Ce sont là tous les ouvrages contenus dans le Recueil de ses œuvres. Il a donné outre cela les suivans.

24. Il a traduit en Anglois l'Histoire d'Angleterre du venerable *Bede*, & sa traduction a été imprimée à *Anvers* l'an 1565. in-40. Elle est accompagnée des notes marginales de *Stapleton.*

45. Il a aussi traduit en Anglois

le Livre de *Federic Staphyle de diffi-* T. STA-
diis Hareticorum , & cette traduction PLETON.
a été de même imprimée à *Anvers* en
1565.

26. *Didymi Veridici Henfildani
Apologia pro Philippo II. Hispania-
rum Rege , contra accufationes Eliza-
bethæ, Reginæ Angliæ. Conftantiæ, in* 8°.
Henri Holland nous apprend dans la
vie de *Stapleton* , que cet ouvrage eft
de cet Auteur , qui le fit imprimer
d'abord dans les Pays-Bas , mais que
les exemplaires en ayant été bientôt
débités , on le réimprima en Allemagne.

V. *Sa vie écrite par lui-même en vers
& celle qu'Henri Holland a mife à
la tête de fes œuvres. Athenæ Oxonien-
fes. tom.* I. *p.* 292 *Pitfeus de illuftrioribus
Angliæ fcriptoribus.* p. 796. *Fafti Aca-
demici Lovanienfes.* p. 86.

LAZARE BONAMICO.

L *Azare Bonamico,* naquit à *Baffano* L. BONA-
dans la Marche Trevifaire l'an MICO.
1479. Il étoit fils d'un Laboureur qui
le deftina à être de la même condi-

L. Bona-
mico.

tion que lui; mais l'inclination qu'il témoigna pour les Lettres, engagea son pere à changer cette destination, & à l'appliquer à l'étude. C'est du moins ce que *Tomasini* rapporte; mais *Salomoni* dans ses *Inscriptiones Patavinæ* croit qu'il est plus vraisemblable que ce changement vint de *Jean Cauci*, Senateur Venitien, dont le pere de *Bonamico* étoit Fermier; lequel lui trouvant de la disposition & de l'inclination pour l'étude, prit soin de son éducation, le fit instruire d'abord par le Curé du lieu, & l'envoya ensuite à *Padoue*.

Il apprit à fond dans cette ville la langue latine sous differens Maîtres, & la Greque sous *Marc Musurus*, & joignit à l'étude des Belles-Lettres celle de la Philosophie, en laquelle il eut pour maître *Pierre Pomponace.* Mais quoiqu'il réussit fort dans cette derniere science, il se borna dans la suite à la premiere.

Il acquit bientôt de la réputation, & après avoir enseigné quelque temps à Rome, il fut appellé à *Boulogne*, pour y diriger les études de quelques jeunes gens de la famille Campegge;

il enseigna aussi quelque temps dans L. BONAS
le College de cette ville. MICO.

Il retourna depuis à *Rome* &y demeura chez *Regnaud Polus* qui fut dans la
suite Cardinal. Il étoit dans cette ville,
lorsqu'elle fut prise & pillée en 1 5 2 6.
par l'armée de l'Empereur *Charles-*
Quint, & il perdit en cette fâcheuse
circonstance une bibliotheque qu'il
avoit amassé avec beaucoup de soins
& de dépense.

Après cette disgrace il se retira à
Padoue, où il fut choisi le 4. Novembre 1 5 3 0. pour enseigner les
langues Grecque & Latine dans l'U-
niversité de cette ville. Il eut d'a-
bord trois cens florins de gage ;
mais on augmenta son honoraire en
1 5 3 2. pour l'engager à refuser des
conditions fort avantageuses qu'on
lui offroit pour l'attirer à *Boulogne*.

Le Pape *Clement VII.* voulut aussi
le faire venir à *Rome*, & *Ferdinand*
Roi des Romains, lui fit proposer
de bons appointemens pour enseigner à *Vienne*, mais son attachement
pour l'Université de *Padoue* lui fit
rejetter toutes les propositions qu'on
put lui faire pour l'en retirer.

L. BONA-
MICO. Il enseigna dans cette ville avec beaucoup de succès & de réputation jusqu'à la fin de sa vie, c'est-à-dire pendant 21 ans; & eut toujours un grand nombre d'Ecoliers.

Il y mourut le 11. Fevrier 1552. âgé de 73 ans, & fut enterré dans l'Eglise de *S. Antoine*, où *Jerome Nigri* prononça son oraison funebre. On lui mit alors cette inscription sepulchrale.

Quantum ager Arpinas Ciceroni,
  atque inclyta quantum
Palladis urbs debet Socratis ingenio,
Bassani & Patavi debent tibi mœnia
  tantum,
Lazare, quando illis unus utrum-
  que refers.

Son corps fut depuis transporté dans l'Eglise de *S. Jean in Verdara;* où on lui dressa un tombeau magnifique; sur lequel on voit sa statue en bronze, avec les inscriptions suivantes.

Lazari Bonamici, Catharinæque
uxoris carissima in secundum redempto-
ris adventum quietis sedes. D. H. M.
D. M. A.

  Obiit 1552. ætatis 73.

                              Lazaro

Lazaro Bonamico Baffanenfi, in quo L. BONA-
uno totius antiquitatis memoriam, eru- MICO.
ditionem, judicium, & eloquentiam fi-
bi redditam putans Europa per annos
20. & unum Patavii admirata eft. Ca-
tarina conjux & Lucretia fenis animula
bene merenti pofuere. Vixit annis 73.
Obiit III. Idus Februarii 1552.

Il avoit cultivé beaucoup l'éloquence, & s'étoit fait par là un
grand nom. Plufieurs hommes célé-
bres font fortis de fon école, & ont
contribué à lui donner de la réputation par les louanges qu'ils ont ré-
pandues fur lui avec profufion. Il n'a
cependant publié aucun ouvrage, non
pas qu'il ne fût capable d'en pro-
duire d'excellens ; mais parce qu'il
aimoit fon plaifir, & qu'il employoit
au jeu ou à la table le tems qu'il
n'étoit point occupé de l'inftruction
de fes Difciples. Le peu que nous
avons de lui, n'a été publié qu'a-
près fa mort.

Il avoit une grande idée de fa Pro-
feffion, fi ce qu'on dit de lui eft
vrai, qu'il avoit coutume d'affurer,
qu'il aimeroit mieux parler comme
Ciceron, que d'être Pape, & qu'il

Tome XXXIX. R

L. BONA-
MICO.

auroit préferé l'éloquence de ce grand orateur à l'empire d'*Auguste*.

C'est un conte, que ce qu'on rapporte, qu'ayant demandé un jour au démon, qui étoit dans une possedée, quel étoit le meilleur vers de *Virgile*, il avoit répondu que c'étoit celui-ci.

Discite justitiam moniti , & non temere divos.

Comme le plus méchant étoit.

Flectere si nequeo superos , Acheronta movebo.

Catalogue de ses Ouvrages.

1°. Dans le 1. tome des *Carmina illustrium Poëtarum Italorum , Joannis Matthæi Toscani cura. Paris.* 1576. *in*-16. on trouve Feuill. 35. & suivans, cinq pieces de vers de *Bonamico* peu importantes.

2. *Carmen de vita Rustica.* Dans un Recueil publié par Joachim Camerarius le fils sous ce titre. *Opuscula de Re Rustica. Noriberga* 1577. 1596. *in*-80. It. Avec *Renati Rapini Hortorum libri IV.* & quelques autres pieces qui les suivent. *Ultrajecti* 1672. *in*-80. It. dans le premier volume des *Deliciæ Poëtarum Italorum* de *Gruter*.

3. Il y a quelques Poëſies de lui L. Bona-
dans un autre Recueil intitulé : *Pan-* mico.
nonia luctus , quo Principum aliquot
& inſignium virorum mortes aliique fu-
neſti caſus deplorantur à diverſis Auc-
toribus , nempe , Joachimo Camerario,
Georgio Logo , Johanne Longo , Geor-
gio Vernero , Lazaro Bonamico , Va-
lentino Eckio &c. Cracoviæ. 1544. *in-8o.*

4. Il ſe trouve auſſi quelques unes
de ſes Poëſies dans le Recueil , qui
a pour titre : *Carmina Poëtarum Nobi-*
lium , Joannis Pauli Ubadini ſtudio
conquiſita. Mediolani. 1563. *in-8o.*

5. *Gruter* a inſeré ſes Poëſies dans
le premier vol. de ſes *Deliciæ Poëta-*
rum Italorum. p. 452.

6. *Gaſparis Urſini Velii Epiſtola ad*
Lazarum Bonamicum , Carmine. La-
zari Bonamici Reſponſum , item car-
mine. Vienna Pannoniæ. 1539. *in-4o.*

7. On trouve quinze lettres de lui
dans un Recueil , qui porte ce titre :
Epiſtolæ Clarorum virorum ſelectæ de
quam plurimis , ad indicandam noſtro-
rum temporum eloquentiam. Venetiis &
Pariſ. 1556. *in-16.*

8. *Papadoli* dit qu'il y a trente de
ſes Letres Italiennes , qui ſont impri-

R ij

L. Bona-mées ; mais je ne sçai ce que c'est.

MICO.   V. *Hieronymi Nigri, Veneti, Canonici Patavini, in Lazari Bonamici funere oratio habita Patavii 3. Idus Februarii 1552. Venetiis 1553. in 4°.* Ghilini, *Teatro d'Huomini Letterati* part. 1. p. 144. Joan. Imperialis *Museum Historicum* p. 76. Jacobi Gaddi, *de scriptoribus non Ecclesiasticis ; tom.* I. p. 75. M. de Thou, & les additions de Teissier. Nicolai Comneni Papadoli *Historia Gymnasii Patavini* tom. 1. p. 308.

NICOLAS DE MONTREUX

N.
DE MON-
TREUX.

Nicolas de Montreux, Gentil-homme du Maine, ne nous est connu que par le peu que *la Croix du Maine* nous en apprend.

Il étoit fils de M. *de la Mesnerie,* Maître des Requêtes de la Maison de Monsieur frere du Roy, & naquit vers l'an 1561. puisqu'il n'étoit âgé que de 15. ou 16. ans en 1577. lorsqu'il traduisit ou composa le 16e. livre d'*Amadis de Gaule.*

Il passa une bonne partie de sa vie

à *Paris*, où il s'occupa à compoſer divers ouvrages; c'eſt par leur moyen ſeul que ſon nom s'eſt tranſmis à la poſtérité. Il a pris dans la plupart ce-lui d'*Olenix du Mont-ſacré*, qui eſt l'Anagramme pure de *Nicolas de Montreux*; quelquefois auſſi il s'ap-pelle ſimplement *N. de Montreux, ſieur du Mont-ſacré.*

Il étoit apparemment Seigneur de *Barenton*, puiſque *Roſſet* ayant fait des vers à la louange de ſon Hiſtoi-re des troubles de Hongrie, qui por-te ſon nom, les a adreſſés à *M. de Ba-renton, ſieur du Mont-Sacré ſur ſon Hiſtoire de Hongrie.*

Il commença à compoſer dès l'an 1577. & le dernier Ouvrage que je connoiſſe de lui, eſt de l'an 1608. Comme on n'a plus rien vû de ſa façon depuis cette année, quoiqu'il n'eût alors guéres plus de 47 ans, il eſt à croire qu'il mourut peu de temps après.

Catalogue de ſes Ouvrages

1. *Le ſeiziéme livre d'Amadis de Gaule*, traduit par *Nicolas de Mon-treux. Paris, Jean Parent* 1577. *in-*16.

2. *Le jeune Cyrus, Tragedie*, priſe

R iij

du grec de *Xenophon*, representée à
Poïtiers en 1581. La *Croix du Maine*, qui nous fait connoître cette
piece, ne marque point quand elle
a été imprimée, non plus que la
suivante.

3. *La Joyeuse*, Comédie, representée au même lieu avec la Tragedie
de *Cyrus*.

4. *Le premier Livre des Bergeries
de Julliette. Auquel par les amours des
Bergers & Bergeres, l'on voit les effets differens de l'amour, avec cinq histoires comiques racontées en cinq journées par cinq Bergeres, & plusieurs
échos, énigmes, chansons, sonnets, élegies, & stances. Ensemble une Pastorale en vers françois à l'imitation des
Italiens, de l'invention d'Olenix du
Mont-Sacré. Paris, Gilles Beys.* 1585.
in-8o. Feuill. 291. Sans la Pastorale,
qui a pour titre particulier. *Athlete,
ou Fable Bocagere.* Feuill. 35. Cette
Pastorale est en vers & en trois Actes. Le Privilége est du 14. Juin de
cette année 1685. It. 4e. *Edition revûe & corrigée par l'Auteur. Paris,
Gilles Beys,* 1588. *in-8o.* It. 5e. édition. Tours 1592. *in-12.*

*Le second livre des Bergeries de Jul-
liette; auquel, comme au premier, sont
traitez les divers effets d'amour, avec
plusieurs discours moraux, non moins
profitables que plaisans, diverses poësies, tant sonnets, échos, énigmes, chansons, élegies, & stances. Avec
cinq histoires comiques, discourües en
cinq journées par cinq Pasteurs. Ensemble les œuvres poëtiques de la docte
Bergere Julliette. 2*e*. édition revûë &
corrigée par l'Auteur. Paris, Gilles
Beys* 1588. *in*-8°. pp. 476. La prémiere édition doit être de l'année
précedente, puisque l'Epître dédicatoire est du 6. Juin 1587. & le privilege du 22. May précedent. Les
Oeuvres Poëtiques de Julliette, qui
sont de la façon de *Montreux,* comme tout le reste, sont renfermées dans
la 4e. Journée. It. 3e. *édition Tours,
Jamet Mettayer,* 1592. *in*-12. Feuill.
482.

*Le troisiéme Livre des Bergeries de
Julliette; auquel, comme aux deux
premiers, sont traitez les divers effets
de l'amour. Avec pareils enrichissemens
de diverses poësies & discours, ensem-*

N.
DE MON-
TREUX.

ble la Diane, Pastourelle, ou fable bocagere. *Tours*, Jamet Mettayer, 1594.
*in-*12. Feuill. 402. le Privilege est
daté de *Tours* le 30. Octobre 1593.
Il y a cinq journées dans ce livre,
comme dans les précedens. *La Dia-*
ne est en vers, en trois actes, sans
distinction de scénes.

Le quatriéme *Livre des Bergeries de*
Julliette, auquel, comme aux trois
premiers, sont traitez les divers effets
d'amour. Avec pareil enrichissemens
de diverses poësies & discours. Ensemble la *Tragedie d'Isabelle*. *Paris*, *Guil.*
des Rues. 1595. *in-*12. pp. 634. Sans
la Tragedie qui est en vers & en
cinq Actes. L'Epître dédicatoire est
du 25. Août 1594.

Cinquiéme & dernier *livre des Ber-*
geries de Julliette. Suite & conclusion
de divers amours des Bergers & Bergeres, traitez aux quatre précedens.
Paris, *Abraham Saugrain* 1598. *in-*
12. pp. 807. L'Epître dédicatoire est
du 15. Mars de cette année. Quoique ces Bergeries ayent été recher-
chées de leur temps, comme on le
reconnoît par les diverses éditions

qui s'en ſont faites, on n'en fait plus
aucun cas maintenant; en effet le <small>DE MON-</small>
ſtyle en eſt extremément languiſſant <small>TREUX.</small>
& la lecture ennuyeuſe à la mort,
de même que des autres Romans du
même Auteur.

5. *L'Arcadie Françoiſe, de la Nym-*
phe Amarille, tirée des Bergeries de
Julliette, de l'invention d'Olenix du
Mont-Sacré, où par pluſieurs hiſtoires
& ſous noms de Bergers ſont déduits
les amours de pluſieurs Seigneurs & Da-
mes de la Cour. Paris, 1625. *in*-8o. pp.
686. en cinq parties. Ouvrage en pro-
ſe mêlé de quelques vers, & auſſi en-
nuyeux que celui dont il eſt tiré. L'E-
diteur n'a déſigné ſon nom à la fin
de l'Epître dédicatoire, que par les
lettres initiales. *A. R.*

6. *Oeuvre de la chaſteté qui ſe re-*
marque par les diverſes fortunes,
adventures & fideles amours de Cri-
ſiton & Lydie. Livre premier. En-
ſemble la Tragedie de Cleopatre, le
tout de l'invention d'Olenix du Mont-
Sacré. Paris, Guill. Des Rues 1595.
in-12. pp. 611. pour le Roman, &
116. pour la *Cleopatre,* tragedie en

N. DE MON- BREUX. cinq Actes. Le *second Livre* a paru apparemment en même tems que le premier , puisque le privilege est pour les deux. Le *Troisiéme*, dédié à *Madame sœur unique du Roy*, a été imprimé à *Paris chez Saugrain & des Rues* 1601. *in-*12. Je n'en ai vû que le premier feuillet qui contient le titre.

7. *L'Arimene* , *Pastorale*. *Nantes* , *Pierre Dorion*. 1597. *in-*12.

8. *Amours de Cleandre & de Domiphile*. *Paris* 1597. *in-*12. Je ne connois ce Livre , que par la Bibliotheque des Romans.

9. *L'homme , ses dignitez , son franc & liberal arbitre ; Au Roy. Par Olenix du Mont-Sacré. Paris.* 1599. *in-*12. pp. 690.

10. *Sophonisbe , Tragedie , avec des chœurs. Rouen , Raphaël du Petitval.* 1601. *in-*12.

1. *Histoire universelle des guerres du Turc depuis l'an* 1565. *jusqu'à la treve faite en* 1606. *Avec les exploits & hauts faits d'armes de Philippe Emmanuel de Lorraine , Duc de Mercœur , Lieutenant General de l'Empe-*

reur contre les mêmes Turcs. Tome 2e. N.
Par *N. de Montreux. Paris, Robert* DE MON-
Fouet 1608. *in-4°.* pp. 1054. L'Epître TREUX.
dédicatoire est datée de *Paris* le 15.
Juin 1608. Le premier tome est de
Martin Fumée.

  La Croix du Maine parle encore
de quelques autres ouvrages de sa
façon ; mais ils n'ont pas été imprimés.

  2. *Les Bibliothéques françoises de
la Croix du Maine & de du Verdier.
Recherches sur les Théatres de France
de M. de Beauchamps. tom.* I. p. 468.
Il y a quelques fautes d'inadvertance
& d'omission dans ce qu'il en dit.

NICOLAS DE HERBERAY.

N icolas de *Herberay*, sieur des N.
Essarts, Gentilhomme Picard, DE HER-
ne nous est connu que par ses Ou- BERAY.
vrages. Il y prend les qualités de
*Commissaire ordinaire de l'Artillerie du
Roy, & Lieutenant en icelle (ès Pays
& gouvernement de Picardie) de Monsieur de Brissac, Grand Maistre, & Ca-*

pitaine general d'icelle Artillerie.

Les occupations que lui donnoient ces Charges ne l'empêcherent pas de cultiver les Lettres & de donner au Public plusieurs traductions de Livres Espagnols, qui furent fort bien reçues.

La Croix du Maine dit que c'étoit le Gentilhomme le plus estimé de son temps pour parler bien françois, & pour l'art oratoire. Mais *du Verdier* n'en parle pas si avantageusement; il rapporte le jugement d'un Auteur qu'il ne nomme point, lequel trouve de l'affectation dans son style, & le reprend de se servir d'expressions rudes & désagréables, & de mots nouveaux & étrangers qui n'ont rien que de choquant.

Il avoit pris pour sa devise ces deux mots Espagnols *Acuerdo Olvido*, qui peuvent se rendre par ces deux latins *Memor oblivio.*

Il mourut vers l'an 1552. comme il paroît par une Epître d'*Etienne Pasquier*, qui est à la tête de la traduction du neuviéme livre d'*Amadis* par *Claude Colet* imprimée en 1553. dans

laquelle il marque qu'il étoit mort N.
depuis peu de temps. Ainsi *la Croix* DE HER-
du Maine a eu tort de dire qu'il flo- BERAY.
rissoit en 1555.

Nous trouvons parmi les Poësies de
Mellin de S. Gelais l'épitaphe de *Ma-*
rie Compane , sa femme.

Catalogue de ses Ouvrages.

1. *Le premier livre de Amadis*
de Gaule , *traduit nouvellement d'Es-*
pagnol en françois par le sieur des Es-
sarts , Nicolas *de Herberay. Acuerdo*
Olvido. Paris. *Denys Janot* , 1540.
in-folio , Feuill. 150. chapitres 44.
C'est la premiere édition de ce Livre, qui en a eu plusieurs , de même
que les autres. It. *Revû.* Lyon , Fran-
çois Didier 1577. *in-16.* Feuill. 351.
Il y a d'autres éditions ; mais je ne
parle ici que de celles que j'ai vûes

Le second livre de Amadis , *traduit*
par le même. Paris , *Vincent Sertenas*,
1550. *in-fol.* Feuill. 86. chapitres 22.
Il doit y avoir eu une édition précédente de l'an 1541. It. *Lyon* , *Fran-*
çois Didier. 1577. *in-16.* Feuill. 214.

Le Tiers livre de Amadis traduit
par le même. Paris , *Vincent Sertenas*,
1542. *in-fol.* Feuill. 94. chapitres 18.

N.
DE HER-
EERAY.

It. *Lyon, Benoist Rigaud.* 1575. in-16. pp. 472.

Le quatriéme Livre, traduit par le même. Paris, Denys Janot, 1543. in-fol. Feuill. 111. chapitres 38. It. *Lyon, François Didier* 1577. in-16. Feuill. 223.

Le cinquiéme livre, traduit par le même. Paris, Vincent Sertenas. 1550. in-fol. Feuill. 117. chapitres 56. La premiere édition doit être de l'an 1544. It. *Lyon, Benoist Rigaud,* 1575. in-16. pp. 517.

Le sixiéme livre, traduit par le même. Paris, 1545. in-fol. Feuill. 128. chapitres 64. It. *Lyon, Benoist Rigaud.* 1575. in-16. Feuill. 282.

Le septiéme Livre traduit par le même. Paris, Jeanne Marnef, 1546. in-fol. Feuill. 123. chapitres 63. It. *Paris, Vincent Sertenas* 1557. in-16. Feuill. 237. It. *Lyon. Benoist Rigaud,* 1575. in-16. pp. 519.

Le huitiéme livre, traduit par le même. Paris, Etienne Grouleau. 1548. in-fol. Feuill. 82. chapitres 96. On voit à la tête une piece de plus de deux cens vers, intitulé : *Discours sur les Livres d'Amadis par Michel*

Sevin d'Orleans, qu'on a retranché dans les éditions in-16. It. *Lyon, Benoist Rigaud*, 1575. *in-16.* pp. 799.

Ce font là les feuls livres d'*Amadis* que d'*Herberay* ait traduits. Il dit dans l'Epître dédicatoire de la *Chronique de Dom Florés de Grece* au Roy *Henri II.* qu'il avoit entrepris cette traduction par ordre du Roi *François I.* & qu'il étoit fur la fin du huitiéme volume, lorfque ce Prince mourut (en 1547.) qu'étant alors tombé malade, & n'étant revenu en fanté qu'après avoir fouffert longtemps, il avoit dédaigné de continuer cette traduction, & s'étoit donné à quelque chofe de plus folide, en mettant en françois l'Hiftoire de la guerre des Juifs de *Joseph*.

Mais cette traduction d'*Amadis* a été continuée par d'autres, & il eft à propos de marquer ici ceux qui y ont mis la main, afin qu'on puiffe voir d'un coup d'œil tout ce qui concerne cet ouvrage.

Le neuviéme livre fut d'abord traduit par *Gilles Boileau*, natif de *Bullion* en Lorraine, que *Gruget* & *Colet* font mal-à-propos Flamand & dont

N.
DE HER-
BERAY.

on a quelques autres traductions. Les Libraires en ayant fait imprimer la premiere feuille, reconnurent fans peine que le langage en étoit trop groffier pour pouvoir être bien reçu du Public. Ainfi ils prierent *Claude Colet* de revoir l'ouvrage & de corriger les fautes. Il le fit avec affez de précipitation ; fes affaires, & la viteffe avec laquelle on imprimoit, ne lui permettant point d'y donner beaucoup de temps. Lorfque l'ouvrage fut imprimé, & qu'il le repaffa avec tranquillité, il y trouva tant de fautes dans le langage & dans le fens, qu'il ne voulut point fe l'attribuer, mais l'abandonna entierement à fon premier Auteur. Il revit depuis cette traduction avec beaucoup plus de foin qu'il n'avoit fait d'abord, & la publia fous fon nom, feize mois après que la premiere édition eut été faite. Cette premiere édition eft apparemment *in-fol.* comme celle de tous les livres précedens, qui n'avoient pas été alors imprimés en autre forme. La feconde, qui porte le nom de *Colet* a pour titre :

Le neuviéme Livre d'Amadis de Gaule

Gaule revû, corrigé, & rendu en notre   N.
vulgaire françois, mieux que par ci DE HER-
devant par Claude Colet, Champe- BERAY.
nois. Nec forte, nec morte. Paris. Vin-
cent Sertenas 1553. *in-fol.* Feuill.
190. chapitres 73. Il doit y avoir eu
une édition précedente. It. *Lyon.* Be-
noist Rigaud 1575. *in-*16. pp. 902.

     Le dixieme Livre traduit nouvel-
lement. Envie, d'envie, en vie. Paris,
Vincent Sertenas 1555. *in-fol.* Feuill.
127. chapitres 65. Il y a une édition
précedente ; puisqu'on lit au commencement : *Achevé d'imprimer le*
13. *Août* 1552. Cette traduction est
de *Jacques Gohory.*

     L'onzieme Livre. Paris, Jean Lon-
gis 1554. *in fol.* Feuill. 155. chapitres 89. Cette traduction est encore
de *Gohory*, qui a mis à la tête une
Preface, qu'on a retranchée dans les
éditions *in-*16. It. *Lyon, Benoist Ri-*
gaud, 1576. *in-*16. pp. 702.

     Le douzième Livre d'Amadis de
Gaule, traduit par Guillaume Aubert
de Poitiers. Paris, Etienne Groulleau
1556. *in-fol.* Feuill. 240. chapitres
100. It. *Lyon, François Didier* 1577.
*in-*16. Feuill. 551.

     Tome XXXIX.   S

N.
DE HER-
BERAY.

Ces douze premiers livres sont les
seuls qui ayent été imprimés *in folio.*

Le treizieme livre d'*Amadis* traduit
nouvellement d'*Espagnol* en *François*
par *J. G. P. Montluel.* 1576. *in*-16.
pp. 507. chapitres 58. *Gohory*, qui est
le traducteur de ce Livre, a mis à la
tête une Epître datée de *Paris* le jour
de *S. Jean-Baptiste* 1571.

Le quatorzieme Livre nouvellement
mis en *François* par *Antoine Tyron.*
Anvers, *Jean Waersberghe.* 1574. *in*-
12. It. *Paris*, *Nicolas Bonfons* 1577.
in 16. Feuill. 352. chapitres 74. *Goho-*
ry, qui a publié cette édition, a conservé la traduction de *Tyron*; & a
seulement changé la dédicace & ajoûté à la tête un traité des Romans antiques. Ceux qui ont attribué à *Goho-*
ry la traduction de ce Livre, n'ont
point lû la dédicace, ni fait attention
à ces mots qu'on lit à la fin de l'édition de *Paris* : *ce Roman traduit nou-*
vellement de vulgaire Castillan en fran-
çois par A. T. (*Antoine Tyron*) It.
Lyon, *Rigaud.* 1577. *in*-16.

Le quinzieme Livre mis en *François*
par *Gabriel Chappuys*, *Tourangeau.*
Lyon, *Benoist Rigaud.* 1578. *in*-16.

pp. 526. chapitres 65. L'Epître de
Chappuys eſt datée de *Lyon* le 1. Fevrier 1577.

Ces quinze premiers Livres ont
été imprimés à *Anvers in* 4°. en différentes années ; mais les ſuivans
n'ont point été donnés en la même
forme.

Le quinziéme livre , *nouvellement
mis en François par Antoine Tyron.
Paris , Jean Parant.* 1577. in-16.
Feuill. 284. chapitres 33. Ce que *Tyron* nomme ici le quinziéme Livre ,
n'eſt que le commencement du 16e.
ſuivant la verſion de *Chappuys.*

Le ſeizieme Livre d'*Amadis. Lyon ,
François Didier.* 1578. in-16. pp. 845.
chapitres 71. L'Epître de *Gabriel Chappuys*, traducteur de ce livre , eſt datée de *Lyon* le 25. Janvier 1578. les
331 premiers chapitres renferment les
mêmes choſes, que le prétendu 15e.
livre donné par *Tyron* , mais la traduction en eſt differente.

Ce Livre a été auſſi traduit, quoique d'une maniere fort libre, par *Nicolas de Montreux.*

Le ſeizieme livre d'*Amadis*, tra-
uit par *Nicolas de Montreux. Paris* ,

S iij

N. DE HER-BERAY.

Jean Parant. 1577. in-16.

Le dix-septiéme Livre. Lyon, Etienne Michel, 1578. in-16. Feuill. 440. chapitres 91. *Gabriel Chappuys* est encore le traducteur de ce Livre.

Le dix-huitiéme Livre. Lyon, Louis Cloquemin 1579. in-16. pp. 999. chapitres 132. L'Epître de *Gabriel Chappuys*, qui en est le traducteur, est datée de *Lyon* le premier Janvier de cette année 1599.

Le dix-neuviéme Livre traduit par *Gabriel Chappuys*. Lyon, Jean Beraud 1582. in-16. Feuill. 447. chapitres 124. On a une autre traduction de ce Livre sous ce titre.

Le dix-neuviéme Livre, traduit d'Espagnol en langue Françoise, par *Jacques Charlot, Champenois*. Lyon, Louis Cloquemin 1581. in-16. Feuill. 445. chapitres 124. L'Epître de ce traducteur est datée d'*Espernay* en Champagne le 8. Novembre 1580.

Le vingtiéme & penultiéme Livre mis d'Espagnol en François pan *Gabriel Chappuys*. Lyon, Louis Cloquemin, 1581. in-16. Feuill. 384. chapitres 96. L'Epître de *Chappuys* est datée de *Lyon* le 20. Novembre 1580. On a

encore une autre traduction de ce
Livre.

Le vingtiéme Livre d'Amadis fait
d'Espagnol en François. Lyon & Antoine
Tardif, 1582. *in*-16. Feuill. 540. Cette
traduction faite par *Jean Boyron* eft
datée du 6. Janvier de cette année.

Le vingt-uniéme Livre. Lyon, Louis
Cloquemin 1581. *in*-16. Feuill. 448.
Chapitres 122. *Gabriel Chappuys* eft
encore le traducteur de ce Livre.

Le vingt-deuxiéme Livre d'Amadis
de Gaule. Paris, Olivier de Varennes.
1615. *in*-8°. pp. 857. ch. 61. On ignore l'Auteur de ce Livre, auffi-bien que
des deux fuivans ; car quoiqu'il foit
dit dans une longue Preface , qui eft
à la tête , qu'ils font traduits de l'Efpagnol, il eft facile de voir qu'ils font
de l'invention de celui qui les a donnés en François.

Le vingt-troisiéme Livre. Ibid. 1615.
in-80. pp. 920. chapitre 68.

Le vingt-quatriéme Livre. Ibid. 1615.
in-8°. pp. 853. chapitres 79. Ces trois
Livres n'ont point été imprimés en
autre forme qu'*in*-80. Tous les autres
fe trouvent *in*-16. & c'eft en cette

N.
DE HER-
BERAY.

forme que les curieux ont soin de les raffembler en y joignant le Recueil fuivant.

Trefor de tous les livres d'Amadis de Gaule, contenant les Harangues, Epîtres, Concions, Lettres miffives, Demandes, Réponfes, Repliques, Sentences, Cartels, Complaintes, & autres chofes plus excellentes. Lyon. Huguetan, 1582. in-16. Deux vol. It. *Lyon, Pierre Rigaud,* 1605. in-16. Feuill. 684. Deux tom. Tout cela eft tiré des 21. Livres d'*Amadis.* Revenons aux Ouvrages d'*Herberay.*

2. *L'amant maltraité de fa Mye, lequel traite de l'honnête & pudique amour de Arnalte & Lucenda,* traduit de l'Efpagnol par Nicolas de Herberay. Paris, Sertenas, 1539. in-8°. It. fous cet autre titre : *Petit traité de Arnalte & Lucenda, autrefois traduit de langue Efpagnole en la Françoife, intitulée, l'Amant maltraité de fa Mye.* Paris, 1546. Jeanne de Marnef. in-16. It. Lyon, Euftace Barricat. 1550. in-16.

3. On trouve une Epître de Nicolas d'Herberay à Anne, Marguerite, & Jeanne de Seymour, datée du 22.

Fevrier 1550. à la tête du *Tombeau* N:
de Marguerite de Valois, Reine de D. Her-
Navarre, fait premierement en diftiques beray.
latins par ces trois sœurs. Paris 1551.
*in-*8°.

4. *Le premier Livre de la chroniqne*
du très-vaillant & redouté Dom Florès
de Grece, furnommé le Chevalier des
Cignes, fecond fils d'Efplandian, Em-
pereur de Conftantinople. Hiftoire non
encore ouïe, mais belle entre les plus
recommandées ; mife en François par
le fieur des Effarts. Paris, Etienne
Groulleau 1552. *in-fol.* Feuill. 165.
D'Herberay dit dans fon Epître au
Roy *Henry II.* datée du premier
May 1551. que ce Livre lui ayant
été prefenté en un françois fi ancien,
qu'à peine pouvoit-il l'entendre, il
s'étoit appliqué à le lire ; & que
l'ayant trouvé digne d'être donné au
Public, il s'étoit déterminé à le mettre
en beau françois. Il promettoit un fecond livre ; mais fa mort arrivée peu
de temps après ne lui a pas permis
de s'acquitter de cette promeffe. It.
Paris, Longis, 1555. *in-fol.* It. *Ibid.*
1573. *in-*8°.

5. *Les fept livres de Flavius Jofephus*

N.
DE HER-
BERAY.

de la guerre & captivité des Juifs,
traduits en François par le Seigneur des
Essarts. Paris, Etienne Groulleau, 1557.
in-fol.

6. *L'Horloge des Princes avec le très-*
renommé livre de Marc Aurele, re-
cueilli par Dom Antoine de Guevare,
Evêque de Cadix, traduit en partie de
Castillan en François par feu Nicolas
de Herberay, & en partie revû & cor-
rigé nouvellement entre les précéden-
tes éditions. Paris, Guill. le Noir, 1555.
in-fol. Feuill. 279. Le privilege est de
cette année. On marque dans l'Epître, qu'il n'y a que le premier Livre
qui soit de la traduction de *d'Herbe-*
ray, & même que les derniers cahiers
de son manuscrit étoient en si mauvais état, qu'on a été obligé de sui-
vre l'ancienne traduction pour la fin
de ce Livre, & des deux suivans, se
contentant de la corriger en quelque
endroit.

7. *Traité si l'on peut appeller, ou lais-*
ser à célui qui n'est point. Lyon, Benoist
Rigaud. Je ne connois cet Ouvrage
que par la Bibliothéque de *du Verdier.*
V. *Les Bibliotheques Françoises de*
du Verdier & de la Croix du Maine.

JEAN

JEAN DE CINQUARBRES.

J Ean de Cinquarbres, en latin J. DE CIN-
Quinquarboreus, eſt mal appellé QUABRES,
par quelques Auteurs *Quinquarbres.*
Il n'a point pris d'autre nom que celui de *Cinquarbres*, c'eſt ainſi qu'il
a ſigné un Placet preſenté au Roy
en 1585. pour le rétabliſſement
d'*Henri de Monantheuil* : & il n'eſt
point appellé autrement par tous ſes
contemporains.

Il naquit à *Aurillac* en Auvergne.
Son goût pour les langües orientales
ſe déclara de bonne heure, mais
on penſa l'étouffer dès ſa naiſſance.
Quelques perſonnes voulurent perſuader à ſon pere de le détourner de
cette ſorte d'étude, & ils y auroient
reüſſi, ſi *Raimond Cabrol*, Elû du Pays,
n'avoit interpoſé le credit qu'il avoit
ſur ſon eſprit, pour obtenir au jeune *Cinquarbres* la liberté de ſuivre
ſon inclination.

Cinquarbres ſe rendit habile dans
les Langues Hebraïque & Syriaque
par les inſtructions de *Paul Paradis*,

Tome XXXIX.　　　T

& *François Vatable*, Profeſſeurs Royaux, ſous leſquels il étudia à *Paris.*

Devenu capable d'enſeigner lui-même les autres, il fut fait Profeſſeur Royal en Langue Hebraïque & Syriaque, au mois de Novembre de l'an 1554. comme il le marque dans une édition de ſa Grammaire Hebraïque faite en 1556.

Dès l'an 1575. il étoit Doyen [des Profeſſeurs Royaux. C'eſt ce qui paroît par la ſouſcription des vers Hebraïques, qu'il a mis à la tête de la Coſmographie de *Thevet*, imprimée cette année.

Il mourut en 1587. & eut pour ſucceſſeur dans ſa Chaire *François Jourdain*, de Normandie.

Catalogue de ſes Ouvrages.

1. *Opus de Gramaticâ Hebræorum. Acceſſit liber de notis Hebræorum.* Pariſ. 1546. & 1549. *in-4o.* It. 3e. Editio. Pariſ. 1556. *in-4o.* It. ſous ce titre: *Inſtitutiones Linguæ Hebraicæ.* Pariſ. 1582. *in-4o.* It. *Adjectis annotationibus Petri Vignalii.* Pariſ. 1609. *in-4o.* & 1621. *in-8o.* Il n'y a rien de fort ſingulier dans cet Ouvrage.

2. *Tabula Nicolai Clenardi in Grammaticam Hebræam à Joanne Quinquarboreo à mendis repurgata, & annotationibus illustrata.* Parif. 1564. *in* 4o. & *in*-8o.

3. *Jonathanis Chaldæi Targum, feu Paraphrafis Caldaica in Hofeam, Joelem, & Amos ; nec non alterius autoris incerti Paraphrafis in Ruth, & Jeremia Lamentationes, Latine redditæ per Joannem Quinquarboreum, cum fcholiis.* Parif. 1556. *in*-4o. Il promet dans fon Epître dédicatoire au Cardinal de *Lorraine* une version latine de toutes les paraphrafes Chaldaïques de l'Ancien Teftament ; mais quoiqu'il ait vécu 31 ans depuis cette promeffe, il ne l'a pas tenue. Sa traduction de la paraphrafe fur les Lamentations de *Jeremie* avoit déja été imprimée féparément à *Paris* en 1549. *in*-4o. & celle fur *Ofée* en 1554. en même forme.

4. *Evangelium fecundùm Matthæum in lingua Hebraica, cum verfione Latina atque fuccinctis annotationibus Sebaftiani Munfteri ; cura Joannis Quinquarborei, editum.* Parif. 1551. *in*-8o. *Cinquarbres* qui a procuré cette édi-

tion a mis une Préface à la tête.

J. DE CIN-
QUABRES.

5. *Avicennæ libri tertii Fen prima, tractatus quarti, in quo scribit de ægritudinibus capitis & noxa multa illarum in functionibus sensus & moderaminis, sive partis rectricis, ex Hebraïca in Latinam translatio. Parif.* 1572. *in-8o.*

6. *Avicennæ libri tertii Fen secunda, quæ est de ægritudinibus Nervorum, ex Hebraïca in Latinam versio. Parif.* 1570. *in-8°.*

7. Il a mis 14 vers Hebreux à la louange d'*André Thevet* à la tête de la Cosmographie de cet Auteur, imprimée en 1575.

V. *Colomesii Gallia Orientalis.* p. 65. *Duval, le Collège Royal.* Ce qu'il en dit, est fort superficiel & peu exact. *La Bibliothèque Françoise de la Croix du Maine.*

J. SCHEF-
FER.

JEAN SCHEFFER.

JEan Scheffer naquit à *Strasbourg* l'an 1621.

Il s'appliqua beaucoup aux Antiquités Grecques & Latines, & à l'Histoire, & s'y rendit fort habile.

Les guerres qui affligeoient son pays le déterminerent à en sortir, & la réception favorable que la Reine

de Suede , *Chriftine* , faifoit aux gens J. Schef-
de Lettres, l'engagea à fe retirer dans fer.
ce Royaume.

Il y étoit en 1648. & il y fut fait
Profeffeur en Eloquence & en Politique à *Upfal*, cette même année.
Il y fut depuis Profeffeur Royal honoraire du Droit de la nature & des
Gens , & Affeffeur du College Royal
des Antiquités. Enfin il fut choifi
pour être Bibliothécaire de l'Académie d'*Upfal*.

C'eft à ceci que fe termine le peu
que nous fçavons de fa vie.

Il mourut le 26. Mars 1679. âgé
de 58 ans , après avoir profeffé environ trente ans.

Catalogue de fes Ouvrages.

1. *Differtatio de varietate Navium*
apud veteres. Argentinæ. 1643. *in-*4°.
It. inferé dans fes Livres *de Militiâ*
Navali Veterum. Upfaliæ 1653. *in-*
4°. It. Dans le 11. volume des
Antiquités grecques de *Gronovius*
p. 769. Il y a beaucoup d'érudition
dans cet Ouvrage, de même que dans
tous les autres de *Scheffer*.

2. *Agrippa Liberator , five Diatriba de*
novis Tabulis. Argentinæ 1645. *in-*8°.

J. Schef-
fer.

It. Dans le 8e. tome des Antiquités Romaines de *Gronovius* p. 975.

3. *Epistola de Triremibus veterum.* Cette Lettre que *Scheffer* écrivit de *Strasbourg* à *Thomas Bartholin* l'an 1646. se trouve dans la 1e. centurie des *Epistolæ medicinales* de ce sçavant Danois, imprimée en 1663. p. 310.

4. *Æliani variæ Historiæ, Gracè & Latinè, ex versione Justi Vulteii, cum notis Joannis Schefferi. Argentorati.* 1647. in-8°. It. Ibid. 1662. in-8°. Il y a quelque chose d'ajoûté à cette nouvelle édition ; mais *Scheffer* s'est plaint de ce qu'elle étoit peu correcte. It. *Editio novissima, curante Joh. Kuhnio. Argentorati* 1685. in-8°. *Khunius* a ajoûté à cette édition de nouvelles notes posthumes de *Scheffer*, avec d'autres de *George Matthias Kœnig*, & de lui-même.

5. *Epistola consolatoria ad Ill. DD. Benedictum & Jacobum Skytte. L. Barones in Duderhoff, in obitu Ill. D. Mariæ Neaf, matris ipsorum, una cum ejusdem Epitaphio. Upsaliæ* 1650.

6. *Latini Pacati Panegyricus Theodosio Augusto dictus, cum notis Philologicis. & Politicis. Holmiæ* 1651. *in-*

J. SCHEF-
FER.

8o. It. *Cum notis auctioribus.* Upsaliæ. 1668. *in-8o.*

7. *Oratio funebris in obitum Ill. D.*
Jacobi Pontî de la Gardie, Regni Sue-
ciæ Archistrategi. Upsaliæ. 1652. *in-8o.*

8. *De stylo ad consuetudinem vete-*
rum liber singularis. Upsaliæ. 1653.
in-8o. It. *Auctior.* Ibid. 1657. *in-8o.*
Avec le *Gymnasium styli.* It. Avec le
même Ouvrage. Ibid. 1665. *in-8o.*
It. *Accessit Joannis Henrici Boëcleri*
dissertatio de comparanda latinæ linguæ
facultate. Jenæ. 1678. & 1690. *in-8o.*

9. *De militia Navali veterum libri*
IV. Upsaliæ 1654. *in-4o.* Scheffer
avoit préparé depuis une nouvelle
édition de cet Ouvrage, & en avoit
même envoyé le manuscrit en Hollande; mais elle n'a point paru. *Ni-*
colas Witsen, qui a eu communica-
tion de son manuscrit, en a tiré plusieurs choses qu'il fait entrer dans
son *Architecture Navale*, écrite en
Flamand, comme Scheffer s'en est
plaint à *D. G. Morhof.*

10. *Oratio in discessu Reginæ Chris-*
tinæ, habita. Upsaliæ. 1654.

11. *De Antiquorum Torquibus Syn-*
tagma. Holmiæ 1656. *in-8o.* It. Dans

J. Schef-
fer.

le 12. volume des Antiquités Romaines de *Grævius* p. 901.

12. *Gymnasium styli, seu de vario scribendi exercitio ad exemplum veterum. Præmittitur liber de stylo auctior.* *Upsaliæ* 1657. *in-*80. It. Dans toutes les éditions suivantes du Livre *de stylo.*

13. *Titulus sepulchralis in obitum Caroli-Gustavi, Regis. Upsaliæ* 1660. *in-fol.*

14. *Memoria Jacobi Augusti, & Joannis Caroli de la Gardie, Comitum in Leko, fratrum. Upsaliæ* 1662. *in-fol.*

15. *Epistola de Torque Frothonis III. Regis Danici, ac Pygmæorum fabula.* Cette Lettre, qui est adressée à *Thomas Bartholin*, est de l'an 1662. & se trouve dans la 4e. Centurie des *Epistolæ Medicinales* de ce Savant, imprimée en 1667. p. 420.

16. *Phædri fabularum libri V. cum Joannis Schefferi annotationibus, & Francisci Guyeti notis. Upsaliæ* 1663. *in* 8°. It. *Cum notis auctioribus. Accedit versio Gallica & index.* Ibid. 1667. *in-*8°. It. 3a. *Editio, cum notis auctioribus & emendatioribus.* Hamburgi 1673. *in* 8°. Ce sont là les

trois éditions que *Scheffer* a données, J. Scheffer-
il s'en eft fait après fa mort plu- FER.
fieurs autres, qui leur font conformes, telles font celles de *Franequer*
1694. *in*-80. dans laquelle on a fait
entrer la traduction Flamande de
Jean Hilaris, & celle d'*Hambourg*
de l'an 1706. *in*-80.

17. *De Natura & Conftitutione Philofophiæ Italicæ, feu Pythagoricæ liber
fingularis.* Upfaliæ 1664. *in*-8°. It.
Ibid. 1692. *in*-8°. C'eft la même
édition dont on a feulement rafraichi la date, en changeant la premiere
feuille. It. *Editio* 2ª. *cui accedunt
Aurea Pythagoræ carmina; cum præfatione C. S. Schurz fleifchii Wittebergæ* 1701. *in*-80. Cet Ouvrage n'eft
qu'un effai d'une hiftoire complette
de la Philofophie Pythagoricienne
que *Scheffer* promettoit, mais qu'il
n'a pas achevée.

18. *Differtatio de Republica felici &
diurna ex Salluftii Catil. cap. 9.* Upfaliæ 1664. *in*-40.

19. *Arriani Tactica & Mauricii
Artis militaris libri XII. Græcè &
Latinè, Interprete & Notatore Joanne
Scheffero.* Upfaliæ 1664. *in*-8°. Il y a

J. Schef-bien des fautes dans cette édition.
fer. *Nicolas Blankaart* a fait réimprimer
la version d'*Arrien* par *Scheffer*, aussi
bien que ses notes, dans l'édition
qu'il a donnée de cet Auteur grec à
Amsterdam l'an 1683. *in-8o.*

20. *Gotrichi & Rolfi Westrogothiæ
Regum Historia, lingua antiqua Gothi-
ca ab incerto & vetustissimo autore
conscripta, & versione nova suecica ac
notis ab Olao Verelio illustrata. Accedunt Joannis Schefferi notæ Politica.
Upsaliæ* 1664. *in-8o.*

21. *Petronii fragmentum nuper Tra-
gurii repertum, cum Joan. Schefferi annotationibus, & dissertatio-
ne de fragmenti hujus vero autore.
Upsaliæ* 1665. *in-8o.* Scheffer soutient l'autenticité de ce fragment.
It. *Cum scholiis Thomæ Reinesii. Lyp-
sia* 1666. *in-8o.* Reinesius, qui a inséré dans cette édition les notes de
Scheffer, & sa dissertation, s'accorde
avec lui sur l'autenticité du fragment,
mais il soutient contre lui, qu'on y
a inséré plusieurs choses qui ne peuvent être de *Pétrone*, & le critique
en plusieurs points. Ce qu'on voit
ici de *Scheffer*, a été mis encore dans

une édition de *Petrone*, donnée par J. Scheffer. Michel Hadrianides. *Petronius cum fragmento, Cataleus, & variorum notis. Amftelod.* 1669. *in-*80. Pierre Burman l'a fait auffi entrer dans l'édition de cet Auteur, qu'il a donnée à *Utrecht* en 1709. *in-*40.

22. *Oratio ad Carolum Regem, cum ftudiorum gratia primum veniffet Upfaliam. Upfaliæ* 1665. *in-*40.

23. *Regnum Romanum, five differtationes Politicæ feptem, in librum primum Livii, qui eft de Regibus Romanorum. Ibid.* 1665. *in* 40.

24. *Upfalia antiqua, cujus occafione plurima in Antiquitatibus Borealibus & gentium vicinarum explicantur. Upfaliæ* 1666. *in-*80.

25. *Appendix notarum in fragmentum Petronii. Upfaliæ.* 1668. *in* 80. *Scheffer* compofa cet *Appendix* pour foutenir fon fentiment fur le fragment de *Petrone*, & pour répondre à ce que *Thomas Reinefius* avoit dit contre lui dans fon édition.

26. *Memoria Joannis Canuti Lenæi, Archiepifcopi Upfalienfis. Upfalia* 1669. *in-*40. It. dans la 13e. Decade des *Memoria Theologorum noftri*

J. SCHEF-*sæculi   , curante Henningo Wittem.*
FER.   *Francofurti.* 1684. *in* 8o. p. 1650.

27. *Graphice , seu de arte pingendi
liber singularis. Norimbergæ* 1669.
in 80.

28. *Institutio Regia , lingua veteri
Suecica , cum versione Latina & notis.
Holmiæ* 1669. *in-fol.*

29. *Aphtonius , Theon , & alii ,
Græcè & Latinè , cum notis brevibus
& indice auctorum ab ipsis citatorum ,
Upsaliæ* 1670. *in-*8o.

30. *Index in libros Grotii de Jure
Belli & pacis , scriptus in usus studiosorum , qui privatim eos audiebant ex-
plicari à Cl. Bœclero anno* 1657.
Amstælodami 1670. *in-*4o. *sans nom*
d'Auteur. It. *Jenæ.* 1673. *in-*4o.

31. *Epistola ad Axelium Oxens-
tierna, Comitem in Sodermore, postquam
valedixisset Upsaliæ. Ibid.   * 1671.
*in-*4o.

32. *De re Vehiculari veterum libri
duo. Accedit Pyrrhi Ligorii de vehi-
culis antiquis fragmentum ex ejus libro
de familiis Romanis , nunc primum
editum Italicè , cum Latina versione
& notis ejusdem Schefferi. Francofurti*
1671. *in-*4o.

33. *Memorabilium Suecisæ gentis* J. Schef-
exemplorum liber singularis. Amstælod. fer.
1671. *in-*8o. It. *Hamburgi* 1687.
*in-*8o.

34. *Samuelis Bocharti de quæstione ;*
Num Æneas unquam fuerit in Italia,
dissertatio Epistolica , ex Gallica ver-
sa in Latinum. Hamburgi 1672. *in-*
12. It. Avec la *Geographia sacra de Bo-*
chart. Francofurti 1681. *in-*40. *V.*
l'article de cet Auteur tom. 26. de
ces Memoires , pp. 208. 209.

35. *Constantini Opelii de fabrica Tri-*
remium Epistola ad Amicum. Eleuthe-
ropoli 1672. *in-*40. *Scheffer* s'est caché ici sous le nom de *Constantin*
Opelius pour attaquer l'ouvrage de
Meibomius sur les Triremes.

36. *Oratio ad Carolum Regem , cum*
primum manus admovisset gubernaculis
Imperii. Upsaliæ 1673. *in-*40.

37. *Incerti authoris Chronicon de*
Archiepiscopis & Sacerdotibus cæteris
Ecclesiæ Upsaliensis ad annum 1448.
nunquam ante editum, cum notis. Upsa-
lia. 1673. *in* 8o.

38. *Lapponia , seu gentis regionis-*
que Lapponum descriptio accurata ;
cum figuris. Francofurti 1673. *in-*40.

J. SCHEF- It. traduite en françois fous ce ti-
FER. tre : *Hiftoire de la Laponie, fa defcription, l'origine, les mœurs, la maniere de vivre de fes habitans, leur religion, leur magie, & les chofes rares
du pays. Avec plufieurs additions &
augmentations fort curieufes, qui jufqu'ici n'ont pas été imprimées. Traduites du latin de M. Scheffer, par L.
P. A. L. (le P. Auguftin Lubin.) Paris 1678. in-4o.* It. traduite en Anglois. Oxford. 1674. in-4o. It. traduite en Allemand. Nuremberg. 1674.
in 80.

39. *Hygini opera, à Joanne Scheffero, cum notis & differtatione de eorum vero autore. Accedunt & Thomæ
Munckeri in Hyginum Annotationes.
Hamburgi* 1674. *in-8o.*

40. *Ripofte del fign. Gio. Scheffero à
quefiti intorno all' Ambra, Rodini,
imbiancamento d'Animali, pefci fotto
il ghiaccio, e à diverfi effetti del fred-
do.* Dans le Journal de *Rome* de l'an
1674. p. 88.

41. *Ifraël Erlandus de vita & mi-
raculis S. Erici Sueciæ Regis, editus
cum notis. Holmiæ* 1675. *in-8o.*

42. *De tribus orbibus aureis nuper*

in Scania erutis è terra , disquisitio An- J. SCHEF-
tiquaria. Holmiæ. 1675. in-8o. FER.

43. *Lectiones Academicæ , seu notæ*
in Scriptores aliquot Latinos & Græ-
cos. Hamburgi 1675. in-8o.

44. *Memoria D. Laurentii Stigzelii,*
Archiepiscopi Upsaliensis. Holmiæ
1677. in-fol.

45. *De situ & vocabulo Upsaliæ*
Epistola defensoria. Holmiæ 1677.
in-8o.

46. *Justinus , cum annotationibus*
criticis. Hamburgi 1677. in-12.

47. *De excerptis annotationibus ex*
scriptis Caroli , Episcopi Arosiensis ,
judicium. Holmiæ 1678. in-8o.

48. *De institutione Litteraria Ill.*
& generosi adolescentis consilium. Holmiæ 1678. in-8o. It. Hamburgi 1683.
in-8o. It. Dans le second tome du
Recueil de *Thomas Crenius ,* intitulé : *Variorum authorum consilia & stu-
diorum Methodi.* Roterodami 1692.
in-4o.

49. *De antiquis verisque Regni Sue-*
ciæ Insignibus. Holmiæ 1678. in-4o.

50. *Julii Obsequentis de Prodigiis li-*
bellus cum annotationibus. Amstéloda-
mi. 1679. in-8o.

J. SCHEF-
FER.

51. *Suecia litterata, seu de scriptis & scriptoribus gentis Sueciæ. Opus posthumum.* Holmiæ 1680. *in-8o.* It. *Nunc denuo emendatius editum, & Hypomnematis Historicis illustratum à* Joanne Mollero. Hamburgi 1698. *in-8o.* It. Avec le traité d'*Albert Bartholin, de scriptis Danorum,* & l'ouvrage de *Jean Mollerus,* intitulé: *Introductio ad Historiam Ducatuum Slesvicensis & Holsatici,* sous le titre general de *Bibliotheca septentrionis eruditi.* Lipsiæ 1699. *in-8o.* Scheffer s'étant borné aux Ouvrages, dont il donne une liste assez étendue, *Mollerus* a ramassé plusieurs choses sur les Auteurs mêmes, & a fait d'ailleurs plusieurs additions au catalogue des Ouvrages.

52. *Breviarium Politicorum Aristotelis. Accessit ejusdem consilium de studiis in Philosophia practica & Historia recte instituenda.* Holmiæ 1684. *in-8o.*

53 *Hugo Grotius de Jure Belli & Pacis, in usum Gustavii Adolphi, Comitis de la Gardie, enucleatus.* Stettini *in-12.* On voit ici toute la doctrine renfermée dans le livre de *Gro-*

tius

tius contenue en quelques Theses J. SCAEF-
affez abregées.   FER.

54. *Miscellanea ; quibus continentur*
Matthæi Camariotæ Rhetorica cum
versione & notis. Animadversiones in
Cornelii Nepotis Miltiadem , Plinii
Epistolas , Curtium , Ciceronis libros de
Legibus , Apocolocyntosin senecæ , &
fragmentum Petronii Tragurianum.
Præmissum est Autoris elogium , cum
succincta de scriptis à Scheffero editis
promissisque commemoratione. Amstælo-
dami 1698. in-8o. Cet ouvrage n'est
point different de ses *Lectiones Aca-*
demicæ , que j'ai marqué ci-dessus
nº. 43. On a seulement changé le
titre & la date , & ajoûté l'éloge
de l'Auteur & un catalogue de ses
Ouvrages , qui n'est pas complet.

55. *Dissertatio de Toga & Sago. Up-*
saliæ. in-4o. C'est une These , dont
j'ignore la date , aussi bien que des
suivantes.

56. *De præstantia Monarchiæ. Ibid*
in-4o.

57. *De Rota fortunæ Romanæ , ex*
sallustii Catilin. c. 10. Ibid. in-4o.

58. *De Instinctu sacrificandi in Gen-*
tilibus. Ibid. in-4o.

Tome XXXIX.   V

J. SCHEF-
FER.

59. De Aulico; è Taciti libro 4.
Annalium. Ibid. in-40.

60. De Clarigationibus Bellicis.
Ibid. in-40.

61. De Senatore; è Ciceronis libro
3. de Legibus. c. 18. Ibid. in-40.

62. De Jure naturâ, ejusque fun-
damento. Ibid. in-40.

63. De ortu status Politici, & nor-
ma politice vivendi. Ibid. in-40.

V. Joannis Schefferi Suecia Litterata, & Hypomnemata Joannis Mol-
leri. Witenii Diarium Biographicum.
Son éloge à la tête de ses Miscellanea.

FRANCOIS LAMBERT.

F. LAM-
BERT.

Rançois Lambert naquit l'an
1487. à *Avignon*, où son pere
étoit Secretaire de la Legation, & du
Palais Apostolique, d'une famille
originaire d'*Orgelet*, petite ville de
la Franche-Comté.

Ayant perdu son pere dès sa premiere jeunesse, il se dégouta du
monde, & entra à l'âge de quinze
ans chez les Cordeliers, où il fit

profession âgé seulement de seize
ans & quelques mois.

Lorsqu'il eut été ordonné Prêtre, il se donna avec succès à la Prédication, qui l'occupa pendant plusieurs années. Le desir d'une vie plus
austere lui ayant fait prendre le dessein de passer dans l'Ordre des Chartreux, il se mit en devoir de l'exécuter; mais les Cordeliers y appor-
tèrent tant d'obstacles, qu'il ne put
y réussir.

Il prit depuis des résolutions bien
differentes: car ayant lû les écrits de
Luther, & s'étant laissé entrainer à
ses sentimens, il songea à abandonner son Ordre, où l'on commençoit à lui faire de la peine à ce sujet.

Il le quitta effectivement en 1522.
après y avoir demeuré vingt ans,
& se retira d'abord en Suisse. Il y fut
fort bien reçu par *Sebastien de Mon-*
tefalcone, Evêque & Prince de *Lau-*
sanne, dont la protection lui fut utile
à *Berne* à *Zurich*, à *Basle*, & à *Fribourg*,
où il passa & prêcha successivemnt.
Son voyage à *Zurich* se fit dans le
dessein de conferer avec *Zuingle* sur
la Religion.

F LAM-
BERT.

Cette conference se fit publiquement le 17 Juin de cette année 1520.

Comme son nom étoit fort connu
dans tout l'Ordre de S. *François*, il
en changea à sa sortie de France, &
prit celui de *Jean Serranus*, sous lequel il fut d'abord connu en Suisse
& en Allemagne, mais qu'il quitta
aussi tôt qu'il fut en lieu de sûreté.

Au mois de Novembre de la mê-
me année 1522. il alla à *Eisenac* dans
la Thuringe, & y soutint publiquement le 21. Decembre, des Theses sur
le mariage des Ecclesiastiques, la
Confession, le Baptême, la Contri-
tion, la Satisfaction, la reserve des
cas, conformément aux sentimens
des Lutheriens.

Il quitta cette ville au mois de
Janvier de l'année suivante 1523. &
se rendit à *Wittemberg* pour voir *Lu-*
ther, qui trouvant en lui un disciple
capable de répandre ses erreurs, lui
témoigna beaucoup d'affection, &
prit un soin particulier de lui.

Lambert pour n'être point oisif dans
cette ville, expliqua à la jeunesse le
Prophéte *Osée* & ensuite quelques
autres *livres* de l'Ecriture sainte. Il

croyoit trouver par là quelque ref- F. LAM-
fource pour les befoins de la vie BERT.
dans la liberalité de fes Auditeurs ;
mais il fe trompa. On alla l'écou-
ter, & peu lui donnerent. C'eft dont
il fe plaint dans une de fes Lettres.

Il avoue lui même, qu'il n'avoit
pas le don de continence, & que
quoiqu'il eût vécu jufques là chafte-
ment, il ne pouvoit fe paffer d'une
femme. Auffi en prit il une la même année 1523. & époufa le 20.
Juillet la fille d'un Boulanger d'*Hertz-
berg*, qui étoit alors en condition
chez un Medecin de *Wittemberg*.

L'année fuivante 1524. il quitta
Wittemberg contre le fentiment de
Luther, de *Melanchthon*, & de fes
autres amis, & fe rendit à *Metz*,
où il étoit appellé, dans le deffein de
répandre le Luthéranifme parmi les
François du pays. Mais il ne trouva pas dans cette ville ce qu'il fou-
haitoit : on y faifoit une fi rude guerre à la nouvelle Religion, que voyant
qu'il n'y avoit pas de fûreté pour lui,
il fe hâta d'en fortir au bout de huit
jours, fans y avoir prêché une feule
fois, & fe retira à *Strasbourg*.

F. LAM-
BERT.

Il demeura tranquille dans cette ville, occupé de la composition de divers ouvrages, jusqu'en 1526. que *Philippes*, Landgrave de Hesse, qui vouloit introduire le Lutheranisme dans ses Etats, & à qui on le recommanda comme un homme capable de répondre à ses vûes, le fit venir à *Hombourg*.

Là pendant un Synode assemblé au mois d'Octobre, il soûtint en Latin des Théses, auxquelles il donna le nom de Paradoxes, contre tous ceux qui voulurent disputer, pendant qu'*Adam Craton* fit la même chose en Allemand. Ils y remporterent la victoire, parce que les Catholiques, qui les contredisoient, ne furent point écoutés; *Nicolas Herborn*, Gardien des Cordeliers de *Marpourg*, & *Jean Sperber*, qui étoient les principaux contradicteurs, furent même obligés de sortir de la Hesse. La ruine des Monasteres étoit resolue; tous ceux qui les habitoient en furent chassés, & leurs revenus appliqués à l'Académie de *Marpourg*, & à quatre Hôpitaux du Pays.

L'Academie de *Marpourg* fut éta-

blie l'année suivante 1527. & *Lam-* F. LAM-
bert y fut fait premier Profeſſeur en BERT.
Theologie. Comme il ſe trouvoit
dans ce poſte plus au large, qu'il n'a-
voit été juſques-là, il ne donna plus
gueres d'ouvrage. C'étoit une reſ-
ſource, qui lui avoit été fort utile
pendant ſes temps de diſette, & dont
il n'avoit plus tant de beſoin.

Il aſſiſta au colloque de *Marpourg*
qui ſe tint en 1529. par les ordres
du Landgrave *Philippe* entre les
Theologiens de Saxe, de Suabe, de
Suiſſe & quelques autres; non point
en qualité de tenant, mais ſimplement comme auditeur.

Abraham Scultet rapporte que *Lam-*
bert convaincu par les raiſons des
Suiſſes, abandonna les ſentimens de
Luther ſur la Cêne, qu'il avoit ſuivis
juſques là, pour embraſſer les leurs;
& l'on a effectivement une lettre de
lui qui le témoigne poſitivement.
Quelques-uns doutent de la verité
de cette Lettre, parce qu'elle a été
publiée pour des Suiſſes, c'eſt à-
dire par des perſonnes ſuſpectes ſur
cet article, & refuſent de s'en rapporter à *Scultet*, qui étoit Calviniſte;

P. LAM-
BERT.

mais ils n'apportent aucune raison
valable pour affoiblir ce double té-
moignage, auquel on peut s'arrêter
d'autant plus que c'est une chose qui
n'est d'aucune conséquence.

Lambert mourut peu après ce colloque, c'est-à-dire le 18. Avril 1530.
de peste, ou plutôt de la sueur Angloise, qui faisoit alors de grands
ravages dans le pays. Il étoit âgé de
43 ans.

Ses écrits font voir que c'étoit un
homme vif & zélé pour les intérêts
de la secte qu'il avoit embrassée : il
y affecte par-tout un air dévot, & il
y déchire sans pitié l'Eglise qu'il
avoit abandonnée suivant l'usage des
proselytes, qui veulent se faire valoir par là auprès de ceux dont ils
ont embrassé les sentimens.

Catalogue de ses Ouvrages.

1. *Francisci Lamberti, Avenionenfis Theologi, rationes, propter quas
Minoritarum conversationem habitum-
que rejecit. in* 8o. Cette piéce est de
l'an 1523. Comme elle est courte &
rare, *Jean Georges Schelhorn* l'a insé-
rée dans le 4e. tome de ses *Amœnitates Litteræ.* p. 312. 324.

2.

P· LAM-
BERT.

2. *Propofitiones apud Ifenacum ex-*
pofitæ, quarum plures antea ibidem dif-
putandas tradiderat idem Theologus,
qui expofuit fequentes, & quoniam nul-
lus fuit, qui adverfaretur, proptereà
illas adauxit, ut clariores fierent præ-
cedentes ex his quæ fequentur. Ces propofitions, qui font au nombre de
139. fe trouvent en manufcrit dans
la Bibliothéque de *Raymond de*
Krafft à *Ulm. Schelhorn* en a feulement inferé fix *de refervatione cafuum*
dans le même volume de fes *Amœni-*
tates Litterariæ. p. 328.

3. Le même a aufli fait entrer dans
le même volume p. 334. & fuiv. fept
lettres de *Lambert*, qui font toutes
de l'an 1523. & écrites, à l'exception de la premiere, à *Georges Spa-*
latin. Elles contiennent plufieurs particularités qui le regardent. Elles
ont été tirées de la Bibliotheque de
Raymond de Krafft.

4. *Evangelici in Minoritarum Re-*
gulam Commentarii, quibus palam fit,
quid tam de illa, quàm de aliis Mo-
nachorum regulis & conftitutionibus
fentiendum fit. 1523. *in-*8º. It. fous
cet autre titre : *In regularum Mino-*

Tome XXXIX.   X

P. LAM-
BERT.

*ritarum & contra universas perditionis
sectas F. Lamberti commentarii vere
Evangelici, denuo per ipsum recogniti
& locupletati. Sectarum regni filii per-
diti catalogum in prologo habes. Argentorati* 1525. *in-*8°. pp. 125. non
chiffrées. On trouve à la tête de
cet ouvrage une Epître de *Martin Luther*, une autre d'*Annemun-
dus Coctus, Eques Gallus*, & une troi-
sieme de *Lambert*, toutes de l'an
1528. On en a une traduction Françoise, que les Bibliotheques de *du
Verdier* & de *la Croix du Maine*
marquent sous ce titre : *Declaration
de la Regle & état des Cordeliers*,
mais elles n'en indiquent point la
date, elle a dû cependant paroître au
plus tard en 1525. puisque *Lambert*
en parle à la fin de son livre de *Sacro conjugio* publié cette année, où
il se plaint de ce qu'elle avoit été
faite & imprimée si à la hâte, qu'on
en avoit retranché plusieurs choses,
pour avoir plutôt fini. *Lambert* a
composé ce prétendu commentaire
en homme, qui croyoit ne pouvoir
mieux justifier son apostasie, qu'en
décriant l'Ordre qu'il avoit quitté.

5. *Commentarius in Evangelium Lu-* F. LAM-
cæ. Witteberge 1523. *in-*8o. It. *No-* BERT.
rimbergæ. 1525. *in-*8o. It. *Argento-*
rati 1525. *in-*8o. It. *Francofurti.*
1693. *in-*8o. Il dédia cet ouvrage à
George Spalatin , fon protecteur.

6. On trouve une de fes Lettres à
Frederic Electeur de Saxe , datée du
2. Novembre 1523. dans le *Mani-*
pulus primus Epiftolarum fingularium
à *Joanne Friderico Hekelio publicatus.*
Plaviæ Varifcorum 1695. p. 77.

7. *De facro conjugio commentarius*
Franc. Lamberti , in pofitiones 69. *par-*
titus. Ejufdem. Antithefis Verbi Dei &
inventorum hominum , prima pofitione.
Ejufdem Pfalmi , five cantica feptem.
Norimbergæ 1525. *in-*8o. On voit à
la tête une longue Epître au Roi *Fran-*
çois I. où il parle de fon changement ,
& exhorte la ville d'*Avignon* & le
Comtat Venaiffin à fuivre fon exemple. Il compofa cet Ouvrage à l'occafion de fon mariage.

7. *In Cantica Canticorum Salomonis,*
libellum quidem fenfibus altiffimis , in
quo fublimia facri conjugii Myfteria ,
quæ in Chrifto & Ecclefia funt , per-
ractantur , Fr. Lamberti Commenta-

X ij

F. LAM-
BERT.

rii, VVittembergæ prælecti. Argentorati
1524. *in*-80. Feuill. 119. L'Auteur
a mis encore à la tête une Epître dédicatoire au Roy *François I.* dans
laquelle il parle de l'ouvrage prece-
dent, qui par consequent a dû paroître avant celui ci. Ainsi il doit y
avoir faute dans la date de l'un ou
de l'autre.

9. *De fidelium vocatione in regnum*
Christi, id est, Ecclesiam. De voca-
tione ad Ministeria ejus, maxime ad
Episcopatum. Item de vocatione Mat-
thiæ per sortem ac similibus, &
ibi multa de sortibus. Fr. Lamberto
Autore. in 80. Feuill. 23. sans date
& nom de lieu. Mais comme il y marque qu'il avoit été appellé à *Metz*
l'année précedente, l'impression doit
être de 1525. D'ailleurs les caracteres font connoître qu'elle a été faite
à *Strasbourg.*

10. *Farrago omnium fere rerum*
Theologicarum. in-80. Feuill. 52. On
n'y voit point de date; mais l'Auteur marque en un endroit que l'ouvrage est de l'an 1525. Ce font 385.
Paradoxes, comme il les appelle, ou
propositions contenues en 13. chapitres, dans lesquelles est renfermé

tout fon fyftéme théologique. On F. LAM-
voit à la tête une longue Epître dé-BERT.
dicatoire, où il témoigne qu'il avoit
eu deffein de répondre aux *centum
paradoxa Conradi Tregarii , Augufti-
niani , de Ecclefia Conciliorumque autoritate* , mais qu'ayant été prévenu
par *VVolfg. Capiton* , & *Martin Bucer* , il fe contenta de leur oppofer
d'autres paradoxes.

11. *Commentarii in Ofeam. Argentorati* 1525. *in 8°.* Après le commentaire fur le 4e. chapitre l'Auteur a
inferé une longue digreffion *de arbitrio hominis in folo Chrifto vere libero , in fe autem multis nominibus maxime fervo.*

12. *Commentarii de caufis excaca-
tionis multorum fæculorum , ac veritatis denuo & noviffime Dei mifericordia
revelata , deque imagine Deï , aliifque
nonnullis infigniffimis locis , quorum in-
telligentia ad cognitionem veritatis per-
plexis ac piis mentibus non parum lu-
minis affert. in-8o.* Feuill. 96. fans
date , ni nom de lieu. Cet ouvrage ,
qui eft divifé en fix traités , préce-
dés d'un long prologue , a paru avant
le commentaire fur *Joël* , dans lequel
il en eft parlé.   X iij

13. *In Johelem Prophetam, qui è duodecim secundus est, commentarii. in-8o.* Feuill. 60 sans date ni nom de lieu. Mais les caractères font connoître que ce Commentaire a été imprimé à *Strasbourg*, aussi-bien que l'ouvrage précedent; & il est facile de juger par l'Epître dédicatoire que l'édition s'en est faite en 1525.

14. *Commentarii in Amos, Abdiam & Jonam, & Allegoriæ in Jonam. Argentorati 1525. in-8o.*

15. *Commentarii in Micheam, Naum, & Abacuc. Ibid. 1525. in-8o.*

16. *Commentarii in Sophoniam, Aggeum, Zachariam & Malachiam. Ibid. 1526. in-8º.*

17. *Commentarii de Prophetia, eruditione & linguis, deque littera & spiritu. Ejusdem libellus de differentia stimuli carnis satanæ nuncii & ustonis. Argentorati. 1526. in-8o.* Feuill. 138. On a mis dans le titre l'année 1516. mais c'est une faute d'impression. Le traité *de Prophetia, &c.* a été réimprimé à *Helmstadt* en 1678. *in-4o.* Le petit ouvrage *de differentia stimuli carnis, &c.* est fort court, & ne tient que six pages.

18. *Thefes Theologicæ in Synodo* F. LAM-
Homburgenfi difputatæ. Erfurti 1527. BER I.
*in-*4°. C'eft ainfi que *Schelhorn* marque cet ouvrage ; je ne connois point
cette édition ; mais j'en ai vû une qui
a pour titre. *Quæ Franc. Lambertus,*
Avenionenfis apud fanctam Hefforum
Synodum Hombergi congregatam pro
Ecclefiarum reformatione, Dei verbo
difputanda & defervienda propofuit.
Ejufdem Epiftola ad Colonienfes de
ipfa venerabili Synodo, adverfus Ni-
colaum Herborn, Minoritam, affer-
torem & confarcinatorem mendaciorum.
Erphordiæ 1527. *in-*80. Feuill. 54 en
caracteres gothiques. Les thefes qu'on
voit ici, & aufquelles l'Auteur don-
ne le nom de paradoxes, font au
nombre de 158. & *Lambert* les a ac-
compagnées de courtes preuves.
Abraham Scultet les a inferées dans fes
Annales Evangelii fur l'année 1526.
La lettre contre *Herborn* eft datée de
Marpourg le 15 Fevrier 1527. Elle
tend a refuter un ouvrage que ce
Cordelier publia auffi-tôt après le
Synode d'*Hombourg*, fous ce titre :
Affertiones trecentæ ac viginti fex Fr.
Nicolai Herbornenfis Guardani Mar-

Z iiij

F. LAM-BERT.

purgensis, veræ, orthodoxæ, adversus Fr. Lamberti, exiticii Monachi, paradoxa impia & erroris plena, in Hombergiana Hessorum congregatione proposita, ac plusquam hæreticissime deducta & exposita. Assertiones aliæ, quibus excusatur Guardianus Marpurgensium, quod in Hombergiana Hessorum congregatione, post protestationem eo loci publice factam, & jam tandem coram Notario legitime repetitam in Werlensi oppido disputare noluerit, neque respondere Franc. Lamberto hæretico. Coloniæ 1526. in 8o. Herborn revint depuis à la charge contre lui, dans un Livre qu'il intitula : *Monas sacrosanctæ Evangelicæ doctrinæ, ab orthodoxis Patribus in hæc usque sæcula veluti per manus tradita. Autore F. Nicolao Herbornensi Minorita. Abstersæ sunt fæculentiores F. Lamberti Apostatæ aspergines, quibus immaculatam Christi sponsam impudentius fœdare admolitus est. Ad Jo. Hink, J. V. D. Item Epistola Nicolai Herbornensis ad Minoritas, quod Apologia optima sit vitæ veteris emendatio. Coloniæ 1529. in-8o.* Il lui porta aussi quelques coups dans un autre Livre publié dans le même

temps fous le titre d'*Enchiridion loco-* F. LAM-
rum communium. Coloniæ 1529. *in*-40. BERT.

19. *Exegefeos in Apocalypfim libri*
VII. *in Academia Marpurgenfi præ-*
lecti. Marpurgi 1528. *in*-8º. It. *Ba-*
fileæ. 1539. *in*-8º.

20. *De symbolo fœderis nunquam*
rumpendi, quam communionem vocant,
Fr. *Lamberti confeffio. Videbis, lector,*
utra partium in Marpurgenfi colloquio
veritatis præfidio potentior fuerit. 1530.
in 8º. It. en Allemand. 1557. *in*-8º.
à la fuite d'un difcours en cette langue d'*Adam Chretien* fur la Cêne.
C'eft la Lettre dans laquelle il témoigne avoir abandonné les fenti-
mens de *Luther* fur l'Euchariftie.

21. *Commentarius in quatuor libros*
Regum & in Acta Apoftolorum. Ar-
gentorati 1526. It. *Francofurti.* 1539.
Je ne rapporte cet ouvrage que fur
là foi du P. *le Long* & des Abbrevia-
teurs de *Gefner.*

22. *De regno, civitate & domo Dei*
ac Domini noftri Jefu Chrifti libri tres
ex vetuftiffimis creaturæ & fcriptura libris
per D. Francifcum Lambertum collecti,
& per Gerh. Geldenhaurium, Novio-
magenfem, recogniti, in ordinemque

F. LAM-
BERT.

digesti. Wormatiæ. 1538. *in-*8°.

V. *Ses Ouvrages.* C'est de là que l'on peut apprendre plus sûrement les particularités de sa vie. *Joh. Georgii Schelhornii Amœnitates. Litterariæ.* tom. 4. *p.* 307. *& tom.* 10. *p.* 1235. Cet Auteur a rassemblé avec beaucoup de soin tout ce qu'il a pû trouver sur *Lambert.* Viti Ludovici à Seckendorf *Commentarius de Lutheranismo ; lib.* II. Sect. 3. P. Freheri *Theatrum virorum Doctorum tom.* I. *p.* 104. *Bayle, Dictionnaire. Joannis Tilemanni vitæ Professorum Theologiæ. Marpurgensium.* C'est ce qu'il y a de plus exact sur lui.

JEAN MICHEL DE LA
ROCHEMAILLET.

J. M. DE
LA ROCHE-
MAILLET.

JEan *Michel de la Rochemaillet,* naquit à *Angers* le 19. Octobre 1562. de *René Michel de la Rochemaillet,* qui après avoir suivi le parti des Armes, devint Avocat au Presidial de cette ville, & de *Charlotte Chalumeau.*

On prétend que sa famille étoit ori- J. M. DE
ginaire de *Venise*, & sortoit de celle LA ROCHE-
de *Michieli* qui a donné des Doges MAILLET.
& des Procurateurs de *S. Marc* à cette Republique. M. *Menard* qui a
écrit sa vie, dit qu'un de ses Ancêtres, s'étant attaché à *Louis II.* Duc
d'Anjou, le suivit en France & s'y
établit, & que sa famille acheta en
1453. la Terre de la *Rochemaillet*, dont
elle porta depuis le nom.

Le jeune de *la Rochemaillet* fut ame-
né à *Paris* par son pere à l'âge d'onze
ans, & mis au College des Jesuites, où il fit des progrès si rapides
dans ses études, qu'au bout de deux
ans il faisoit déja de très-bons vers
latins.

Ces progrès faisant craindre à son
pere, que les Jesuites ne tâchassent
de l'attirer dans leur Societé, il se
hâta de l'ôter de leur College pour
le mettre dans celui de *Lizieux*, où
il acheva de se perfectionner dans les
Humanités & fit son cours de Philosophie.

De retour à *Angers*, il s'appliqua
à la Jurisprudence pendant cinq années, au bout desquelles il revint

J. M. DE
LA ROCHE
MAILLET.

à *Paris* & s'y fit recevoir Avocat au Parlement.

Il demeura toujours depuis dans cette ville, où il frequenta pendant quelque temps le Barreau ; mais la jalousie de quelques personnes, & encore plus une surdité qui lui vint de bonne heure, l'obligerent à se retirer des affaires & à ne vivre que pour lui-même.

Il se confina donc dans son cabinet, où il se donna tout entier à l'étude & au travail, & c'est à son loisir que nous sommes redevables de tous les ouvrages dont il a enrichi le Public.

Après avoir toujours joui d'une bonne santé, il mourut à *Paris* le 9. May 1642. dans sa 80 année, & fut enterré dans l'Eglise de *S. Severin.*

Il avoit épousé *Denise Riviere,* dont il eut plusieurs enfans.

Catalogue de ses Ouvrages.

1. *Les Coûtumes generales & particulieres de France & des Gaules,* recueillies & annotées par *Charles du Moulin* & autres ; augmentées & revûes par *Gabriel Michel de la Rochemaillet.* Paris, *veuve Guillaume de la Noue* 1604. *in-fol.* Deux volumes.

C'eſt la 12e. édition du Coutumier J. M. DE general. It. *Paris* 1615. 1635. 1664. LA ROCHE-*in-fol.* deux vol. MAILLET.

2. *Recueil des Arrêts pris des Me-moires de Georges Loüet. Paris* 1609. *in-*40. *Julien Brodeau* en a donné en 1626. une édition beaucoup plus ample.

3. *La conference des Ordonnances Royaux diſtribuée en* 12. *livres à l'imi-tation du Code de Juſtinien par Pierre Guenois, augmentée ſucceſſivement par Nicolas Frerot, Gabriel Michel & Matt. de la Faye. Paris, Chaudiere.* 1610. *in-fol.* It. *Augmentée par divers Auteurs. Paris, Bobin.* 1678. *in-fol.* deux tomes.

4. *Les Edits & Ordonnances des Rois de France depuis Louis le Gros, juſqu'à Henri IV. recueillis par An-toine Fontanon, augmentez par Ga-briel Michel de la Rochemaillet. Paris* 1611. *in-fol.* trois volumes. *La Ro-chemaillet* a augmenté ce Recueil d'un volume.

5. Il a revû l'ouvrage intitulé. *Les Baſiliques ou Ordonnances des Rois de France, ſelon les Memoires du Preſi-dent Briſſon par Nicolas Frerot. Paris, Fouet* 1611. *in-fol.*

J. M. DE LA ROCHE MAILLET.

6. *Le Code du Roy Henri III. rédigé par Messire Barnabé Brisson, augmenté des Edits d'Henri IV. & Louis XIII. Avec les observations & annotations de Louis Charondas le Caron. Augmenté par Gabriel Michel de la Rochemaillet. Paris, Huby 1622. in-fol.*

7. *Les Coutumes du Pays & Duché d'Anjou conferées avec celles du Mayne, & des pays circonvoisins, où se voyent les diversités des deux Coutumes, &c. Plus un bref commentaire, Observations, Arrêts & Sommaires sur chacun article. Ensemble les notes de M. Charles du Molin. Par G. Michel de la Rochemaillet. Paris 1633. in-12.*

8. *Paraphrase de M. Gilles Bourdin, Procureur General en la Cour du Parlement de Paris sur l'Ordonnance de 1539. traduite en François par A. Fontanon, & illustrée par le traducteur de nouvelles additions sur chacun article. En cette quatriéme édition est ajouté le commentaire sur l'Article des Etats tenus a Moulins contenant que la preuve par témoins ne sera plus reçue en chose, qui n'excede cent livres. Par Jean Boisseau, sieur de la Borderie,*

J. C. Poitevin, traduit par *Gabriel-Michel Angevin. Paris*, Jean Houze. 1606. *in*-8o. On s'eſt trompé dans le Catalogue de ſes Ouvrages joint à ſa vie par *Menard*, lorſqu'on a dit qu'il avoit traduit en François l'ouvrage de *Bourdin*, il n'y a que celui de *Boiſſeau*, qui ſoit de lui.

J. M. DE LA ROCHE-MAILLET.

9. Il a revû & augmenté le *ſtile general de pratique* avec le *Praticien François*, comme il eſt marqué dans le même Catalogue, mais j'ignore quand cela a paru.

10. Il a auſſi traduit & augmenté le livre de *Duaren de Benefieiis Ecclefiaſticis* & l'a donné ſous le titre d'*Inſtitution des matieres Beneficiales.* Je n'en ai pû trouver la date.

11. *Eloges des Hommes Illuſtres qui ont fleuri en France depuis l'an* 1502. *juſqu'en* 1606. *Avec leurs portraits. Paris in-fol.* Ce n'eſt apparemment qu'une feuille volante.

12. *La vie de Pierre Charon.* Dans l'édition de ſa *Sageſſe*, qui s'eſt faite à *Paris* en 1604. *in*-8o. & dont *la* Rochemaillet a eu ſoin.

13. *La vie de Scevole de Sainte Marthe. Paris* 1629. *in*-4o. It. Dans le Re-

J. M. DECueil des œuvres de *Scevole & Abel*
LAROCHE- *de Sainte Marthe. Paris* 1633. *in-*40.
MAILLET. 14. *Theatre geographique du Royau-*
me de France, contenant les cartes gra-
vées de Jean le Clerc, & les defcrip-
tions de Gabriel Michel de la Roche-
maillet. Paris 1632. *in-fol.*

15. Il a revû & augmenté la chronologie ou fommaire des temps de
P. D. Gaillard, & fa chronologie
Ecclefiaftique fuivant le catalogue
cité ci-deffus. Je ne connois qu'u-
ne édition de cet ouvrage, où il n'eft
pas fait la moindre mention de lui.
Elle eft intitulée: *Brieve chronologie,*
ou fommaire des temps, contenant la fui-
te des anciens Peres, Monarques, Em-
pereurs, Rois, Hommes Illuftres, leurs
faits & geftes plus infignes: enfemble
les chofes plus remarquables, advenues
au monde depuis la création jufqu'à pre-
fent. Plus la chronique Ecclefiaftique,
ou brief état de l'Eglife, avec l'ordre
& argumens des principaux Hiftoriens.
Le tout tiré des meilleurs Hiftoriogra-
phes fidelement quotez, par P. D. Gail-
lard, Avocat en la Cour. Paris, Jean
Houze 1685. *in-*16.

16. *Lettre écrite à Mgr. le Prince*
de

de Portugal Dom Christophe, demeurant J. M. DE
à Paris, contenant un brief discours de LA ROCHE
sa vie & d'aucuns points plus notables MAILLET.
d'icelle. Paris 1623. *in-8°.* pp. 32. On
voit ici les avantures de ce Prince.

V. *Son éloge composé en latin par M.*
Menard de Tours, dans la Bibliothe-
que des Coûtumes de MM. Berroyer
& de Lauriere. p. 59.

JACQUES HOWEL.

JAcques *Hovvel* naquit vers l'an   J. Ho-
1594. dans le Comté de *Caermar-*   VVEL.
den en Angleterre, & est apparemment à *Abernant*, où son Pere étoit
Ministre.

Après avoir fait ses premieres
études dans l'Ecole d'*Hereford*, il
entra à *Oxford* dans le College de *Je-*
sus l'an 1610. âgé de 16. ans.

Mais il n'y demeura pas long-temps;
à peine y eut-il pris le degré de Bachelier ès Arts, qu'il abandonna tout
pour voyager. Il employa trois années à visiter les pays étrangers, &
l'utilité qu'il en retira, fut d'apprendre diverses Langues.

Tome XXXIX.   Y

Quelques années après son retour,
c'est-à-dire en 1622. le Roy *Jacques
I.* l'envoya en Espagne pour rede-
mander un vaisseau Anglois riche-
ment chargé, que le Viceroy de Sar-
daigne avoit confisqué au profit du
Roi d'Espagne, sous prétexte qu'il
y avoit des marchandises de contre-
bande.

En son absence, c'est-à-dire en
1623. il fut élu Membre du College
de *Jesus.*

Trois ans après son retour d'Espagne,
Emmanuel Scrop, Comte de *Sunder-
land*, Président des Provinces du
Nord, le prit pour son Secretaire. Il
demeuroit à *York* en cette qualité,
lorsque le Maire & les Aldermans
de *Richemond* le nommerent Député
au Parlement, qui se tint à *West-
minster* en 1627.

Robert Comte de *Leicester* allant en
1631. en Ambassade à la Cour de
Danemarc, le prit pour son Secretaire, & il eut occasion d'y faire connoître son éloquence par plusieurs
discours latins qu'il y prononça.

Il passa depuis par divers emplois,
& fut enfin au commencement des

Guerres civiles Secretaire du Con- J. Ho-
feil.   VVEL.

Comme il aimoit la dépenfe, il
contracta beaucoup de dettes, pour
lefquelles il fut arrêté par ordre de
quelques Membres du Parlement,
& demeura plufieurs années en prifon. Il s'occupa alors à compofer divers ouvrages pour fubfifter, & quoique la plûpart ne fuffent que des bagatelles, il ne laiffa pas d'en retirer
dequoi vivre affez commodément.

Après le rétabliffement du Roy
Charles II. en 1660. on ne lui rendit
point fa place de Secretaire du Confeil, parce qu'il avoit paru trop Re-
publicain pendant le Gouvernement
de *Cromvvel*, on fe contenta de lui
donner la qualité d'Hiftoriographe
du Roy, qu'il a porté le premier en
Angleterre; mais comme cela ne fuf-
fifoit pas pour le faire vivre, il con-
tinua à publier des Livres, qu'on
fent bien avoir été compofés dans
cette vûë. Au refte il avoit beaucoup
de facilité pour écrire, foit en vers
foit en profe: il étoit fort verfé dan
l'Hiftoire moderne, principalemen
dans celle des Pays, où il avoi
voyagé.   Y ij

Il mourut à *Londres* au commencement du mois de Novembre de
l'an 1666. âgé d'environ 72 ans, &
fut enterré dans l'Eglise du Temple
avec cette Epitaphe, qui a été ôtée
depuis.

*Jacobus Hovvel Cambro-Britannus,
Regius Historiographus, (in Anglia
primus) qui post varias peregrinationes,
tandem naturæ cursum peregit, satur
annorum & famæ, domi forifque huc
usque erraticus, hic fixus 1666.*

Catalogue de ses Ouvrages.

1. *La Forêt de Dodone, ou les Ar-
bres parlans.* (en *Anglois*) *Londres.*
1640. & 1644. *in-40.* 2e. partie. *Ibid.*
1650. *in-8o.* Cet ouvrage fut extrè-
mement recherché lorsqu'il parut.
On en a une traduction Françoise
imprimée à *Paris in-40.* la première
partie en 1648. & la 2e. en 1652.

2. *Les Vœux. Poème* présenté au Roy
pour la nouvelle année, en forme d'entretien entre le *Poëte* & sa *Muse.* (en
Anglois) *Londres* 1642. *in 40.*

3. *Instruction pour les voyages étrangers.* (en *Anglois*) *Londres* 1642.
in-12. It. *Avec des additions. Ibid.*
1650. *in-12.*

4. *Discours & entretiens casuels en-* J. Ho-
tre Patrice & Perègrin, sur les troubles VVEL.
du temps & sur leurs causes. (en Anglois) 1643. Il composa cet ouvrage
en prison, de même que la plûpart
des suivans. C'est le premier écrit,
qui ait été publié en faveur du Roy
Charles I.

5. *Mercurius Hibernicus ; ou Dis-*
cours sur le massacre horrible fait depuis
peu en Irlande. (en Anglois.) *Bristol*
1644. *in*-40.

6. *Reflexions simples sur le tems pre-*
sent. (en Anglois) *Londres* 1644. *in-*
4 A la fin de la 2e. édition de la
Forêt de Dodone.

7. *Les pleurs de l'Angleterre sur la*
guerre presente. (en Anglois) *Londres*
1644. *in*-4°. It. *Ibid.* 1650. *in*-12.
It. traduit en latin sous ce titre : *An-*
gliæ suspiria & Lacrymæ. Londini
1646. *in*-12.

8. *Prééminences & origine des Par-*
lemens. (en Anglois) *Londres* 1644.
in-12. It. *Ibid.* 1677. *in*-4°.

9. *Défense contre quelques endroits*
qui le regardent dans un Livre de M.
Prynn. intitulé : le Papiste favori du
Roy. (en Anglois) *Londres* 1644.

J. HO-*in*-12. Avec l'Ouvrage précédent.

VVEL. 10. *Eclaircissemens de quelques évenemens arrivés en Espagne, pendant que le Roy y étoit, que M. Prynn a tirés de la Forêt de Dodone.* (en Anglois) A la suite de la défense précedente.

11. *La conduite recente de S. Paul sur la terre par rapport au divorce entre Jesus-Christ & l'Eglise de Rome, à raison de ses dissolutions & de ses excès.* (en Anglois) Londres. 1644. *in*-8o. C'est une traduction de l'Ouvrage Italien intitulé : *Il divortio celeste*, & attribué par quelques-uns à *Ferrante Palavicini.*

12. *Epistolæ Hovvellianæ. Ou Lettres Familieres, Historiques, Politiques & Philosophiques.* (en Anglois) Londres. 1645. & 1647. *in*-4o. It. *Ibid.* 1650. 1655. 1673. *in*-8o. Les éditions sont en deux volumes, à l'exception des dernieres qui en ont quatre, *Guillaume Sevvel* a traduit ces Lettres, ou du moins une partie en Flamand, & le premier volume de sa traduction a été imprimé à *Amsterdam* en 1697. *in*-8o. Il ne faut pas croire que ces Lettres ayent été écrites dans le temps de leur date, *Hov-*

vel les a presque toutes écrites dans
la prison, & les a datées comme il
a voulu ; on ne laisse pas d'y trouver
une histoire assez raisonnable de ces
temps là.

13. *Le voyage nocturne ou promenade
faite en une nuit par la force de l'imagination dans la plûpart des Pays de la
Chretienté.* (en Anglois) 1645.

14. *Lustra Ludovici. Ou la vie de
Louis XIII. Roi de France & du Cardinal de Richelieu.* (en Anglois) *Londres* 1646. *in-fol.*

15. *Recit de l'état déplorable où se
trouve l'Angleterre en* 1647. *contenu
dans une Lettre au Cardinal François
Barberin.* (en Anglois) 1647.

16. *Lettre au Comte de Pembroke,
sur les malheurs des temps, & sur le
triste etat du Roy & du Peuple.* (en
Anglois) 1647. *in-4°.*

17. *Bella Scot-Anglica ; ou recit
abregé de toutes les Batailles & Ren-
contres entre les Anglois & les Ecossois, jusqu'au temps present.* (en Anglois) 1648. *in-4°.*

18. *Addition sur les causes pour lesquelles la derniere guerre a si fort enflé
le courage des Ecossois.* 1648. *in-4°.*

19. *Les inftrumens de la Royauté.
Du difcours abregé de l'Epée , du Scep-
tre & de la Couronne (en Anglois)
Londres* 1648. *in-*4°.

20. *Le Miroir Venitien , ou Lettre écrite depuis peu de Londres au Cardinal Barberin à Rome , par un illuf-
tre Venitien fur les troubles prefens
d'Angleterre, traduite de l'Italien en
Anglois.* 1646. *in-*4°.

21. *Rêve d'Hyver ,* (en Anglois)
1649. *in-*4°. Cette piéce eft en
profe.

22. *Extafe, ou Nouvelles apportées de
l'Enfer à la Ville par Mercure Ache-
ronticus.* (en Anglois) *Londres* 1649.
*in-*4°.

23. *Recherche de Sang , au Parlement
prefent & à l'Armée regnante* (en Anglois) 1649. *in-*4°.

24. *Hiftoire exacte de la derniere
revolution de Naples , où l'on fait voir
que fes évenemens extraordinaires fur-
paffent tout ce qui eft rapporté dans les
Hiftoires anciennes & modernes , traduite de l'Italien en Anglois. Londres*
1650. *in-*8°. L'Original Italien eft
d'Alexandre Giraffi.

25. *Vifion , ou dialogue entre l'A-*
me

me *& le corps.* (en Anglois) *Londres* **J. Ho-**
1651. *in* 80.   **VVEL.**

26. *Déſcription de la Republique de*
Veniſe, de ſon admirable politique, &
de ſon Gouvernement. (en Anglois)
Londres 1651. *in-fol.*

27. *Diſcours des interêts de la Re-*
publique de Veniſe, par rapport aux
autres Etats d'Italie. (en Anglois)
avec l'Ouvrage précedent.

28. *Reflexions modeſtes ſur la condui-*
te & les déliberations du long Parle-
ment. (en Anglois) *Londres* 1653.
*in-*80. Cet Ouvrage eſt dédié à *Oli-*
vier Cromvvel, que l'Auteur flatte
beaucoup. Il s'en eſt fait en 1660.
une quatriéme édition , augmentée
de reflexions ſur le Gouvernement en
general, & de quelques autres choſes.

29. *Abregé de l'Hiſtoire de la guerre*
de Jeruſalem (en Anglois) 1653. *in-*8°.

30. *Ah, Ha: Tumulus , Tha-*
lamus. Ou deux poëmes d'un genre op-
poſé, dont le premier eſt une *Elegie ſur*
la mort d'Edouard Comte de Dorſet, &
le ſecond un Epithalame à la Marquiſe
de Dorceſter. (en Anglois) *Londres*
1653. *in-*4°.

31. *Dialogue.* Publié ſous le nóm

J. Ho- de *Poyander*. Il est du temps que
VVEL. Cromwel commença à être Protecteur.

32. *La diete d'Allemagne ; ou la ba-
lance de l'Europe, dans laquelle la puis-
sance, & la foiblesse, les avantages &
les defauts de tous les Royaumes & les
Etats de la chretienté sont pesés avec
impartialité. (en Anglois.) Londres
1653. in-fol.*

33. *Les Nôces de Pelée & de The-
tis ; Ballet traduit de François en Anglois. Londres 1654. in-4°.*

34. *Parthenopæia ; ou l'Histoire du
Royaume de Naples, avec une liste de
ses Rois (en Anglois Londres) 1654.
in-fol.* La premicre partie de ce volume a été traduite de l'Italien de
Scipion Mazella par *Samson Lennard*,
Herault d'Armes. La deuxiéme a été
tirée par *Hovvell de differens Auteurs
Italiens.*

35. *Londinopolis, ou discours historiques sur la ville de Londres & West-
minster, ses Cours de Justice, ses An-
tiquitez, & ses nouveaux bâtimens (en
Anglois.) Londres 1657. in-fol.* La
plus grande partie de cet ouvrage
est prise de la description de Lon-

...dres de *Jean Stovv* , & de ſes Conti-
nuateurs.

36. *Diſcours de l'Empire & de l'é-
lection du Roy des Romains.* (en Anglois.) *Londres* 1658. *in-*8o.

37. *Lexicon Tetraglotton. Ou Dictionnaire Anglois , François , Italien ,
& Eſpagnol. Londres* 1659. *&* 1660.
in-fol.

38. *Dictionnaire particulier des ter-
mes de chaque ſcience & de chaque
Art en Anglois , François , Italien , &
Eſpagnol.* Avec l'ouvrage précedent.

39. *Recueil de proverbes Anglois ,
François , Italiens & Eſpagnols.* Dans
le même Ouvrage.

40. *Cordial pour les Royaliſtes.* (en
Anglois) *Londres* 1661. *Roger Leſ-
trange* , ayant attaqué cet ouvrage ,
Hovvel lui répondit par le ſuivant.

41. *Examen modeſte des ingredients ,
qui entrent dans la compoſition du Cordial pour les Royaliſtes.* (en *Anglois*)
Londres 1661.

42. *Grammaire Françoiſe , ou Dialogue contenant toutes les manieres de
parler Françoiſes , avec un recueil des
meilleurs Proverbes.* Imprimé deux
fois à *Londres* , & pour la deuxiéme

J. Ho-
VVEL.
fois en 1673. *in-fol.* On l'a jointe aussi au Dictionnaire François & Anglois de *Randal Cotgrave. Londres*
1650. *in-fol.*

43. *Entretiens des animaux, ou Mor-*
phandra Reine de l'Isle enchantée (en
Anglois *Tome* 1. *Londres* 1660.
in-fol.

44. *La seconde partie des discours*
& entretiens casuels entre Patrice &
Peregrin. (en Anglois) *Londres* 1661.
in-80. Dans un recueil Anglois intitulé : *Discours historiques sur les Guer-*
res civiles de la Grande Bretagne &
de l'Irlande.

45. *Lettre d'Avis envoyée par le pre-*
mier politique de Florence, sur la ma-
niere dont l'Angleterre peut revenir à
elle-même (en Anglois) A la suite de
l'ouvrage précedent.

46. *Apologie pour les fables de la*
Mythologie (en Anglois) Dans le
même Recueil.

47. *Douze traitez sur les dernieres*
revolutions. (en Anglois) *Londres*
1661. *in-80.*

48. *Nouvelle Grammaire Angloise*
pour apprendre aux Etrangers à par-
ler Anglois. Avec une Grammaire

Espagnole , & quelques remarques sur J. Ho-
la langue Portugaise. Londres 1662. VVEL.
in-8o.

49. *Discours sur la préséance des*
Rois. (en Anglois) *Londres* 1663.
in-fol.

50. *Traité des Ambassadeurs* (en
Anglois) *Londres* 1663. *in-fol.* Cet
ouvrage & le précedent ont été traduits en Latin & publiés sous ce titre:
Jacobi Hovvel dissertatio de præcedentia
Regum , in qua præcipue Regis magnæ
Britanniæ Jura , prærogativa & præ-
minentia vindicantur , ex Anglico Lati-
nè versa per B. Harris. *Accessit ejus-*
dem Jacobi Hovvell tractatus de Lega-
tis, ex Anglico Latinè,interprete Joan-
ne Harmero. Londini 1664. *in-8o.*

51. *Poëmes sur differens sujets com-*
posés en diverses occasions. (en Anglois)
Londres 1663. *in-8o.*

52. *De la reddition de Dunquerque ,*
où l'on montre qu'elle s'est faite pour de
bonnes raisons. (en Anglois) *Londres*
1664. *in-8o.*

53. *Procedure faite en Espagne à l'oc-*
casion de la mort d'Antoine Ascham ,
Resident pour le Parlement d'Angleterre
en cette Cour, & de Jean Baptiste Riva

TEL.

J. Ho-*son Interprête, traduite de l'Espagnol en Anglois. Londres* 1551. *in-fol.* Ce Résident fut assassiné au mois de Juin 1650. par quelques Anglois Royalistes, qui étoient alors en Espagne.

54. *Roberti Cottoni posthuma. Ou diverses pieces choisies de Robert Cotton. (en Anglois) Londres* 1651. *in-8°.* Ces piéces ont été publiées par *Hovvel.*

55. *Déclaration du Roy d'Angleterre en latin, en François, & en Anglois. Londres* 1649.

V. Athenæ Oxonienses, tom. 2. p. 381.

J U L E S   P A C I U S.

J. PA-
CIUS.

JUles *Pacius de Beriga* naquit l'an 1550 à *Vicence,* ville de l'Etat de *Venise,* de *Paul Pacius* & de *Lucrece Angiolella,* tous deux de familles nobles & illustres. Celle de son pere avoit pris depuis long-temps le surnom de *Beriga* d'un côteau voisin de *Vicence,* près duquel elle avoit une maison, & *Jules Pacius* le conserva.

Ses parens ne négligerent rien pour lui donner une bonne éducation, aussi bien qu'à *Fabio*, son frere aîné. Il commença ses études dans sa patrie avec tant de succès, que dès l'âge de treize ans, il composa un Traité d'Arithmetique.

On l'envoya ensuite à *Padoue* avec son frere, qui se tourna du côté de la Medecine. Pour lui après avoir fait sa Logique sous *Jacques Zabarella*, & les autres parties de la Philosophie sous divers autres Professeurs, il s'appliqua à la Jurisprudence, qu'il apprit sous *Marc Mantua*, *Tibere Décianus*, *Matthieu Gribaldi*, & *Gui Pancirole*, & en laquelle il se fit recevoir Docteur.

De retour dans sa patrie, il se donna à la lecture de toutes sortes de Livres, & même de ceux qu'on répandoit alors dans l'Italie en faveur de la nouvelle Religion. Il se fit par là des affaires, & sçachant qu'il étoit menacé d'être arrêté par ordre de l'Inquisition, il abandonna le pays, & se retira à *Geneve*, où il esperoit trouver un refuge d'autant plus assûré, qu'il s'étoit laissé séduire aux nouvelles opinions. Z iiij

J. PA-
cius.

Comme il se trouvoit là sans biens, il employa ses talens à se procurer dequoi subsister, & se donna à l'instruction de la jeunesse. Sa capacité ayant été connue par là, on le chargea d'enseigner le Droit, ce qu'il fit pendant dix ans avec beaucoup de réputation. Il se maria même en cette ville, & y épousa une noble Luquoise, qui y étoit refugiée comme lui pour cause de religion, & dont il eut dix enfans.

Il quitta *Geneve* en 1585. pour aller à *Heidelberg* remplir une chaire de Droit, dont il prit possession le 30 Août de cette année par un discours *de Juris civilis difficultate ac docendi methodo.* Il nous apprend lui-même qu'il la conserva près de dix ans, & nous fait entendre que la jalousie qu'on avoit conçue contre lui, fut la cause qui l'obligea à la quitter, aussi bien que le Palatinat.

La plûpart des Auteurs disent qu'il alla ensuite en Hongrie & y enseigna le Droit civil pendant plusieurs années; mais il est certain qu'ils se trompent. Le mot de *Pannonia* que *Pacius* employe dans

les vers , où il nous donne un dé- J. PA-
tail de ſa vie , les a fait tomber dans cius.
l'erreur. La ſuite du diſcours fait
voir clairement que par ce nom il a
entendu le Palatinat , quoique fort
improprement , & non pas la Hongrie. Deux choſes ne permettent
point d'ailleurs d'en douter , l'une
eſt que s'il l'avoit entendu autrement , il n'y auroit point parlé du
Palatinat , où il a cependant demeuré plus de neuf ans , comme il le dit
ailleurs ; l'autre eſt qu'il eſt certain
qu'il n'a quitté le Palatinat qu'au
commencement de l'an 1595. & qu'il
a publié la même année à *Sedan* ſes
Inſtitutiones Logicæ & qu'ainſi ſon
paſſage d'*Heidelberg* à *Sedan* n'a pû
être interrompu par un ſéjour en
Hongrie.

Il quitta donc *Heidelberg* pour
aller à *Sedan* , où *Henri* Duc de
Bouillon voulant illuſtrer l'Academie qu'il y avoit établie , l'avoit appellé , & il y enſeigna quelque temps
la Logique. On a quelques-uns de
ſes Ouvrages datés de cette ville au
mois de Mars 1596.

Le bruit de la Guerre dont on étoit

J. PA-
EIUS.
menacé le dégoûta bientôt de ce
féjour, & il le quitta pour se rétirer
de nouveau à *Geneve.*

Il paſſa de là à *Niſmes*, & fut fait
Principal du College de cette Ville.
Après y avoir demeuré quelque
temps, il eut une chaire de Profeſ-
feur Royal en Droit à *Montpellier.*
Il crut avoir trouvé une demeure ſta-
ble en cette ville, & reſolut d'y ter-
miner ſes courſes.

C'eſt ce qu'il témoigne dans les vers
qu'il a faits ſur les divers évenemens
de ſa vie juſqu'au temps de ſon établiſſement à *Montpellier.* Il eſt à propos de les rapporter ici.

Urbs genuit, Venetis condens quam
Gallus in oris,
Hoſtibus à victis nomen habere dedit.
Pacis ubi & Beriga noſtra cogno-
mina gentis
Clara per innumeros invenientur avos.
Cum fratre à teneris, juſſu patris,
excolor annis,
Hellados & Latii ſcripta diſerta le-
gens.
Miſſus in illuſtrem poſt hæc Antenoris
Urbem,

Et Sophiæ juſſis imbuor & Themidis. J. PA-
Tum fatum injuſti fugientem tela furoris GIUS.
   Detulit ad fines, terra Lemanna, tuos.
Tu vitæ fociam prima florente juventa
   Junxiſti, decies me facit illa Pa-
     trem.
Evocat hinc luſtris tradentem jura
   duobus
   Pannonia, & retinet tempore pene
     pari.
Abſtrahor à caris, colui quos femper,
   amicis,
   Moribus averfis, livida turba, tuis.
Pace peto Mofam, mox linquo bella
   gerentem ;
   Antiquo Allobrogum reddor & hof-
     pitio.
Sed fi hinc pertraxit Rectoris læta Ne-
   maufus
   Imponens humeris munera juncta
     meis,
Cur revocas ? præſtare vetant, en opti-
   me princeps,
   (Parce piæ menti) juſſa fuperba fi-
     dem.
Non tamen invitus retinebor tempore
   longo ;
   Auro libertas gratior eſſe folet.
Excipit hinc igitur vicina Accademia,
   tandem.

*Sede Placentini , Rege jubente ,
locans.
Hactenus adverſam expertus ſortemque
ſecundam
Evaſi invictus , ſcire futura nefas.*

Pacius ſe fit bientôt à *Montpellier* une réputation qui lui attira des Ecoliers de tous les côtés. *Peireſc* , qui avoit étudié en Droit en Italie , voulant achever de ſe rendre habile en cette ſcience , crut ne pouvoir mieux faire que d'aller prendre des leçons de ce ſçavant Profeſſeur , & ſe rendit à *Montpellier* , vers le commencement du mois de Juillet de l'an 1602. Il ſe mit même en penſion chez *Pacius* , pour être plus à portée de profiter de ſes inſtructions , & l'emmena avec lui à *Aix* au mois de Novembre ſuivant.

Ils retournerent enſemble à *Montpellier* ; d'où *Peireſc* le mena de nouveau à *Aix* à la fin de l'année ſuivante 1603. dans le deſſein de lui faire donner dans cette ville , dont on vouloit relever l'Univerſité , la premiere Chaire de Droit avec de bons appointemens , eſperant par là

acquerir un nouveau luftre à cette
Univerfité, & engager *Pacius* à renoncer aux erreurs des Proteftans
qu'il avoit embraffées, & à rentrer dans le fein de l'Eglife. Mais *Pa-*
cius après quelque féjour à *Aix*, alla reprendre fon pofte.

L'année fuivante *Peirefc* fit encore un tour à *Montpellier* pour tâcher
de déterminer *Pacius* à quitter cette
ville, & à venir profeffer à *Aix*, où
il lui avoit fait affigner deux mille
quatre cens livres d'appointemens;
mais *Pacius* s'excufa fur ce qu'il ne
vouloit pas moins de trois mille livres fans les émolumens cafuels. Ce
n'étoit cependant qu'un prétexte;
la véritable caufe de fon refus étoit
que fa femme avoit une répugnance
extrême à demeurer dans une ville
catholique, & aimoit mieux qu'il
allât fe fixer dans une ville Protef-
tante.

Pacius ne quitta néanmoins *Mont-*
pellier, que pour paffer à *Valence*, &
y remplir un pofte femblable à celui qu'il avoit dans cette premiere
ville, avec fix cens écus de gages.
On voit par ce détail, que ceux qui

J. PA- l'ont fait profeſſer à *Aix* après qu'il
CIUS.   eut quitté *Montpellier*, ſe ſont trompés.

Il ne ſe fit pas moins d'honneur à
Valence, qu'il s'en étoit fait à *Mont-*
pellier ; on y fut même ſi content
de lui, qu'on lui accorda le droit
de Bourgeoiſie de cette ville, & que
le Roy l'honora de la qualité de Conſeiller du Parlement de *Grenoble.*

Ce fut vers ce temps là que le
grand Duc lui offrit une Chaire de
Droit à *Piſe*, & qu'on voulut l'a t-
tirer à *Leyde*, en lui promettant une
penſion de mille écus, pour reſider
ſeulement dans cette Académie ſans
aucune obligation de profeſſer, du
moins ſi on s'en rapporte à *Tomaſi-*
ni. Mais tout cela ne put le retirer de
Valence.

Cependant l'Univerſité de *Padoue*
lui ayant offert la Chaire de Premier
Profeſſeur en Droit, vacante par la
mort de *JacquesGalli*,& lui ayant aſſi-
gné pour cela douze cens écus d'appointemens & quatre cens pour ſon
voyage, il ſe rendit dans cette ville
en 1618. âgé alors de 68 ans. Incertain cependant s'il ſe fixeroit à

Padoue, il laiffa fa famille à *Valence* , J. PA-
& n'emmena avec lui qu'un de fes CIUS.
fils nommé *Jacques Pacius*. La Republique de *Venife*, à laquelle il avoit
envoyé , avant que de partir pour l'I-
talie fon Traité *de antiquo jure Adriatici Maris* , fut fi contente de fon
Ouvrage , qu'elle ordonna qu'à fon
arrivée on lui donneroit l'Ordre de
Chevalier , & un collier d'or de la
valeur de trois cens écus.

Pacius fut reçu à *Padoue* avec toutes fortes d'honneurs, & ce que le
Senat avoit décerné en fa faveur fut
executé folemnellement à *Venife* où
il s'étoit rendu d'abord.

Mais à peine eut-il profeffé un an
qu'il fe dégoûta de *Padoue* , & qu'il
demanda à être déchargé de fon emploi, fous prétexte que l'air & la nour-
riture du pays étoient préjudiciables
à fa fanté.

Il retourna alors à *Valence* , où l'on
fut charmé de le revoir , & on lui
rendit auffi-tôt la Chaire qu'il avoit
eue auparavant avec mille écus d'appointemens , dont il jouit jufqu'à la
fin de fa vie.

Il mourut dans cette ville en 1635.

J. PA-
CIUS.

âgé de 85 ans. Il étoit alors rentré dans le sein de l'Eglise catholique, mais on ignore le temps de son retour.

Catalogue de ses Ouvrages.

1. *In Legem Frater à Fraire D. de condictione indebiti commentarius. Genevæ, Eust. Vignon* 1578. *in-*8°. It. *Cum Præfatione Marquardi Freheri. Hanoviæ* 1599. *in* 8°.

2. *Corpus Juris Civilis, cum argumentis, summis & notulis Julii Pacii. Genevæ, Eust. Vignon.* 1580. *in-fol.* It. *Ibid.* 1580. *in* 8°. six volumes.

3. *Confuetudines Feudorum, partim ex editione vulgata, partim & Cujatiana vulgatæ appofita. Constitutiones Friderici II. Imperatoris. Extravagantes. Liber de pace constantiæ. Hæc omnia notis illustrata & diligenter recognita, opera Julii Pacii. Genevæ* 1580 *in-fol.*

4. *Justiniani Imperatoris institutionum Juris Libri IV. compofiti per Tribonianum & Theophilum & Dorotheum, aucti & illustrati annotationibus Julii Pacii. Collectanea Legum XII. Tabularum ex collectaneis Joannis Crispini. Julii Pacii Tabula de*
ratione

ratione ordinis in Pandectis, Codice J. PA-
& Inftitutionibus fervati. Geneva 1580. CIUS.
in-fol.

5. *Ariftotelis Organum, hoc eft libri
omnes ad Logicam pertinentes, Gracè
& Latinè. Julius Pacius recenfuit atque ex libris tum Mff. cum editis emen-
davit, è Graca in Latinam linguam
convertit, tractatum, capitum, & par-
ticularum diftinctionibus & perpetuis
notis illuftravit. Morgiis* 1584. *in-*80.
It. *ibid.* 1592. *in-*80. It. *Francofurti,*
1598. *in-*80. pp. 951. Cette derniere
édition eft meilleure que les précédentes ; l'Auteur ne s'étant d'a-
bord fervi que d'un feùl manufcrit, mais en ayant depuis con-
fulté cinq autres, y a changé beaucoup de chofes dans fa verfion, &
l'a rendu plus parfaite. *Guillaume du
Val* l'a confervée dans les éditions
grecques & latines qu'il a données
des œuvres d'*Ariftote.* M. *Huet* parle avantageufement des traductions
que *Pacius* a faites du grec, dans fon
traité *de Claris Interpretibus.* » Il a pra-
» tiqué, dit-il, la veritable maniere
» de traduire ; il regle fon ftile fur
» celui de fon Auteur, fes mots font

I. PA-
CIUS. » prefque tous mefurés , & il n'a-
» bandonne jamais fon guide ; s'il eft
» obligé d'en agir autrement , foit à
» caufe de la difference des langues ,
» foit à caufe de l'obfcurité de la ma-
» tiere, il a eu foin de marquer en
» caractere different ce qu'il a cru de-
» voir ajoûter à fon texte pour l'é-
» claircir , afin de ne point tromper
» fon Lecteur. C'eft ce qui lui a fait
» mériter le premier rang parmi les
» meilleurs Traducteurs.

6. *De Juris Civilis difficultate, ac do-*
cendi Methodo Oratio , in Heidelber-
genfi Academia à Julio Pacio habita ad
diem III. Kal. Sept. 1585. *Apud Joan-*
*nem Marefchallum Lugdunenfem.*1586.
*in-*8o. C'eft le difcours qu'il prononça à fon inftallation dans la chaire de
Profeffeur en Droit à *Heidelberg* , &
qui a été imprimé dans cette Ville ,
& non point à *Lyon* , comme quelques-uns l'ont cru. It. Avec les deux
difcours *de Honore* , dont je parlerai
plus bas. *Spiræ* 1597. *in* 8o.

7. *Julii Pacii J. C. Ad novam*
Imperatoris Friderici conftitutionem ,
quæ eft de ftudioforum privilegiis , liber
fingularis. Ejufdem commentarius in

Papinianum de fruₜibus inter virum J. Pa-
& *mulierem, ſoluto matrimonio, divi-* cius.
dendis. Spiræ 1587. *in-*8°. pp. 138.
L'Epître eſt datée d'*Heidelberg* le 1.
Fevrier de cette année. It. *Franco-*
furti 1605. *in-*8o.

8. *Sapientiſſimi Curopalatæ de Offi-*
cialibus Palatii Conſtantinopolitani, &
Officiis magnæ Eccleſiæ libellus, Græcè
& *Latinè nunc primum in lucem edi-*
tus, ex Bibliotheca Julii Pacii. (Hei-
delbergæ) Apud Joannem Mareſchal-
lum. 1588. *in-*8o. Cet ouvrage eſt
de *George Codin.* C'eſt *François Ju-*
nius, qui l'a publié & en a fait la
traduₜion, *Pacius* n'y a eu d'autre
part, que d'avoir fourni le Manuſcrit.

9. *Argumenta in Leges XII. Tabu-*
larum, nec non in Ulpiani ac Caii ti-
tulos 1589. *in-*8o.

10. *De Honore Orationes duæ, in*
ſolemni Heidelbergenſis Academiæ con-
ventu habitæ. Spiræ. 1591. *in* 8o. *Pa-*
cius a prononcé ces deux diſcours
à H eidelberg, le premier le 23.
Oₜobre 1589. & le ſecond le 11.
Fevrier 1591. It. *Spiræ* 1597. *in-*8o.
Av ec l'ouvrage marqué au no. 6.

J. PA-
CIUS.

11. *Inftitutiones Logicæ. Sedani* 1598.
*in-*8o. Feuill. 61.

12. *Ariftotelis naturalis aufcultatio-
nis libri octo. J. Pacius cùm Græcis
tam excufis quàm fcriptis codicibus
accurate contulit, Latina interpretatione
auxit, & commentariis Analyticis illuftravit. Francofurti* 1596. *—in-*8o.
pp. 992. L'Epître de *Pacius* eft datée de *Sedan* le 1. Mars 1596. *Du-
Val* a fait entrer cette traduction,
auffi-bien que celle de l'ouvrage fuivant dans fes éditions d'*Ariftote.*

13. *Ariftotelis de Animâ libri tres,
Græcè & Latinè. J. Pacio interprete.
Accefferunt ejufdem Pacii in eofdem libros commentarius analyticus, triplex
Index. Francofurti* 1596. *in-*8o. pp.
441. L'Epître eft datée de *Sedan* le
2. Mars de cette année.

14. *Ariftotelis de Cælo libri IV. De
Ortu & interitu II. Meteorologicorum
IV. De mundo I. Parva naturaliâ
Græcè & Latinè. J. Pacius utrumque
contectum recenfuit, & perpetuis notis
illuftravit. Francofurti* 1601. *in-*8o.
pp. 777. fans de longües tables.

15. *Epitome Juris fecundum Ordinem Inftitutionum. Spiræ* 1593. *in-*

11. It. *Lugduni* 1622. *in-*8o.

16. *Commentarius ad quartum librum Codicis de rebus creditis*, *ſeu de
obligationibus*. *Spiræ* 1596. *in-fol.*

17. *Enantiophanon*, *ſeu Legum concilia-
tarum Centuriæ ſeptem*. *Hanoviæ* 1605.
*in-*8o. It. *Lugd.* 1606. *in-*8o. Il y a
quelques éditions précedentes. It.
Centuriæ decem. *Lugduni* 1631. &
1643. *in-*8o. It. *Coloniæ.* 1661. *in-*8o.
Gregoire Majans dit dans ſa bibliotheque, à l'occaſion de cet ouvrage, que
Pacius eſt aſſez ſubtil dans ſes recherches, qu'il s'exprime aſſez clairement,
mais que le jugement lui man-
que.

18. *Doctrina Peripatetica tomi tres*,
primus Logicus, *ſecundus Phyſicus*,
tertius Politicus. *Ejuſdem Logicæ diſ-
putationes octo*. *Aureliæ Allobrogum.*
1606. *in-*4o. pp. 776. L'Epître de
Pacius eſt datée de *Montpellier* le
11 Juin 1606. Il dit dans un Avertiſſement, que cet ouvrage eſt originairement de *Daniel Venturinus*,
ſon parent & ſon diſciple, qui l'ayant
compoſé ſuivant ſa methode, le lui
avoit remis entre les mains, pour y
ajoûter & y changer ce qu'il jugeroit

J. PA-
CIUS.

J. PA- à propos ; ce qu'il avoit fait avec
CIUS. une entiere liberté.

19. *Isagogicorum in Institutiones Im-*
periales libri 4. Digesta seu Pandectas
libri 50. Codicem libri 12. Decretale;
libri 5. Lugduni 1606. in-fol & in-80.
It. *Editio nova brevibus notis auctior,*
accurante Gerardo à Wassenaer. Ultraj.
1662. in-80. It. Basileæ 1666. in-80.

20. *Analysis Constitutionum Imperia-*
lium. Lugduni 1605. & 1638. in-80.
It. *Opera Remigii Feschi. Basileæ*
1641. in-80. It. Cum scholiis Bern. Scho-
tani. Jenæ 1661. in-80. It. Bernardi
Schotani scholis illustrata, & nunc de-
mum perpetuis notis & brevibus addi-
tamentis aucta, studio & opera Gerar-
di à Wassenaer. Accedunt ejusdem
Pacii selecta Titt. Dig. & Decr. De
verborum significatione & Regulis Ju-
ris, & alia. Ultrajecti 1663 in-80.
It. *Lugduni 1670. in-80.*

21. *Commentarius in L. Transigere*
C. de Transactionibus. Lugduni 1604.
in-12.

22. *Julii Pacii Artis Lullianæ emen-*
datæ libri IV. Neapoli 1631. in-40.
pp. 43. L'Epître de *Pacius* est datée de
Valence le 13. Août 1617. Ainsi l'ou-

vrage a dû paroître dans ce tems là J. Pa-
pour la premiere fois. Il a été traduit cius.
en François par *Ithier Hobier.* L'*Art*
de Raymond Lullius , *éclairci par Ju-*
lius Pacius. Paris 1619. *in-*12.
Feuill. 54.

23. *De Dominio maris Adriatici*
diſceptatio inter Regem Hiſpaniæ ob
Regnum Neapolitanum , & *Rempu-*
blicam Venetam. Lugduni 1619. *in-*8°.

24. *Theſes ex prioribus Pandecta-*
rum Juris civilis libris confecta. Spiræ
Nemetum 1598. *in-*12.

25. *Methodicorum ad Juſtinianeum*
Codicem libri tres ; & *de contractibus*
libri ſex. Lugduni 1606. *in-fol.*

26. *Definitionum Juris Civilis* &
Canonici libri decem. Pariſ. 1639.
*in-*80.

27. *Synopſis* , *ſeu Oeconomia Juris*
utriuſque Tabulis & *annotationibus il-*
luſtrata. Lugd. 1616. *in-fol.* It. *Ar-*
gentorati 1620. *in-fol.*

28. *Selecta ex Inſtitutionibus Impe-*
rialibus , *cum Anacephalæoſi.* Lugd.
1638. *in-*80.

29. *Poſthumus Pacianus* , *ſeu defi-*
nitionis Juris utriuſque poſthuma aucta à
Joan. Arn. Corvino. Amſtælod. 1659.
*in-*80.

J. PA-
CIUS.

V. *Les Prefaces de ses Ouvrages.*
Elles servent à redresser tous les Auteurs qui ont parlé de lui. *Jacobi*
Philippi Tomasini Elogia tom. 2. p.
169. Il y a bien des fautes dans ce
qu'il en dit, cependant il a été copié par ceux qui ont parlé depuis
de *Pacius. Nicolai Comneni Papado-*
li Historia Gymnasii Patavini. Il a
suivi entierement *Tomasini. Freher,*
Theatrum virorum Doctorum tom. 2.
p. 1070. Lorenzo Crasso, Elogii d'Huo-
mini Letterati tom. 2. p. 86. Ce que
cet Auteur en dit n'est presque qu'u-
ne suite de fautes.

NICOLAS DE NANCEL.

N. NAN-
CIUS.

Nicolas de Nancel, naquit à *Nan-*
cel, village situé entre *Noyom*
& *Soissons*, d'où il a pris son nom ;
l'an 1539. puisque dans le catalogue
de ses ouvrages daté du premier Janvier 1600. il dit qu'il passoit sa 60e.
année ; *sexagesimum annum ago, vel*
etiam supergredior.

Comme ses parens étoient pauvres, & qu'on vouloit l'appliquer à
l'étude

l'étude, on l'envoya à *Paris*, pour profiter d'une bourfe qu'on lui avoit donnée dans le College de *Prefle*. Il y entra vers l'an 1548. & y gagna l'affection de *Pierre Ramus*, qui en étoit Principal. Après fix années d'étude, il y reçut le dégré de Maître-ès Arts. *Ramus*, qui le trouva alors affez avancé pour inftruire les autres, l'employa en qualité de Precepteur jufqu'à la dixhuitiéme année de fon âge, qu'il lui donna une Chaire, & le chargea d'enfeigner publiquement les Langues Latine & Greque.

N. DE NANCEL.

Après avoir rempli ce pofte pendant quelques années, *Nancel*, qui avoit toujours eu en vûe de s'appliquer à la Medecine, commença à s'y donner tout de bon; mais à peine commençoit-il à y faire quelques progrès, que les Guerres & les troubles vinrent le retirer de cette étude, & l'obligerent de fe retirer ailleurs.

Il fe retira en Flandre en 1562. & accepta une Chaire de Profeffeur en Langue Latine & Grecque, qui lui fut offerte dans l'Univerfité de *Donay*, que le Roy d'Efpagne établit vers ce temps-là. Il y prononça le 5. Janvier

Tome XXXIX. B b

N. DE NANCEL. un discours *de præstantia & necessaria Græcarum Litterarum cognitione* ; & le 3. Octobre de l'année suivante 1564. il en recita un autre *de linguâ Latinâ.*

Comme ses amis le rappelloient en France, il répondit à leurs desirs, & prit publiquement congé de l'Université de *Douay* par un discours, qu'il prononça le premier Janvier 1565.

De retour à *Paris* après deux années d'absence, il se vit obligé par la necessité où il se trouva, de professer de nouveau ; ce qu'il fit encore dans le College de *Presle*, où il demeura en tout 20 ans avec *Ramus.*

Il reprit pendant ce temps l'étude de la Medecine, en laquelle il se fit recevoir Docteur à *Paris.* Orné de ce titre, il alla s'établir à *Soissons* dans le dessein d'y gagner quelque chose par la pratique. Mais les effets ne répondirent point à ses esperances ; il dit lui-même que l'air y est si sain, & que les Habitans y sont en si petit nombre, qu'un Medecin ne peut y trouver dequoi s'occuper utilement.

Il se hâta d'en sortir, & partit en 1569. pour aller à *Angers* trouver *Mazile*, premier Medecin du Roy,

qui étoit ſon ami, & voir s'il ne pour- N. DE
roit point par ſon moyen trouver NANCEL.
quelque place à la Cour.

En paſſant à *Tours*, il fut ſollicité
ſi fortement de s'arrêter dans cette
ville, qu'il y conſentit, & il n'eut
pas lieu de s'en repentir. Car dès l'année ſuivante 1570. on lui procura
un mariage avantageux, en lui faiſant
épouſer *Catherine Loiac*, âgée d'environ 27 ans, qui étoit veuve de *Paul
Cay* Medecin d'*Arras*, & qui lui ap-
porta deux mille écus, avec l'eſperance d'une pareille ſomme, qu'elle
devoit avoir après la mort de ſes pere, & mére.

Le Medecin de la Princeſſe *Eleo-
nor de Bourbon*, Abbeſſe de *Fontevrault*, étant mort en 1587. il ſolli-
cita ſa place, qu'il obtint aiſément.
Il quitta alors la ville de *Tours*, où il
avoit demeuré dix-huit ans, & alla
s'établir à *Fontevrault*, où il paſſa le
reſte de ſa vie.

Il y mourut l'an 1610. ſuivant M.
de Sainte Marthe, qui quoi qu'il ne
marque pas préciſément cette année,
fait aſſez entendre que c'eſt la date
de ſa mort, lorſqu'il dit, que *Pierre*

Bb ij

N. DE
NANCEL.

de Nancel , son fils , publia aussi-tôt après son *Analogia Microcosmi ad Macrocosmum* ; livre qui parut en 1611. Mais cet Auteur s'est trompé en lui donnant alors 80 ans , il ne devoit en avoir qu'environ 71. suivant ce que j'en ai dit ci-dessus.

De Nancel avoit composé un grand nombre d'ouvrages ; & il en auroit inondé le Public , si les Libraires avoient été aussi ardens à les imprimer , qu'il l'étoit à les publier. Mais il se plaint en mille endroits de leur froideur pour ses productions , & les accuse de mauvais goût , parce qu'ils n'en pensoient pas comme lui. Il faut avouer cependant que ce que nous avons de sa façon justifie assez leur peu d'empressement.

Catalogue de ses Ouvrages.

1. *Stichologia Græca Latinaque informanda & reformanda. Paris. Dionysius Du Val* 1579. *in-8o.* Cet Auteur vouloit assujettir la Poësie Françoise à des regles semblables à celles de la Grecque & de la Latine pour la rendre plus difficile & moins commune ; mais ses idées n'ont pas fait fortune. Il ignoroit le genie de notre langue ,

dans laquelle il avoue qu'il étoit N. DE
moins verſé que dans la Latine & la NANCEL.
Grecque.

2. *Diſcours très-ample de la Peſte,
diviſé en trois livres. Paris, Denys Du
Val* 1581. *in-*8°. pp. 367. Il donne à
la fin une grande liſte des Ouvrages qu'il avoit compoſés, mais dont
peu ont vû le jour. Il traduiſit dans la
ſuite en latin cet ouvrage de la peſte,
cependant cette traduction n'a point
été imprimée.

3. *Le miroir des Rois & des Princes,
écrit en Grec par Agapetus, & envoyé
à l'Empereur Juſtinien. Tours* 1582.
*in-*12. Il fit cette traduction pour le
Roy de Portugal *D. Antoine* qui
étoit alors à *Tours.* On n'en au-
ra pas une grande idée, quand
on ſçaura qu'elle ne lui a coûté que
trois jours de travail, comme il le
marque dans ſes Lettres.

4. *Nicolai Nancelii Trachyeni No-
viodunenſis, de Immortalitate Animæ
velitatio adverſus Galenum, deſumpta
ex ejuſdem Nancelii opere, cui titulum
fecit: Analogia Microcoſmi ad Ma-
crocoſmum. Pariſ. Joannes Richer*
1587. *in-*80. Feuill. 158. ſuivis pour
B b iij

N. DE cet ouvrage & les trois suivans qui
NANCEL. l'accompagnent.

*Problema an sedes Animæ in corde?
an in cerebro? aut ubi denique est? ex
eodem suo opere desumptum.* Avec une
Epître datée du dernier Decembre
1582.

De Risu libellus ex eodem opere. Daté du 1. Janvier 1563.

*De legitimo partus tempore 7. 8. 9.
10. 11. Mensium Problema, seu liber
unus. Ubi & de Anni Gregoriani per
Aloisium & Antonium Lilium Fratres
correctione ac restitutione per longam
digressionem multa disceptantur.* L'Epître est du 1. Août 1584. & l'ouvrage est précedé d'un titre qui porte
l'an 1586.

5. *Parecbasis de mirabili Nativitate
D. N. Jesu Christi ex B. Maria
aipartheno, & Theotoco, desumpta ex
commentariis Nic. Nancelli in Strabum Gallum. Ubi rara quædam & præclara referuntur. Andegavii, Ant. Hernault.* 1593. *in-8o.* pp. 133. Daté du
1. Octobre 1592.

6. *Libellus Precum vario carminis
genere.* Il marque dans le catalogue
de ses ouvrages qu'il publia celui-ci

à *Tours* peu de temps après le prece- N. DE
dent , & le dédia au Roy Henri IV. NANCEL.

7. Il fit dans le même temps imprimer chez lui par *Jamet Mettaier*
une traduction Françoise de ses trois
livres latins. 1. *De Deo.* 2. *De immortalitate Animæ.* 3. *De Sede animæ in
corpore.*

8. *Declamationum liber , eas complectens orationes , quas vel ipse juvenis habuit ad populum , vel per disci-
pulos recitavit , tum Lutetiæ olim docens , tum in Academia Duacensi Regius Professor institutus. In quibus præ-
cipua est Medicinæ amplissima Apologia , & Jurisprudentiæ encomium ,
festivaque ambarum inter se concertatio.
Addita est P. Rami vita ab eodem Nancelio ejus discipulo conscripta. Paris.
Claud. Morel* 1600. *in-8o.* pp. 143.
pour la premiere section , qui contient sept discours prononcés par
lui-même , à l'exception du premier. pp. 449. pour la seconde
section qui renferme les discours qu'il
avoit fait reciter par ses Ecoliers , &
ausquels il a donné le nom de Theses , parce qu'il y en a deux sur chaque sujet ; dans lesquels il soutient

B b iiij

N. DE
NANCEL.

les deux propofitions contradictoires. *Morhof* affure que dans tous fes difcours il eft purement déclamateur , & que fon ftile eft même quelquefois barbare.

9. *Petri Rami , Veromandui , Eloquentiæ & Philofophiæ apud Parifios Profefforis Regii, vita à Nicolao Nancelio Trachieno defcripta. Parif. Claud. Morel* 1599. *in* 80. pp. 85. Cette vie , qui eft imprimée à la fin de l'ouvrage précedent, quoiqu'elle porte une date anterieure , renferme plufieurs faits curieux & finguliers , & doit être regardée comme la meilleure & la plus utile de fes productions. Au refte j'ignore l'origine du furnom de *Trachyenus ,* qu'il a pris à la tête de tous les Livres qu'il a donnés au Public.

10. *Nic. Nancelii Epiftolarum de pluribus reliquarum tomus prior. Ejufdem Præfationes in Davidis Pfalterium & in Novum Teftamentum ; utrumque opus ab eodem Nancelio , cum Græcis Archetypis fideliter & accurate ad Latinam vulgatam verfionem collatum ; cum Epiftolis ad SS. PP. & DD. Legatum & Cardinales pro impetrando*

privilegio. Paris. Claud. Morel 1603. N. D E
in-8º. pp. 256. pour les Lettres qui NANCEL.
font le premier tome & 155. pour les
autres piéces qui font le fecond. Il
avoit fort à cœur de donner au Public
le Pfeautier & le Nouveau Teftament
revûs fur le grec , & écrivit deux ou
trois fois au Pape, & à quelques Car-
dinaux pour avoir leur approbation ,
mais n'en ayant point reçu de réponfe , fon travail eft demeuré dans
l'obfcurité , & il s'eft contenté d'en
faire imprimer ici les Prefaces. Elles
font fuivies d'un catalogue de fes
ouvrages , dans lequel il parle fort
au long tant de ceux qu'il avoit publiés , que de ceux qu'il gardoit dans
fon cabinet.

II. *Analogia Microcofmi ad Ma-*
crocofmum , id eft , relatio & propofi-
tio Univerfi ad Hominem , in qua quid
in utroque difpici queat , Theologicè ,
Phyficè, Medicè , Hiftoricè & Mathe-
maticè difceptatur; unum ad aliud refer-
tur , confertur, & figillatim & univer-
fe explicatur. Rurfus problematicè &
demonftrativè adftruitur , ut vix quid
quam quod ad alterutrum fpeiet , præ-
teritum arguatur , fic jam ut Promptua-

N. DE
NANCEL.

*rium universi non indecore appelletur;
omnigenis hominibus cum primis appo-
situm*, & *ad omnes litterariam suppel-
lectilem accommodum. Paris. Claud.
Morel* 1611. *in-fol. Col.* 2232. sans
la Table, qui est fort ample. Cet ouvrage a été publié par *Pierre Nancel*,
son fils, aussitôt après sa mort.

V. *Ses Ouvrages.* C'est de là que
j'ai tiré toutes les particularités de sa
vie. *Sammarthana Elogia*, lib. 5.

BENJAMIN PRIOLO.

B.
PRIOLO.

BEnjamin *Priolo* naquit à *S. Jean
d'Angely*, ville de Saintonge, le
1. Janvier 1602. de *Julien Priolo*,
originaire de *Venise*, & sorti de l'illustre famille de ce nom, qui a donné quelques Doges à cette Republique.

Antoine Prioli, ou *Priuli* neveu de
Laurent & de *Jerome Priuli*, freres,
& successivement Doges de *Venise*,
étoit venu fort jeune en France sous
le Régne de *Henri II.* avec un Am-
bassadeur de la famille *Lauredano*,
son oncle maternel: il y devint amou-

reux de la fille d'un Gentilhomme   N.
de Saintonge, qui étoit à *Paris* pour PRIOLO.
un procès, & l'époufa. Etant depuis
retourné à *Venife*, ils furent tous
deux fi mal reçus de la Republique
& de leur parenté, qu'on fongea à
faire caffer leur mariage. On l'eût
fait caffer effectivement, conformément aux loix du pays, fi l'Ambaf-
fadeur de *Venife*, qui reprefentoit
en France le corps de la Republique.
n'eût pas figné le contrat ; dequoi
il fut cenfuré par un Decret de l'an
1554. & l'on prononça qu'Antoine
& fa pofterité feroient exclus de toutes les charges du Senat. Cette dif-
grace le porta à quitter *Venife* & à
retourner en France. Il s'établit dans
le pays de fa femme à S. Jean d'Angely, & y eut beaucoup d'enfans,
dont l'aîné, nommé *Marc*, fut pere
de *Julien*, de qui fortit notre Auteur. *Julien* fe ruina par les dépenfes
qu'il fit à la guerre, étant premier
Officier du Regiment de *la Force*,
& par quatre mariages. Auffi *Benjamin*, qui étoit forti du quatriéme,
eut-il toute fa vie à lutter contre la
pauvreté.

Il n'étoit âgé que de quinze ans, lorsqu'il perdit son pere & sa mere; & cette fâcheuse circonstance augmenta les difficultés qu'il eut à essuyer dans le cours de ses études, sans rien rallentir de l'ardente passion qu'il avoit de devenir sçavant.

Il commença ses études à *Orthés* dans le Bearn, & se livra dès lors au travail avec une avidité si excessive, qu'il passoit souvent les jours & les nuits sans interruption à lire les Auteurs grecs & latins.

Il alla ensuite à *Montauban*, où regnoit le Calvinisme qu'il professoit; car son pere s'étoit laissé séduire aux nouvelles opinions, & il avoit succé l'erreur avec le lait.

La réputation de l'Université de *Leyde* l'engagea depuis à s'y rendre, & il y profita des leçons de *Daniel Heinsius* & de *Gerard Jean Vossius*. Une application de trois années l'y remplit de la connoissance de tous les Historiens & de tous les Poëtes Grecs & Latins.

L'envie de voir & de consulter *Grotius* fut cause qu'il fit un voyage à *Paris*, où ce grand homme étoit

alors ; & il s'en alla de là à *Padne* , B.
attiré par la grande réputation de *Ce-*PRIOLO.
ſar Cremonin , & de *Fortunio Liceti.*
Il lut ſous leur direction les écrits
d'*Ariſtote* , & ceux des autres Philoſophes de l'Antiquité.

Etant revenu en France , il alla
faire un tour dans ſa patrie , pour y
ramaſſer quelque argent, & repaſſa enſuite en Italie , pour s'y faire reconnoître parent légitime de la famille
des *Prioli.* Le Senat de *Veniſe* le traita
fort bien , & le fit Chevalier , mais
il ne put obtenir d'être rétabli dans
les prérogatives de ſa Famille.

Priolo s'attacha au Duc *de Rohan* ,
qui étoit alors au ſervice des Veni-
tiens , & il ſe mit ſi bien dans ſes
bonnes graces, que ce Duc n'eut point
de confident plus intime de ſes ſecrets que lui pendant tout le reſte de
ſa vie. Il l'envoya deux fois en Eſpagne pour des négotiations importantes , & il lui laiſſa le ſoin de toutes ſortes de détails , pendant qu'il
commandoit les troupes de France
dans la Valteline , & dans le pays des
Griſons. *Priolo* ſe trouva dans tous les
combats , & y paya de ſa perſonne
tant à pied qu'à cheval.

Après la mort du Duc de *Rohan*
arrivée au mois de Mai de l'an 1638.
Priolo, qui s'étoit marié trois mois
auparavant, & avoit épousé *Elizabeth Michaëli* d'une famille noble de
Lucque, incertain de sa destinée, se
retira à *Geneve*, ou plutôt à *Sacon-
net* dans le voisinage, où il avoit
acheté une petite Terre, pour s'y re-
poser des fatigues & des agitations
de sa vie précedente.

Le Duc de *Longueville* le tira de ce
lieu de repos en 1648. lorsqu'il fut
nommé Plenipotentiaire de France
pour la paix de *Munster*. Car il voulut le mener avec lui, comme un
homme dont l'esprit & le conseil
pourroient lui être d'un grand usage.

Priolo demeura un an à *Munster*, &
ayant fait ensuite un tour à *Geneve*
pour mettre ordre à ses affaires, il re-
passa en France dans le dessein de s'é-
tablir à *Paris*.

Il s'arrêta six mois à *Lyon*, & y con-
fera souvent sur la controverse avec
le Cardinal *François Barberin*, qui
s'y trouvoit alors. L'effet de ces con-
ferences fut que lui, sa femme, ses
enfans, & ses domestiques abjurec

rent la Religion Proteſtante pour embraſſer la Catholique , & communie-
rent de la main de ce Cardinal en même temps.

Arrivé à *Paris* , il reſſentit des effets de la liberalité du Duc de *Longueville*, qui content des ſervices qu'il
lui avoit rendus à *Munſter*, lui aſſigna
une penſion de douze cens livres ſur
la Principauté de *Neuſchâtel* , & lui
donna même peu de temps avant ſa
mort une Ordonnance de douze cens
écus , comme le dernier gage de ſon
affection.

Il ne jouit pas à *Paris* d'une longue
tranquillité ; car les Guerres Civiles
ayant commencé quelque temps
après , il s'engagea dans la faction des
Mécontens , & ce fut là la ruine de
ſa fortune. Eblouï par les grandes
actions de M. le Prince, dont il avoit
pris le parti , il ne voulut point répondre aux bontés , dont la Reine
Mere le combloit , ni tenir compte
des grandes promeſſes du Cardinal
Mazarin. Il ſe vit par là obligé de
ſortir de France ; ſon bien fut con-
fiſqué & ſa famille exilée.

Rentré depuis dans les bonnes gra-

B.
PRIOLO.

ces de son Souverain, il ne songea plus qu'à vivre en homme privé des débris de ce qu'il avoit sauvé. Ce fut dans ce genre de vie & pour dissiper ses chagrins, qu'il composa son Histoire, qui est le seul ouvrage qui nous reste de lui.

On l'engagea encore dans la suite dans les négociations : car il fut chargé en 1667. d'aller à *Venise* pour une affaire secrete. C'est ce qu'on a sçu par la Lettre de créance qui fut trouvée parmi ses papiers, & que M. *de Lionne* lui avoit expediée. Il n'acheva pas ce voyage, il étoit à *Lyon* logé dans l'Archevêché, lorsqu'il fut surpris d'une apoplexie, qui l'enleva la même année 1667. âgé de 65 ans. *Bayle* avoit avancé dans les premieres éditions de son Dictionnaire qu'il étoit mort à *l'Hôpital*, parce qu'on le lui avoit assuré ainsi à *Geneve*, mais il a reconnu depuis la fausseté de ce prétendu fait, & s'est retracté.

Priolo laissa sept enfans qui perdirent par sa mort les pensions dont il jouissoit, à sçavoir une de quinze cens livres que le Cardinal *Mazarin* lui avoit

avoit laissée & qui étoit affectée sur   B.

le legs universel du Duc *Mazarin*, Priolo.

& une de deux mille francs, que le

Roy lui avoit donnée en 1661. en lui

accordant le privilege de son histoire.

Si sa famille fut privée de cette res-

source, elle en trouva d'autres. La

Cour en prit soin; l'aîné des deux fils

fut placé par M. *Colbert* dans les Fi-

nances, & s'y enrichit; le cadet qui

fut reçu à l'âge de 20 ans dans les

Gardes du Corps, devint dans la

suite Exempt de la premiere Com-

pagnie.

    Ce qu'on lit dans le *Sorberiana* sur

Priolo n'est qu'une suite de faussetez »

» *Benjamin Prauleau,* fils d'un Ministre

» de *S. Jean d'Angely* (qui avoit été

» Moine & étoit bâtard d'un noble

» Venitien) étudiant en Medecine à

» *Padoue*, il fut rencontré par M. *de*

» *Rohan* qui le prit à son service en

» qualité de Medecin, puis de Se-

» cretaire; il se mêla dans l'intrigue

» & fit valoir son latin, menaçant

» les Ministres d'une histoire satyri-

„ que, dont il recitoit des fragmens

„ dans les Compagnies. Il accompa-

„ gna M. *de Longueville* à *Munster*,

„ & tranſporta ſa Famille de *Geneve*,
„ où il avoit épouſé la fille de *Mi-*
„ *chaëli* à *Paris* & changea de religion.
„ Il fit à *Paris* bien des choſes pour
„ excroquer de l'argent à *Tallemand*,
„ au Comte *de Tonnerre*, au Prince
„ *de Marſillac* &c. " Ce que j'ai dit
juſqu'ici ſuffit pour détruire tout ce
recit.

Son goût par rapport aux Ecrivains celebres de l'Antiquité étoit
ſingulier. Il n'étoit pas grand admi-
rateur de *Ciceron*, mais il étoit charmé de *Tite-Live*, qu'il trouvoit ſi ini-
mitable, que deſeſperant de pouvoir
ſe conformer à ce modele, il prit le
parti d'imiter *Tacite*. Il étoit extrêmement paſſionné pour *Seneque*, &
préferoit *Lucain* à *Virgile*, & les ten-
dreſſes de *Catule* à la majeſté d'*Ho-
race*.

Il diſoit ordinairement que l'homme ne poſſedoit que trois choſes,
l'ame, le corps, & les biens, qui
étoient expoſées aux embuches de
trois ſortes de perſonnes, des Theologiens, des Medecins & des Avocats. Voici la maniere dont *Rhodius*
s'exprime ſur ce ſujet. *Cum tribus tan-*

um homo conſtet, anima, corpore, &   B.
bonis, tres inſidiatores illis perpetuo PRIOLO.
imminere, adulterinos Theologos ani-
mæ per laqueos conſcientiæ injectos, nihil
ad bonos mores & ſolidam pietatem ;
Medicos corpori per Pharmaca noxia,
cum ruſticatio, dieta, & mens hilaris
ſola morbis opitulentur ; bonis Rabulas
forenſes, per litium articulos & formu-
las, cum per arbitros idoneos amputan-
dæ ſint radices creſcentibus ſine fine fa-
miliarum malis,

Il avoit une telle horreur pour le menſonge, qu'il ne pouvoit en entendre faire mention, ſans ſe mettre en colere, & qu'il ne recommandoit rien à ſes enfans avec plus de ſoin que la fuite de ce défaut & la pieté.

Il a fait quelques ouvrages qui n'ont point été imprimés, le ſeul qui ait paru eſt ſon Hiſtoire.

Benjamini Prioli ab exceſſu Ludovici XIII. de rebus Gallicis Hiſtoriarum libri quinque. Pariſ. Cramoiſy 1662. *in-4o.* C'eſt un eſſai de l'Ouvrage qui parut depuis en entier. It. *Libri XII. Carolopoli* (c'eſt-à-dire à Paris) 1665. *in 40.* It. *Lipſiæ* 1669. *in 8o.*

B.
Priolo.

It. *Ultrajecti*, *Elzevir* 1669. *in-12*.
It. *Amstelod.* 1677. *in 16*. It. *Cum
notis & indice Christophori Friderici
Franckenii*, *Professoris Historiæ Lip-
siensis. Lipsiæ* 1686. *in-8°.* C'est
la meilleure édition ; car on y
trouve quelques Lettres , que l'Auteur avoit supprimées dans l'édition
de 1665. & des notes curieuses &
instructives. It. *Traduit en Anglois par
Christophe-Wase. Londres* 1670. *in-8°.*
Voici la maniere dont M. *Gallois*
s'exprime sur cet ouvrage dans le
Journal des Sçavans du 22. Fevrier
1666. ,, Cet Auteur , dit il , déclare
,, dans l'argument de son Ouvrage
,, ce que l'on en doit attendre. Il dit
,, qu'on n'y trouvera rien de parti-
,, culier, rien qui ne soit commun ,
,, & que tout le monde ne sçache.
,, L'élocution est la seule chose à la-
,, quelle il s'est attaché , & dont il
,, prétend tirer de la gloire ; encore
,, n'en donne t-il pas trop bonne
,, opinion dans l'Epître qu'il adresse
,, au Lecteur. Car que peut-on espe-
,, rer d'une histoire , que l'Auteur a
,, tellement negligée , qu'il l'a dictée
,, en se promenant , & sans y avoir

„ jamais rien changé ? mais ce qui   B.
„ en pourroit encore faire concevoir Priolo
„ une plus mauvaise opinion , c'eſt
„ que dans la même Epître au Lec-
„ teur , il reconnoît qu'il n'a jamais
„ appris ce que c'eſt que la pureté
„ de la Langue Latine. Il prétend
„ même que la latinité de *Ciceron*
„ n'eſt plus à la mode , & que le ſtile
„ enflé, qu'il dit être maintenant en
„ vogue , doit être préferé à tous les
„ autres , quoiqu'il ſoit le plus im-
„ parfait. Dans cette penſée. il ſe com-
„ pare à ce Lacedemonien , qui ne
„ vouloit pas que ſa femme regardât
„ de beaux tableaux , de peur que
„ ſes enfans ne fuſſent plus beaux
„ que lui. Car , diſoit-il, mon grand-
„ pere étoit camus, mon pere l'étoit ,
„ je le ſuis , & je veux que mes en-
„ fans le ſoient. Mais quoiqu'on doi-
„ ve croire les Auteurs , quand ils
„ en uſent avec autant de bonne foi ,
„ que fait M. *Prioli* , néanmoins ſon
„ ſtile n'eſt pas tout-à-fait ſi mauvais
„ qu'il penſe. Car ſon hiſtoire n'eſt
„ preſque qu'un tiſſu de phraſes ti-
„ rées de *Tacite* , de *Seneque* , & d'au-
„ tres anciens Auteurs , & on y trou-

„ ve quelquefois des expressions in-
„ génieuses, dont cet Auteur n'est
„ rédevable qu'à lui-même. De ma-
„ niere que si je ne m'étois proposé de
„ m'abstenir de dire mon sentiment
„ des Livres, le stile de cette histoire
„ seroit peut-être la chose à laquelle
„ je trouverois le moins à redire.

Bayle a donné de grandes louanges à cette histoire, qu'il prétend
avoir été composée avec une liberté fort éloignée de la flatterie, mais il
n'en a parlé ainsi que sur les Memoires de ses enfans, à qui il étoit
fort naturel de relever le mérite de
l'ouvrage de leur pere. *Guy Patin*,
qui avant qu'il parût, avoit dit qu'il
y auroit *bien de la flatterie*, ne s'est
pas trompé dans sa conjecture. C'est
pourquoi *Boëcler* ayant eu d'abord
dessein de le faire réimprimer à *Strasbourg*, quelques sçavans François qu'il
consulta là dessus, lui répondirent
qu'ils ne le lui conseilloient pas, parce que cette réimpression ne feroit
point d'honneur à son goût ; comme *Chretien Gryphius* le témoigne
dans son *Apparatus de scriptoribus*

historiam saculi XVII. illustrantibus. B.
p. 228. En effet son histoire n'a rien ; PRIOLO,
suivant *Morhof*, qui puisse plaire aux
Sçavans soit pour le stile, soit pour la
matiere.

V. *Joannes Rhodius de vita Benjamini Prioli, Equitis Veneti.* 1672. in
fol. *Bayle, Dictionnaire.*

FRANÇOIS FEU-ARDENT.

François Feu-ardent naquit à *Cou-
tance*, ville de la Basse Normandie ; au mois de Decembre de l'an
1539. comme il paroît par une Lettre qu'il écrivit le 28. Novembre
1602. à Antoine Possevin ; dans laquelle il marque, qu'au mois de Decembre suivant il acheveroit sa 63e.
année. Ainsi ceux qui l'ont fait naître en 1541. se sont trompés.

Il fit à *Bayeux* ses premieres études, après lesquelles il renonça aux
espérances d'une grosse succession,
qu'il pouvoit esperer, pour entrer
chez les Cordeliers de la même
ville.

Après sa profession on l'envoya à

F. FEU
ARDENT.

Paris pour y achever ses études, &
il prit le degré de Docteur en Theologie le 5. May 1576.

Il se donna depuis avec beaucoup
d'ardeur à la prédication & à la controverse. Comme il avoit un tempe-
ramment tout de feu, conformément
à son nom, il combattit les heretiques à toute outrance, & devint un
de leurs plus furieux adversaires.
Un zele mal entendu l'engagea dans
les interêts de la Ligue, qu'il soutint tant qu'il put par ses prédica-
tions violentes & séditieuses.

Il se lassa cependant dans la suite
de ses emportemens, & fut sur la fin
de sa vie aussi ardent à la concorde,
qu'il l'avoit été auparavant à la dis-
corde, comme il est dit dans les Mémoires de *l'Etoille.*

Il mourut à *Paris* le 1. Janvier
1610. âgé de 70 ans.

On voit par ses ouvrages qu'il étoit
Gardien du Couvent de *Bayeux* en
1579.

Catalogue de ses Ouvrages.

1. *B. Hidelphonsi, Archiep. Toleta-*
ni, de Virginitate S. Mariæ liber,
Mssti cujusdam veteris codicis collatio-
ne

ne *auctus & emendatus. Ejuſdem auto-*   F. Feu-
ris liber contra eos qui diſputant de Ardent.
perpetua virginitate S. Mariæ, & de
ejus parturitione. Item ſermones duode-
cim in præcipuis ejuſdem B. Mariæ
feriis, ab Autore ante nongentos annos
conſcripti, nunc autem primum in lu-
cem emiſſi. Accedit Præfatio ad Ill.
D. Bernardinum à B. Franciſco, Baio-
cenſem Epiſcopum. Studio & Opera
Franc. Feu-Ardentii, Ordinis Mino-
rum. Pariſ. Séb. Nivellius. 1576. *in-*
8°. La longue Preface de *Feu-Ardent*
eſt contre les héretiques de ſon temps.

   2. S. *Irenæi, Lugdunenſis Epiſcopi,*
adverſus Valentini & ſimilium Gnoſ-
ticorum hæreſes libri V. Opera & ſtu-
dio Fr. Feu-Ardentii. Pariſ. Nivellius
1576. *in-fol.* Feu-Ardent a revû l'ouvrage de S. *Irenée* ſur un ancien manuſcrit, & l'a augmenté de cinq chapitres entiers, qu'il a trouvé dans ce
manuſcrit à la fin du 5ᵉ. Livre. Il a
ajoûté à la fin de chaque chapitre les
annotations qu'il a cru neceſſaires
pour l'intelligence de ſon Auteur:
elles ſont pour la plûpart utiles &
ſçavantes, mais il y en a qui exce-
dent les bornes que doit ſe preſcrire
   Tome XXXIX.   D d

F. FEU-
ARDENT.

un Commentateur, & où il se livre
trop à la controverse. It. *Coloniæ*
1596. *in-fol.* Cette seconde édition
est meilleure que la premiere, parce
qu'elle contient les passages grecs
de *S. Irenée*, qui se font trouvés dans
S. Epiphane, & dans d'autres anciens Auteurs. Elle a été renouvellée.
Colonia. 1625. *in-fol. Paris* 1639. &
1675. *in-fol. Jean Ernest Grabe* a fait
entrer plusieurs des annotations de
Feu Ardent dans la belle édition de *S.*
Irenée, qu'il a donnée à *Oxford* en
1702. *in-fol.* Le P. *Massuet*, Benedic-
tin, en a inseré aussi quelques-unes
dans celle qu'il a publiée à *Paris* en
1710. *in-fol.*

Feu-Ardent a fait une lourde faute
dans ses notes sur le chapitre 33. du
3e. Livre, où voulant prouver la
Conception immaculée de la Vierge,
il cite avec un air triomphant un paf-
sage du 6e. livre du commentaire de
S. Cyrille d'Alexandrie sur *S. Jean*,
sans faire reflexion que ce Livre avoit
été fait par *Josse Clichthoue*, avec trois
autres du même ouvrage, qui manquoient alors. Le Jesuite *Suarés* l'a-
vertit de cette faute, mais son aver-

tiſſement ne plût pas à *Feu-Ardent* , F. Feu-
qui, pour ſe venger , ramaſſa dans la Ardent.
ſeconde édition de *S. Irenée* toutes
les fautes de chiffres qu'il put trouver dans les œuvres de *Suarés* , comme ſi des fautes qu'on peut ſort bien
attribuer aux Imprimeurs , avoient
quelque reſſemblance avec celles qui
viennent de l'Auteur même.

3. *Michaëlis Pſelli Dialogus de
Energia , ſeu operatione Dæmonum è
Græco tranſlatus à P. Morello ; cum
Præfatione Fr. Feu-Ardentii. Pariſ.*
1577. *in-*8°. *Feu-Ardent* fait dans cette Preface une comparaiſon des héretiques de ſon temps avec les dé-
mons & les magiciens.

4. *Appendix ad libros Alphonſi à Caſtro contra Hæreſes , in tres libros diſtri-
buta , quibus quadraginta ab eodem
autore vel prætermiſſæ , vel ab ejus
obitu nata & deprehenſæ refelluntur.
Autore Franciſco Feu-Ardentio.* A la
ſuite d'*Alphonſi à Caſtro, Ordinis Minorum opera omnia. Pariſ. Michaël Sonnius.* 1578. *in-fol.* depuis la p. 1031.
du premier volume juſqu'à la 1303.
On voit à la tête de cet Appendix
une longue Epître de Feu-Ardent,

F. Feu-
Ardent.

datée du 15. Octobre 1577.

5. *Divins opuscules & exercices spi-*
rituels de S. Ephrem, Archidiacre d'E-
desse en Mesopo amie, mis en François.
Avec un excellent Sermon de S. Cyrille
Alexandrin, de l'issue & sortie de l'ame
hors le corps humain. Plus une répon-
se aux Lettres & questions d'un Calvi-
niste touchant l'innocence, virginité, ex-
cellence & invocation de la glorieuse
Vierge Marie, Mere de Dieu. Par
Fr. Feu-Ardent. Parif. Seb. Nivelle
1579. *in-8o.* Feuill. 367. Il étoit
alors Gardien du Couvent de *Bayeux.*

6. *Liber Ruth, Franc. Feu-Ardentii*
commentariis explicatus, quibus ea co-
piose traduntur quæ ad historiam, fidei-
que Christianæ ac morum rationem per-
tinent. Parif. 1583. *in-8o.* Feuill. 312.
It. *Antuerpiæ* 1585. *in 80.*

7. *Censura Orientalis Ecclesiæ de*
præcipuis nostri sæculi Hæreticorum
Dogmatibus Hieremiæ, Constantinopo-
litani Patriarchæ, judicii & mutuæ
communicationis causa, ab Orthodoxa
Doctrina adversariis non ita pridem
oblatis; ab eodem Patriarcha C. P. ad
Germanos Græce conscripta, à Stanislao
autem Socolovio, Ser. Stephani Poloniæ

Regis Theologo, ex Græco in Latinum F. Feu-
conversa, ac quibusdam annotationibus Ardent.
ad proprias Græcorum opiniones respon-
dentibus illustrata. Accessit ejusdem Ac-
toris concio de Eucharistiæ Sacramento
coram Poloniæ Rege habita. Omnia
post editionem primam diligenter recog-
nita & à mendis purgata, etiam no-
tis marginum illustrata per Fr. Feu-Ar-
dentium, Franciscanum. Parif. 1584.
in-8°.

8. *Semaine premiere des dialogues,*
ausquels sont examinées & confutées
cent soixante & quatorze erreurs des
Calvinistes, partie contre la très-sainte
Trinité & unité de Dieu en commun,
partie contre chacune des trois Person-
nes en particulier. Paris, Nivelle
1585. *in-8°.* It. 2e. *édition. Ibid.*
1589. *in-8°.* Feuill. 398. L'Epître de
l'Auteur au Roi *Henri III.* est datée
du Couvent des Cordeliers de *Paris*
le 20. Janvier 1585 *Feu-Ardent* a traduit lui-même cet Ouvrage en latin,
& y a encore multiplié les erreurs
des Calvinistes. Cette traduction a
paru sous ce titre. *Dialogi septem,*
quibus ducenti Calvinianorum errores
perspicue refelluntur & solide confutan-

F. Feu-*tur-Coloniæ Agripp. p.* 1594. *in-*80. pp.
Ardent. 714. On lit à la fin ces mots : *Finis prima Hebdomadis dialogorum de sanctissima Trinitate autor opus absolvit Coloniæ* 1594. *Nonis Augusti.* Cette premiere femaine a été fuivie d'une féconde, dont je parlerai plus bas.

9. *Commentarius in Epistolam D. Pauli ad Philemonem. Parif.* 1587. *in-*80.

10. *De facrorum Bibliorum autoritate, veritate, utilitate, obscuritate, ac interpretandi ratione F. Francisci Feu-Ardentii in Gloffam Ordinariam nuper editam Præfatio. Parif. Seb. Nivelle* 1589. *in-*40. pp. 22. datée de cette ville le dernier Juillet de cette année.

11. *Biblia facra, cum Gloffa Ordinaria, primum quidem à Strabo Fuldenfi collecta nunc vero novis Patrum, cum Græcorum, tum Latinorum explicationibus locupletata annotatis etiam iis quæ confufe antea citabantur locis; & Poftilla Nicolai Lyrani, Additionibus Pauli Burgenfis, ac Matthiæ Thoringi Replicis, ab infinitis mendis purgatis, in commodioremque ordinem digeftis. Per F. Franc. Feu-Ardentium;*

Ordinis Minorum, Joannem Dadræum, & Jacobum de Cuilly, Theologos Doctores Pariſienſes. Pariſ. 1590. in-fol. ſix vol. La Preface dont j'ai parlé au no. précedent, ne ſe trouve point dans cette édition de la *Gloſe*, qui eſt proprement de l'an 1589. quoique le titre porte 1590.

12. Il a eu part avec *Jean Dadré* & *Gilbert Genebrard* à la nouvelle édition de la Bibliothéque des Peres de *Marguerin de la Bigne*, qui a été donnée à *Paris* en 1589. en neuf volumes *in-fol.*

13. *In librum Eſter commentarii, concionibus Chriſtianis accommodati.* Coloniæ Agrip. 1595. in-8°. pp. 652. L'Epître de *Feu-Ardent* eſt datée de cette ville le 1. Octobre 1594. On en cite une édition de cette année 1594. faite auſſi à *Cologne in-8°.* qui n'eſt pas apparemment differente de celle que j'ai vûe.

14. *In Jonam Prophetam commentarii, ex veterum Patrum Hebræorum, Græcorum & Latinorum ſcriptis collecti, & Chriſtianis Myſteriis ac concionibus accomodati.* Coloniæ. 1595. in-8°. pp. 488.

F. FEU-
ARDENT.
15. *In B. Judæ Epistolam Catholi-
cam , quâ cùm veterum , tum novorum
Hæresiarcharum mores , fraudes , sce-
lera , blasphemiæ , graphice describun-
tur & refelluntur , commentarii , Chris-
tianis concionibus accommodati.* Coloniæ
1595. *in-*8°. pp. 392.

16. *Arnobii catholici , & Serapionis
Ægyptii conflictus de Deo Trino & uno,
& de duabus in Christo naturis.* Feu-
Ardent a publié le premier cet ouvrage à la suite des œuvres de *S. Irenée* , dans la seconde édition qu'il en
donna à *Cologne* en 1596. *in-fol.* & il
se trouve dans les suivantes , qui ont
été faites sur celle-ci.

17. *Réponses aux doutes d'un héré-
tique converti.* Paris 1597. *in-*8°.

18. *Seconde semaine de dialogues ;
ausquels entre un Docteur catholique
& un Ministre Calviniste sont paisi-
blement examinez & confutez quatre
cens soixante & cinq erreurs des hérétiques, contre autant d'articles & points
de la foi chrétienne touchant Paradis ,
Purgatoire & Enfer.* Paris Guill. de
la Noue 1598. *in-* 8°. Deux tom. pp.
979. pour les quatre premiers dialogues & 668. pour les trois autres.

19. *D. Jacobi Epiſtola Chriſtiano-* F. FEU-
rum juſtos ac integros mores exprimens ARDENT.
oratione , commentariis ac variorum lo-
corum communium diligenti tractatione
explicata, & Chriſtianis concionibus ac-
commodata. Pariſ. 1599. *in-*80. pp.
584.

20. *Brief examen des prieres ecclesia-*
ſtiques, adminiſtration des Sacremens, &
Catechiſme des Calviniſtes , par lequel
ſont charitablement avertis de deux
cens tant contradictions , erreurs , que
blaſphêmes des Miniſtres , contenus en
iceux. Pariſ. 1599. *in-*80. Feuill. 89.
It. Poitiers 1611. *in-*80.

21. *Avertiſſement aux Miniſtres ſur*
les erreurs de leur confeſſion de foy.
Paris 1599. *in-*80.

22. *Epiſtola prima D. Petri , ſum-*
ma Chriſtianæ Religionis Myſteria bre-
viter & abſolute complectens , commen-
tariis ac variorum locorum communium
tractationo explicata. Pariſ. Seb. Ni-
vellus 1600. *in-*80. pp. 564.

23. *Epiſtola ſecunda D. Petri , præ-*
cipua fidei chriſtianæ ſacramenta præ-
ſertim noviſſimi ſæculi periculoſa tem-
pora deſcribens , commentariis & mul-
torum locorum communium diſquiſitione

F. Feu-exposita. Paris. Nivellus 1601. in-
Ardent. 8°. pp. 406.

24. *Examen des confessions , Prieres ,*
Sacremens & Catechisme des Calvinis-
tes ; avec refutation de la réponse d'un
Ministre ; où ils sont convaincus de six
cent soixante & six , tant contradictions ,
erreurs , que blasphémes contenus en
iceux. Seconde édition revûe & ampli-
fiée par l'Auteur. Paris 1601. *in-8°.*
La prémiere édition de cet Ouvrage
a paru en 1599. sous le titre de *Brief*
éxamen , &c. & je l'ai rapportée ci-dessus au n°. 20. Mais *Feu-Ardent* l'a
bien augmentée dans la seconde. On
y trouve par-tout l'emportement ordinaire à cet Auteur, qui y débite
outre cela d'une maniere fort indé-
cente, bien des historietes sur les
femmes & les servantes des Ministres,
qui n'ont d'autre fondement que son
imagination.

25. *Entremangeries ministrales; c'est-*
à dire , contradictions , injures , con-
damnations & exécrations mutuelles
des Ministres & Prédicans de ce sié-
cle. Réponses modestes & chrétiennes
aux Aphorismes de J. Brouault , dit
Sainte-Barbe , & prétendues falsifica-

tions de Ministres anonymes. Caën. F. Feu-
1601. *in-*80. pp. 314. It. *Paris* 1601. Ardent.
*in-*12. pp. 429. It. 3e. *édition aug-*
mentée plus que de moitié. Paris 1604.
in 8o. pp. 389.

26. *Antidota adversus impias cri-*
minationes quibus antiquissimos & sa-
pientissimos Africanæ Ecclesiæ Doctores
Tertullianum & S. Cyprianum vexant
laceramque Lutherani & Calviniani.
Cet ouvrage de *Feu-Ardent* se trouve
à la tête d'un Livre de *Theodore Pe-*
treius, Chartreux, intitulé : *Confessio*
Tertullianiana & Cyprianica. Paris.
1603. *in-*80. qu'il prit soin de publier, & auquel il ajoûta encore une
piéce de 56 vers latins de sa façon à
la louange du Livre de *Petreius*.

27. *Theomachia Calvinistica, sede-*
cim libris profligata, quibus mille &
quadringenti hujus sectæ novissima er-
rores, quorum magna pars nunc primum
è suis latebris eruitur, diligenter excu-
tiuntur & refelluntur. In iis confessio
fidei Hugonostica, & Catechismus Cal-
vinianus, quæ hactenus intacta gloriari
solent Hæretici, divinis, Ecclesiasticis,
ac ipsorum & Hæresiarcharum scriptis
reprehenduntur & confutantur. Paris.

F. FEU-
ARDENT. *Nivellius* 1604. *in*-4°. On voit par ce nombre prodigieux d'erreurs que *Feu Ardent* attribue aux Calviniſtes, qu'il prenoit plaiſir à les multiplier. Mais cela ne doit pas ſurprendre, puiſque ſur l'article ſeul de la Trinité, ſur lequel ils ſont d'accord avec nous, il leur en trouve juſqu'à 174 & même juſqu'à deux cens, comme il paroît par ſa première ſemaine de dialogues.

28. *Hiſtoire de la fondation de l'Egliſe & Abbaye du Mont S. Michel au peril de la mer, & des miracles, Reliques, & Indulgences données en icelle.* Conſtance 1604. *in*-12. It. *Ibid.* 1616. *in*-24. Cet Ouvrage a été traduit en Italien: *Hiſtoria della Fondazione della Chieſa e Badia del Monte di S. Michele in Francia, detto in tomba, o vero in pericolo del mare, e dé Miracoli raccolti dagli Archivi di detto luogho per Fra Franceſco Feuardente, nuovamente tradotta dalla lingua Franceſe nell' Italiana.* In Napoli. 1620. *in* 8°.

29. *Homiliæ 27, in Conceptionem ac Nativitatem Chriſti & S. Johannis Præcurſoris ejus.* Pariſ. 1605. *in*-8°.

30. *Homiliæ* 25. *in librum Job , cum* F. Feu-
notis in cenfuras S. Ephræm de præci-ARDENT.
puis capitibus chriftianæ fidei. Parif.
1606. *in-*8o.

V. *Wading , fcriptores Ordinis Minorum* : ce qu'en dit cet Auteur eft
fort imparfait , il faut y fuppléer
par les Prefaces des Ouvrages de
*Feu-Ardent. Antonii Poffevini Appa-
ratus facer. tom.* I. p. 496. *Bayle ,
Dictionnaire.*

ANDRE' ARGOLI.

Ndré *Argoli* naquit l'an 1568.   A. AR-
à *Tagliacozzo* , ville du Royau-   GOLI.
me de *Naples* dans l'Abruzze ulte-
rieure , d'*Octave Argoli* Jurifconfulte
de cette ville , forti d'une famille
noble , originaire d'Arles en Pro-
vence , & de *Catherine Mathi.*

Il fit de bonne heure de grands
progrès dans l'étude de la Medécine
& des Mathématiques , & fur tout
dans celle de l'Aftrologie , qu'il cultiva toujours avec beaucoup de
foin.

Cette derniere fcience lui attira
plufieurs fois des affaires fâcheufes ,

A. AR-
GOLI.

qui lui furent fufcitées par les ignorans de fon pays ; & il fut obligé
d'en fortir pour fe fouftraire à leurs
perfecutions.

Il fe retira à *Venife*, où il ne demeura pas longtemps fans emploi ;
car la République, inftruite de fa capacité, lui donna une Chaire de Profeffeur en Mathématiques à *Padoue*,
dont il prit poffeffion le 23 Avril
1632. avec cinq cens florins d'appointemens. On y fut fi content de
lui, qu'avant que la fixiéme année
de fon emploi fût revolue, le Sénat
de Venife l'honora du titre de Chevalier de *S. Marc*, lui fit prefent d'u-
ne chaine d'or, & augmenta confi-
derablement fes appointemens.

Ils furent encore augmentés en
1651. jufqu'à onze cens florins, qui
lui furent payés jufqu'à la fin de fa
vie.

Il jouit toujours d'une fanté parfaite; attaqué feulement dans fa vieil-
leffe d'une maladie fâcheufe, il en
guerit moins par les remedes que par
l'abftinence, à laquelle il attribua fa
convalefcence, auffi-bien qu'au vœu
qu'il avoit fait à *S. Antoine de Pa-*

doue. Pour ſatisfaire à ce vœu, il ne A. Ar-
porta plus le reſte de ſa vie, que des GOLI.
habits de couleur griſe, comme le
ſont ceux de l'Ordre de *S. François*
dont ce Saint étoit.

Il mourut à *Padoue* l'an 1657. âgé
de 89 ans, comme le marque la chronique de *Monteroſſi*, Auteur de ce
temps-là. Ainſi *George Jerome Welf-
chius*, & *Paul Freher*, qui l'a ſuivi,
ſe ſont trompés, en mettant ſa mort
en 1654. *Jacques Salomoni* a fait une
faute encore plus grande dans ſes *Inſ-
criptiones Patavinæ*, en le faiſant mourir en 1648. fondé ſur une inſcrip-
tion, qui ſe trouve dans une Chapelle de l'Egliſe de *S. Antoine*, laquelle cependant le ſuppoſe vivant,
puiſqu'elle marque qu'on lui accorde
cette année le droit de ſepulture dans
cette Chapelle. Il n'a pas fait attention à ce que *Tomaſini* rapporte dans
ſon *Gymnaſium Patavinum*, qu'on
augmenta les appointemens d'*Argoli*
en 1651. & qu'il vivoit encore,
lorſque cet Auteur publia cet ouvrage, c'eſt-à-dire en 1654. Il a ignoré auſſi ce fameux prognoſtic, qu'*Argoli* fit cette année 1654. ſur une

A. Ar-
GOLI.

Eclipfe de foleil, qu'il avoit prétendu devoir être fi grande, qu'on auroit befoin de bougies pour lire en
plein jour ; ce qui obligea le Senat de
Venife d'en faire apporter dans fon
affemblée le jour marqué, pour les
allumer, lorfqu'il en feroit befoin ;
précaution qui cependant fut inutile,
parce que la chofe n'arriva pas.

Argoli laiffa plufieurs enfans, én-
tr'autres *Jean*, dont je parlerai plus
bas, *Profper & Sixte*, qui furent tous
deux Jurifconfultes, dont on voit
des vers latins à la tête de fes *Ephemerides.*

Catalogue de fes Ouvrages.

1. *Problemata Aftronomica, trian-
gulorum ope demonftrata, per finus,
tangentes & fecantes, & fola multipli-
catione, abfque divifione. Roma* 1604.
*in-*4°.

2. *Tabulæ primi mobilis, quibus vé-
terum rejectis prolixitatibus, direc-
tiones facillime componuntur. Romæ*
1610. *in-*4°. pp. 1429. A la fuite font
Tabulæ pofitionum. pp. 249. It. *Patavii* 1667. *in-*4°. Deux tomes.

3. *Ephemerides ad Longitudinem
Almæ Urbis Romæ ab anno* 1621. *ad*
1640.

1640. *ex Prutenicis Tabulis ſupputa-* A. AR-
tæ. Accedunt Iſagoge & Canones ab- GOLI.
ſolutiſſimi, præcepta omnia Aſtrologiæ
complectentes. Romæ 1621. *in-4.*

4. *Novæ cæleſtium motuum Epheme-*
rides ad longitudinem Almæ Urbis
Romæ ab anno 1620. *ad* 1640 *ex Pru-*
tenicis Tabulis ſupputatæ. Additi ſunt
Aſtronomicorum libri tres in quibus plu-
rima ſcitu neceſſaria & perjucunda
tractantur. Romæ 1629. *in-40.*

5. *Tabulæ ſecundorum mobilium,*
juxta Tychonis Brahe & novas e cælo
deductas obſervationes. Patavii 1634.
in-4º. It. Ibid. 1650. *in-40.*

6. *Ephemerides Annorum quinquaginta*
ab anno 1630. *ad* 1680. *Patavii* 1638.
in-4º. It. Venetiis 1638. *in-4º.*

7. *De diebus criticis & de ægrorum*
decubitu libri duo. Patavii 1639. *in-4º.*
It. Ab auctore recogniti & altera parte
auctiores. Ibid. 1652. *in 40.*

8. *Pandoſion ſphæricum, in quo ſin-*
gula in elementaribus Regionibus atque
Ætherea Mathematice pertractantur.
Patavii 1544. *in-4º. It. Editio ſecunda*
auctior. Ibid. 1653. *in-40.*

9. *Exactiſſimæ cæleſtium motuum*
Ephemerides ad Longitudinem Almæ

Tome XXXIX. E e

A. AR-
GOLI.

Urbis, & Tyonis Brahe chypotheses ac deductas è cælo accurate observationes ab anno 1641. *ad annum* 1700. *Præter stellarum fixarum catalogum, extat Tabula ortus & occasus præcipuarum ad Borealis Poli elevationem à gradu uno ad sexaginta. Item supputatæ singulis diebus in meridie Lunæ latitudines. Patavii.* 1648. *in*-4o. 3. vol. It. *Lugduni* 1677. *in*-4o. Trois tomes. Le premier volume renferme les trois livres des *Astronomica*, que j'ai marqués ci-dessus au no. 4.

10. *Ptolemæus parvus in Genethliacis junctus Arabibus. Lugduni* 1652. *in*-4o. It. *Ibid.* 1654. 1659. 1680. *in*-4o.

11. *Brevis Dissertatio de Cometa ann.* 1652. 1653. *& aliqua de Meteorologicis impressionibus Patavii* 1653. *in*-4o.

12. On trouve une de ses Lettres à *Gaspar Barlée*, datée du 29. Septembre 1637. à la page 149. du Recueil intitulé : *Clarorum virorum Epistolæ centum ineditæ è Musæo Joh. Brant. Amstel.* 1702. *in*-8o.

V. *Ses Ouvrages. Ghilini, Teatro d'Huomini Letterati, part.* 2. p. 15.

Lorenzo crasso, *Elogi degli Huomini* A. AR-
Letterati tom. 2. p. 273. Ces deux GOLI.
Auteurs ne difent rien que de général. *Addizioni di Lionardo Nicodemo*
alla Bibliotheca Napoletana Freheri
Theatrum virorum Doctorum tom. 2.
p. 1543. *Leonis Allatii Apes Urbanæ*
p. 26. *Nicolai Comneni Papadoli Hif-*
toria Gymnafii Patavini tom. 1. p. 367.
C'eft l'Auteur qui en parle le plus
exactement. *Petri Antonii Corfignani,*
de viris illuftribus Marforum liber,
p. 230.

JEAN ARGOLI.

JEan *Argoli* naquit à *Tagliacozzo* J. AR-
dans l'Abruzze ultérieure vers l'an GOLI.
1609. d'*André Argoli*, dont je viens
de parler.

Il réuffit d'abord dans les Belles
Lettres, & compofa dès l'âge de
17 ans un Poëme Italien, intitulé
Endimione, qui lui fit beaucoup
d'honneur.

Il fe donna enfuite à la Jurifprudence, en laquelle il fe fit recevoir
Docteur à *Padoue* ; mais il fit auffi

E e ij

J. AR-
GOLI.

tôt après divorce avec cette science, pour se rendre aux Belles-Lettres, qu'il professa pendant quelques années à *Boulogne* avec beaucoup de réputation.

Son inconstance naturelle ne lui permit pas de se fixer là ; il revint enfin à la Jurisprudence, & fut depuis Juge en plusieurs petites villes de l'Etat Ecclesiastique. Les fonctions de cette charge l'occuperent le reste de sa vie, sans lui faire cependant oublier les Belles-Lettres, qui lui servoient d'amusement.

On croit qu'il mourut vers l'an 1660. du moins il ne passa pas cette année.

Catalogue de ses Ouvrages.

1. *Della Bambace e Seta*, Idillio, *trasformationi Pastorali. In Roma* 1624. *in*-12. Il fit cette piéce à l'âge de 15. ans.

2. *L'Endimione*, Poëma. *In Terni.* 1626. *in*-12. Le Poëme de l'*Adone* de *Marino* faisoit alors beaucoup de bruit en Italie ; la réputation qu'il s'étoit acquise par là, frappa *Argoli*, qui quoiqu'âgé seulement de 17 ans, voulut entreprendre un ouvrage sem-

blable. Pour y mieux réuffir, il fe
retira du monde, & fe renferma dans
fon cabinet, dont l'entrée n'étoit
ouverte qu'à un domeftique qui lui
apportoit à manger. Il compofa ainfi
fon *Endymion*, qui lui couta fept mois
de travail. Ce poëme, qui eft divifé
en 12. chants fut reçu avec applau-
diffemens, & on le trouva fi beau,
qu'on ne put croire qu'il vint d'un
jeune homme de 17 ans, & qu'on
l'attribua à fon pere ; mais outre que
fon pere n'avoit jamais cultivé la
poëfie, le jeune *Argoli* fit depuis
d'autres piéces capables de foutenir
la réputation qu'il s'étoit acquife par
ce poëme, mais elles n'ont pas été
imprimées.

J. AR-
GOLI.

3. *Epithalamium in nuptiis DD.*
Thadæi Barberini, & Annæ Columnæ.
Romæ 1629. in-8o.

4. *Iatro Laurea Gabrielis Naudæi*
Parifini, Græco carmine, in augurata
à Leone Allatio, Latinè reddita à Bar-
tholomæo-Tortoletto, & Joanne Argolo.
Romæ 1633. in-8o.

5. *Onuphrii Panvinii Veronenfis de*
Ludis Circenfibus libri duo. De Trium-
phis liber unus. Quibus univerfa fere

*Romanorum veterum sacra ritusque de-
clarantur, ac figuris æneis illustrantur,
cum notis Joannis Argoli J. V. D. &
additamento Nicolai Pinelli. Patavii
1642. in-fol. It. Ibid. 1681. in-fol.*

6. On trouve une de ses Lettres à
Fortunio Liceti, datée de *Padoue* le 1.
Juin 1639. dans le premier vol. du
Recueil intitulé : *De quæsitis per Epis-
tolas à claris viris Responsa Fortunii
Liceti. Bononiæ* 1640 *in-4o.*

V. *Toppi & Nicodemo, Bibliotheca
Napoletana. Leonis Allatii Apes Urbanæ.* p. 144. *Glorie degli Incogniti* p.
192. *Petri Antonii Corsignani de viris
illustribus Marsorum.* p. 232. *Nicolai
Comneni Papadoli Historia Gymnasii
Patavini. tom.* 2. p. 140.

ADRIEN TURNEBE.

ADrien *Turnebe* naquit l'an
1512. à *Andely,* petite ville de
Normandie, d'une famille noble,
mais peu aisée.

Les Auteurs varient extrêmement
sur son veritable nom. *George Mac-
kensie* dans ses vies des Ecrivains

d'Ecosse ; prétend qu'il étoit fils d'un
Gentilhomme Ecossois, nommé *Turn-
bull*, qui s'étoit marié en Normandie. Si cela est, il n'est pas étonnant
que quelques-uns l'ayent appellé
Tournebœuf, nom qui répond en
François à la signification du nom
Anglois. Ce nom s'étant depuis adou-
ci a été changé en celui de *Tournebu*,
qu'on lui donne assez communément.
Mais comme il avoit pris en latin le
nom de *Turnebus*, on s'est accoûtu-
mé à ne l'appeller que *Turnebe*.

Il vint à *Paris* à l'âge d'onze ans,
& il y fit en peu de temps de si
grands progrès dans les Belles-Lettres, qu'il surpassa non seulement ses
Compagnons d'étude, mais encore
ses Maîtres, qui furent *Jacques Tou-
san*, *Guillaume Grossius*, & *Guillaume du Chesne*. Ce qui lui fut d'autant plus facile, que la nature l'a-
voit doué de plusieurs rares qualités.
En effet il avoit une mémoire si heu-
reuse, qu'il n'oublioit jamais ce qu'il
avoit une fois appris, un esprit sub-
til, un Jugement admirable, & une
si grande pénetration, qu'il n'y avoit
point d'obscurité dans les Auteurs,

qu'il ne fçût diffiper. D'ailleurs il étoit infatigable dans le travail, & furmontoit par une application continuelle toutes les difficultés. On remarque de lui, comme de *Guillaume Budé*, que le jour même de fon mariage, il donna quelques heures à l'étude.

Il s'acquit bientôt une fi grande réputation par fon fçavoir, que les Italiens, les Efpagnols, les Portugais, les Allemands, & les Anglois lui offrirent des avantages très confiderables pour l'attirer chez eux; mais il aima mieux vivre pauvrement dans fon pays, que d'être riche ailleurs,

Il enfeigna d'abord les Belles-Lettres à *Touloufe*, mais après la mort de *Jacques Toufan*, arrivée en 1547. il fut rappellé à *Paris* pour être à fa place Profeffeur en Langue grecque, & il remplit cette Chaire avec une fi grande reputation, qu'il lui vint des difciples de toutes les parties de l'Europe.

En 1552. il fe chargea du foin de l'Imprimerie Royale pour les Livres Grecs, & s'affocia *Guillaume Morel*;

Morel; mais il ne conserva cet em- A. Tur- ploi que pendant quatre ans; car NEBE. ayant été reçu à la fin de l'an 1555. au nombre des Professeurs Royaux, il l'abandonna entierement à *Morel.*

Il mourut le 12. Juin 1565. âgé de 53 ans, & fut porté le soir du même jour sans aucune ceremonie, suivi seulement d'un petit nombre de ses amis, dans le Cimetiere des Ecoliers près du College de *Montaigu;* comme il l'avoit ordonné par son testament.

Comme tous les gens de bien & les Sçavans l'avoient aimé pendant sa vie, ils disputerent après sa mort avec beaucoup d'émulation à qui lui donneroit plus de louanges. En effet *Jean Dorat, Denis Lambin, Pierre Ronsard, Germain Vaillant,* Seigneur de *Pimpont, Jean Passerat, Alfonse d'Elbene,* qui fut depuis Evêque d'*Alby, Nicolas Vergerio,* fils d'*Angelo,* l'inventeur des beaux caracteres grecs, *Jean Mercier, Luc Fruter,* & plusieurs autres, lui firent des Epitaphes en vers.

Mais les esprits étant alors divisés àcause des disputes de religion

A. TUR-
NEBE.

chacun vouloit qu'il eût été de son parti ; & ceux qui avoient conservé l'ancienne, & ceux qui professoient la nouvelle, croyoient beaucoup fortifier leur cause, en disant qu'il s'étoit déclaré pour eux en mourant.

Les Protestans vouloient, que l'ordre qu'il avoit donné dans son testament de l'enterrer sans cérémonie, fût une preuve qu'il étoit de leur créance. A quoi ils ajoûtoient qu'il n'avoit point reçu le Viatique dans sa derniere maladie, & qu'il n'alloit point à la Messe ordinairement. Mais *Leger du Chesne* traite ce dernier article d'imposture, que ceux chez qui il alloit non seulement à la Messe, mais encore aux autres Offices de l'Eglise, pouvoient facilement détruire. Pour ce qui est du Viatique, il est vrai qu'il ne le reçut point, mais on ne put le lui donner à cause d'un vomissement continuel qui le tourmentoit. S'il ordonna que son enterrement se fît sans cérémonie, c'est, ajoûte-t'il, que content des prieres de l'Eglise, il regarda tout le reste comme inutile.

Auffi *Genebrard*, qui avoit été fon A. TUR-
difciple, & qui le connoiffoit par NEBE.
ticulierement, dit-il, auffi bien que
quelques autres Auteurs du tems,
qu'il étoit mort catholique.

La douceur de fon vifage faifoit
connoître celle de fon ame. Ses
mœurs étoient irréprehenfibles,
& fes vertus étoient accompagnées
d'une modeftie fans exemple. Mais il
étoit violent & fatyrique à l'égard
de ceux qui l'attaquoient.

Il avoit époufé *Madeleine Clement*,
qu'il laiffa groffe, avec cinq enfans,
dont les principaux furent, *Odet*,
Adrien & *Etienne*. Il faut en dire
quelque chofe.

Odet Turnebe fut d'abord Avocat
au Parlement de *Paris*, enfuite il
fut pourvû d'une Charge de Premier-
Prefident de la Cour des Monnoyes,
dans laquelle il ne fut pas cependant
reçu, ayant été prévenu de la mort
en 1581. âgé de 28 ans, 8 mois,
& 28 jours fuivant *la Croix du Mai-*
ne. On a quelques Poëfies de fa façon dans le Recueil fur la Puce de
Madame *des Roches* de *Poitiers*, & il
a mis des Epîtres dédicatoires à la

A. Tur-tête de quelques ouvrages de son
NEBE. pere, qu'il a pris soin de publier,
comme on le verra plus bas.

Adrien Turnebe a dédié le troisiéme tome de *Adversaria* de son
pere, à *Christophe de Thou* Premier-
Président du Parlement de *Paris*,
qu'il appelle *Tuthaus*, & a fait
quelques vers Latins & François sur
la mort de son frere *Odet*, qui se
trouvent dans un Recueil publié en
1581. sur cette mort. Il mourut en
1598 comme nous l'apprenons d'u-
ne Lettre de Lipse.

Etienne Turnebe fut reçu Conseiller au Parlement de *Paris* le 16.
Mars 1583.

Turnebe s'est fait autant d'admi-
rateurs qu'il a eu de Lecteurs, & il
est presque le seul critique que l'envie n'ait point déchiré. *Scaliger* dit
qu'il étoit le plus grand homme &
le plus sçavant de son siécle, & *Vossius* en parle de même toutes les
fois qu'il trouve l'occasion de le ci-
ter. *Scioppius* même, le plus satyri-
que de tous les critiques, assure que
son siécle, quelque fertile qu'il soit
en grands hommes, n'en a pas pro-
duit un plus sçavant.

Lambin l'a accufé d'avoir pillé fes A. Tur-
Commentaires fur *Ciceron* : *Muret* nebe.
en a fait de même ; mais il a été plei-
nement juftifié par *Lipfe* de ces ac-
cufations, qui paroiffent venir uniquement d'une fecrete jaloufie, que
fon mérite avoit infpiré à ces deux
Auteurs.

Quant à fa Poëfie, le peu qu'on en a
imprimé a fuffi pour faire dire à *Scaliger*, qu'il étoit laborieux & exact
dans fa compofition, & à M. *de
Sainte Marthe* qu'il y avoit du fu-
blime & de l'efprit dans fes vers.

J'ajoûte enfin ce qu'*Etienne Pafquier* nous apprend dans fes *Recherches* liv. 7. ch. 8. qu'en plufieurs
endroits d'Allemagne, lorfque ceux
qui profeffoient alleguoient *Turnebe
& Cujas*, ils mettoient auffitôt la
main au bonnet, par refpect pour la
mémoire de ces grands hommes.

Catalogue de fes Ouvrages.

*Viri Clar. Adriani Turnebi, Regii
quendam Lutetiæ Profefforis, Opera:
nunc primum ex Bibliotheca Stephani
Adriani F. Turnebi, Senatoris Regii,
in unum collecta, emendata, aucta, &
tributa in tomos III. Argentorati* 1600.

F f iij.

A. Tur-
nebe.

in-fol. Trois tomes qui ne font qu'un petit volume.

Tom. I. pp. 397. Il renferme des commentaires, qui font les suivans.

1. *M. T. Ciceronis pro C. Rabirio perduellionis reo ad Quirites Oratio, & in eandem Commentarius.* Imprimé féparément. *Paris* 1553. *in-40.*

2. *Commentarius in Ciceronis Orationes tres de lege Agraria. Parif.* 1666. *in-40.* Avec une Epître dédicatoire, d'*Odet Turnebe*, fils de l'Auteur, adreffée à *Etienne Pafquier.*

3. *Animadverfiones in Rullianos Petri Rami commentarios. Parif. in-40.* *Turnebe* a donné cet Ouvrage fous le nom de *Leodegarius à Quercu.* Il y attaque le commentaire de *Ramus* fur les Oraifons de *Ciceron de Lege Agraria*, contra *P. Servilium Rullum, Tribunum plebis.*

4. *Commentarius in Ciceronis Academicarum quæftionum librum I. Parif.* 1553. *in-40.*

5. *In Ciceronis de Legibus libros tres Commentarii. Parif.* 1552. *& 557. in -4°.*

6. *Apologia adverfus quorumdam*

calumnias ad librum primum Ciceronis A. TUR-
de Legibus. Pariſ. 1554. *in-*40. *Tur-* _{NEBE.}
nebe ſe défend ici ſur pluſieurs arti-
cles, qu'on avoit cenſurés dans ſon
commentaire.

7. *Explicatio loci Ciceroniani, in
quo tractantur Joci, libro* 2. *de Ora-
tore. Pariſ.* 1555. *in-*40. It. 2a. *Editio
Ibid.* 1594. *in-*80.

8. *Ciceronis liber de fato, & in eundem commentarius. Pariſ.* 1552. *in-*40.

9. *Diſputatio ad librum Ciceronis de
fato, adverſus quemdam, qui non ſolum
Logicus eſſe, verum etiam Dialecticus
haberi vult. Pariſ.* 1556. *in-*40. Cet
Ouvrage eſt contre *Ramus*, qui at-
taquoit *Ciceron* en toute occaſion, &
s'attachoit à le décrier. Celui-ci trouva un défenſeur dans la perſonne
d'*Omer Talon*, qui publia, pour y
répondre à *Turnebe*, un Ouvrage
qu'il intitula : *Audomari Talæi Ad-
monitio ad Adrianum Turnebum. Pariſ.* 1556. *in-*40. Ou plutôt *Ramus*
lui même compoſa cette défenſe
ſous le nom de ſon ami, comme
tout le monde en eſt perſuadé &
comme *Turnebe* le croyoit auſſi. Celui-ci répliqua de même ſous un nom

F f iiij

A. Tur- étranger, dont il s'étoit déja servi

NEBE. auparavant, dans l'ouvrage qui suit.

10. *Leodegarii à Quercu responsio ad Audomari Talæi admonitionem. Paris. Vascosan.* 1556. *in-4o.* On rend ici cet Ouvrage à *Turnebe*, comme à son veritable auteur.

11. *Commentarii & emendationes in libros M. Varronis de lingua Latina. Paris. Wechel* 1556. *in* 80. Avec une Epître dédicatoire d'*Odet Turnebe* au Chancelier *Michel de l'Hospital* datée de cette année. It. Dans quelques éditions de *Varron*.

12. *Commentarius in librum primum Carminum Horatii, nec non Commentarius in locos obscuriores Horatii, ex ejus adversariorum libris excerptus. M. Antonii Mureti & Aldi Manutii in eumdem Horatium Annotationes. Paris.* 1577. *in-*80. *Odet Turnebe*, qui a publié ceci, a mis à la tête un Epitre au Lecteur de sa façon. On a inseré dans le Recueil, dont il s'agit ici, les remarques de *Muret* & de *Manuce*, quoi qu'elles lui soient étrangeres.

13. *C. Plinii Historiæ Naturalis Præfatio emendata, & annotationibus il-*

lustrata. Commelin 1597. *in-*80. *Tur-* A. Tu**R**-
nebe avoue dans son Epître à *Guil-* NEBE.
laumé Pellicier, Evêque de *Mont-*
pellier, qu'il lui étoit redevable de
ces remarques. On a mis ici à la suite. *Leodegarii à Quercu Rhotomagæi*,
in Præfationem C. Plinii secundi race-
matio.

Tom. II. pp. 175. Il contient les
traductions faites par *Turnebe.*

14, *Aristotelis libellus de his quæ*
auditu percipiuntur, ab Adriano Tur-
nebo Latinitate donatus. Paris. 1600.
*in-*80. *Guillaume du Val* a fait entrer
cette traduction dans ses éditions
d'*Aristote.*

16. *Theophrasti libellus de odoribus*,
ab Ad. Turnebo Latinitate donatus,
& scholiis atque annotationibus illus-
tratus. Paris. 1556. *in-*40.

17. *Theophrasti de Lapidibus libel-*
lus ab eodem Latinitate donatus. Paris.
1557. *in-*40.

18. *Theophrasti de Igne libellus*,
Adr. Turnebo Interprete. Ejusdem in
eundem annotatiuncula. Ibid. 1552.
*in-*40.

19. *Theophrasti de Ventis libellus*, ab
eodem Interprete.

20. *Plutarchi de Fato, & convivium
septem sapientum*; *Adr. Turnebo Interprete.* L'Epître dédicatoire d'*Odet
Turnebe* est du 1. Avril 1566.

21. *Plutarchi Commentarius de primo frigido, Latinè*; *Ad. Turnebo Interprete. Parif.* 1552. *in-40.*

22. *Plutarchi de procreatione Animi
in Timæo Platonis, eodem Interprete.
Parif.* 1552. *in-40.*

23. *Plutarchi de Oraculorum de-
fectu liber Latinitate donatus, & Annotationibus quibusdam illustratus. Parif.* 1556. *in-40.*

24. *Plutarchi libellus de Fluviorum
& montium nominibus, & quæ in iis
reperiuntur, è Græco in Latinum ab
Adr. Turnebo conversus.* Cette traduction & les précedentes se trouvent dans une édition des Morales
de *Plutarque* faite à *Geneve* en 1572.
in-80.

25. *Philonis Judæi de vita Mosis libri tres. Ad. Turnebo Interprete. Parif.*
1554. *in-80.*

26. *Demetrii Pepagomeni liber de
Podagra & id genus morbis*; *ad Im-
peratorem Michaëlem Palæologum; Ad.
Turnebo Interprete. Parif.* 1558. *in-80.*

27. *Arriani Periplus Ponti Euxini*; *Adr. Turnebo Interprete.* A. TUR-
NEBE.

28. *Oppiani de Venatione libri quatuor, ita converfi ab Adr. Turnebo,
ut fingula verba fingulis refpondeant.
Parif. 1555. in-4o.* M. Huet affure
dans fon livre *de Claris interpretibus*,
qu'il ne lui manquoit rien de tout ce
qui fait la gloire d'un Interprete ac-
compli, parce qu'il fçavoit les deux
langues en perfection, & qu'il écrivoit avec jufteffe & avec exactitude.
Son ftile eft ferré, concis, & fans
inutilités. Il ne s'écarte jamais de fon
Auteur, & fon difcours eft toujours
d'une grande netteté; accompagné
d'agremens & de beautés naturelles.

29. *M. Tullii Ciceronis Paradoxa
quatuor in Græcam linguam converfa.*

Tomus III. pp. 112. Les petits
ouvrages contenus dans ce tome font
les fuivans.

30. *Libellus de methodo. Parif, 1600.
in-8o.* Avec les deux Ouvrages fuivans.

31. *De calore libellus. Ibid.*

32. *De Vino libellus Ibid.* It. *Cum
Proæmio Joannis Cafelii. Helmftad
1619, in-4o.* It. Avec *Joan. Henr.*

*Meibomii de cervisiis , potibusque &
ebriaminibus extra vinum aliis Commentarius Helmstad.* 1668. *in-4o.*

33. *Oratio habita post J. Tusani
mortem , cum in ejus locum suffectus est.*

34. *Præfatio in Thucydidem.* C'est
un discours qu'il prononça au commencement de ses leçons sur *Thu-
cydide.*

35. *Præfatio in Dionysium Alexan-
drinum.* Autre discours semblable.

36. *Oratio habita cum Philosophiam
profiteri cæpit.*

37. *Præfatio in Timæum Platonis.*

38. *Præfatio in Phædonem Platonis
de Animorum immortalitate. Paris.*
1595. *in-8o.*

39. *Epistola ad Carolum Maximi-
lianum , Francorum Regem.*

40. *Epistola Græca ad Michaëlem
Hospitalium.* Il l'avoit mise à la tête
d'*Æschyli Tragediæ sex , Græcè edita.
Paris.* 1552. *in-8o.*

41. *Epistola Græca ad Aimarum Ran-
conetum.* Tirée d'une édition Grecque de *Sophocle* , qu'il avoit donnée
avec des scholies Grecques à *Paris*
en 1553. in-4o.

42. *Epistola Græca ad Cardinalem*

Lotharingium. Il l'avoit mife devant A. TUR-
une édition Grecque de *Philon*, qu'il NEBE.
publia à *Paris* en 1552. *in-fol.*

43. *Epiftola Græca ad Lancilotum
Carlum, Epifcopum.* C'eft l'Epitre dédicatoire de fon Edition Grecque de
Synefius, qui parut à *Paris* en 1553.
in-fol.

44. *Epiftola Græca ad Nicolaum
Mallarium Theologum.* A la tête de
*S. Clementis Romani de geftis S. Pe-
tri Epitome, Græcè & Latinè. Parif.
1555. in-40.*

45. *Epiftola Græca ad Joachimum
Camerarium.*

46. *Poëmata. Paris* 1580. *in-8o.* Ils
avoient déja paru du moins en partie
dans *Leodegarii à QuercuFarrago Poë-
matum.Parif.* 1560. *in-16* It. A la fuite
des Poëfies de *Bucanan* dans une édition de l'an 1568. *in-8o. Gruter* les a
auffi inférés dans les *Deliciæ Poëtarum Gallorum.* Il en a paru féparément
quelques piéces, dont il faut faire ici
une mention particuliere.

47. *Panegyricus de Califio capto.
Parif.* 1558. *in-8o.* pp. 23. It. Dans
le 3e. volume de *Schardii fcriptores
rerum Germanicarum.*

A. Tur-
nebe.

48. *Epithalamium Francisci Valesii,
Franciæ Delphini, & Mariæ Stuartæ
Scotorum Reginæ. Parif. 1558. in-8o.*

49. *De nova captandæ utilitatis e Litteris ratione Epistola ad Leoquernum.
Parif.* 1559. *in-8o.* en vers.

Cette piéce, qui a été traduite en
vers François par *Joachim du Bellay*,
& se trouve dans le Recueil de ses œuvres sous le titre de *Nouvelle maniere
de faire son profit des Lettres*, est une
satyre contre *Pierre Paschal*, pauvre
Auteur de ce temps là, qui promettoit bien des chofes, & n'en a publié
que fort peu.

50 *Ad Michaëlem Hospitalem Epistola
de Minimorum Judicum Jurisdictione
tollenda. Parif.* 1560. *in-8o.* en vers.

51. *Ad Sotericum gratis docentem.*
C'est une satyre contre les Jésuites en
72 vers, qu'*Etienne Pasquier* traduisit
en autant de François, & publia sous
ce titre. *Contre le Soterique enseignant
gratis. Paris in-4o.* Turnebe, qui, à
l'exemple des autres Professeurs de
l'Université de *Paris*, regardoit les
Jésuites comme des concurrens incommodes, d'autant plus redoutables
qu'ils s'offroient à enseigner gratui-

tement, fit contre eux cette satyre, A. Tur- qu'il adressa au *Sotericus*, nom tiré NEBE, de *Soter*, synonime Grec de l'Hébreu *Jesus*, pour donner à entendre que *Sotericus* est le même que *Jesuita*.

52. *Francisci Duareni funebre Carmen.* Dans un Recueil publié par *Louis Russard* sous ce titre : *Adriani Turnebi, Joannis Aurati, & Doctorum aliquot Virorum Epitaphia in Franc. Duarenum, Jurisconsultorum hujus memoriæ facile principem.* Parif. 1559. in-4°.

53. *Joachimi Bellaii, Andini Poëte, Tumulus.* A la suite de ses œuvres.

Le Recueil des œuvres de *Turnebe* est terminé par diverses piéces faites sur sa mort. Il ne faut pas les oublier ici.

Epistola quæ vere exponit obitum Adriani Turnebi, Regii Professoris. Adjecta sunt nonnulla Epitaphia in memoriam tanti viri ab amicis piis, iisdemque doctissimis conscripta. Parif. 1565. in-4°. pp. 36. Cette Lettre tend à montrer qu'il est mort dans les sentimens des Protestans.

Oratio funebris de vita & interitu

A. Tur-
NEBE.

Adriani Turnebi; Habita Lutetiæ in Regio Auditorio anno Domini 1565. mense Decembri per Leodegarium à Quercu.

In Adr. Turnebi obitum Nænia, D. Lambino ejus Collega Autore. Paris. 1565. in 4°. pp. 7.

In ejusdem obitum Joannis Passeratii Elegia. Paris. 1565. in-4°. pp. 7.

Il y a encore quelques autres ouvrages qui ne sont point dans le Recueil, dont je viens de parler, entr'autres ses *Adversaria*, qu'il faut joindre aux précedens.

§4. *Adriani Turnebi Adversariorum Tomus 1. & 2. Libri 24. Paris. in-4°.* le premier en 1564. & le 2e en 1565. Avec une Epître dédicatoire au Chancelier de *l'Hôpital*, datée du 15. Juillet 1564. *Tomus tertius libros sex continens. Paris.1573. in-fol.* Cette troisième partie a été tirée de ses papiers après sa mort par *Adrien Turnebe* son fils, qui l'a donnée au Public avec une Epître de sa façon à la tête. L'Ouvrage a été depuis réimprimé avec quelques ameliorations sous ce titre. *Adversariorum tomi tres. Autorum loci, qui in his sine certa nota appellabantur, suis locis inserti, auctoribusque suis adscripti*

ſcripti ſunt. Additi ſunt indices tres. Pa- A. Tur-
riſ. 1580. *in-fol.* En un ſeul vol. It. nebe.
Baſilea. 1581. *in-fol.* It. *Argentorati*
1599. *in-fol.* Ce livre a merité l'eſti-
me des Sçavans. En effet l'Auteur y
corrige & y explique tant d'endroits
difficiles de toutes ſortes d'Ecrivains
Grecs & Latins , qu'on ne peut qu'y
admirer ſa ſagacité , & ſon érudition.
Ce qu'il y a de louable en lui , eſt
qu'il ne lui arrive jamais de relever
durement , ni de reprendre les Sçavans , à qui il donne au contraire les
louanges qu'ils méritent, contre l'ordinaire des critiques , qui ſe desho-
norent ſouvent & ſe rendent mépri-
ſables par la maniere dont ils traitent
ceux qui courent la même carriere
qu'eux.

55. *Præfatio Ariſtotelis Librorum
X. de Moribus ad Nicomachum Grecè
& Latinè. Heidelbergæ* 1560. *in-8o.*
Cette édition eſt marquée dans le
catalogue de la Bibliothéque d'Auſ-
bourg.

56. *Gregorii Palamæ Proſopopæiæ;
ſiveOrationes duæ Judiciales, Mentis corpus accuſantis, & corporis ſe defenden-
tis, unà cum Judicum ſententia. Græcè.*

Tome XXXIX. G g

Edente Adr. Turnebo. Parif. 1553.
in-4°.

57. *Commentarii in Quintiliani 12.
libros Inſtitutionum Oratoriarum. Parif.*
1556. *in-4°.* On prétend que ces
commentaires ſont de *Turnebe*, quoi
qu'ils n'en portent point le nom.

58. *Guillelmi Morelii obſervationes in
Ciceronis libros V. de Finibus bonorum
& malorum. Parif.* 1545. *in-4°.* On
aſſure dans le *Pithœana* que ces obſervations ſont de *Turnebe.*

59. *Annotationes in Epiſtolas Ciceronis ad familiares.* Dans l'édition de
ces Epîtres donnée par *Henri Etienne*
en 1577. *in-8°.*

60. *Notæ in Martialis Epigrammata.* Dans l'édition de cet Auteur faite
à *Leyde* en 1619. *in-12.*

61. *Annotationes in Plautum.* Dans
les éditions de cet Auteur faites à
Anvers en 1566. *in-12.* à *Baſle* en
1568. *in-8°.* & en quelques autres.

62. *Notæ in T. Livium.* Dans l'édition de cet Auteur faite à *Francfort*
en 1612. *in-8°.*

63. *Pontis Cæſareani, & Machina-
rum ad Maſſiliam explicatio.* Dans l'é-
dition de Céſar donnée par *Junger-*

man à Francfort en 1606. *in-4o.* Cette A. TURE
explication & les autres dont je viens NEBE,
de parler ci-dessus, sont tirées de ses
Adversaria.

64. *Palmanus Menœus Adriani Tur-*
nebi. Genève 1587. *in-4o.* pp. 11.
Cette pièce de vers avoit été imprimée auparavant à *Basle* aussitôt après
la mort de *Turnebe,* mais on en avoit
tiré peu d'exemplaires, qui d'ailleurs
n'étoient pas exacts. *Le Laboureur* l'a
inséré dans ses notes sur *Castelnau.*
C'est l'éloge de *Poltrot,* qui tua en
1563. le Duc de *Guise.* Il n'est pas
sûr que cet ouvrage soit de *Turnebe,*
quoi qu'on ait mis son nom à la tête, & que le stile soit semblable au
sien. L'omission qui en a été faite dans
le Recueil de ses œuvres, est du moins
un motif d'en douter.

V. Son éloge par *Leger du Chesne.*
Remarques de Menage sur la vie de
Pierre Ayrault. p. 188. *Maittaire,*
Historia Typographorum aliquot Pari-
siensium p. 47. *Les éloges de M. de*
Thou & les additions de Teissier.

G g ij

BERNARDIN BALDI

B.
BALDI.

Bernardin *Baldi* naquit à *Urbin* le 6 Juin 1553. de *François Baldi*, & de *Virginie Montanari*. Son ayeul avoit quitté le nom de *Cantagallina*, famille illustre de *Perouse*, dont il descendoit, pour prendre celui de *Baldi*, qui lui plaisoit davantage.

Il eut pour maîtres dans sa premiere jeuneſſe *Jean-André Palazzi* de *Fano*, & *Jean Antoine Turonei* d'*Urbin*, deux fameux humanistes de ce tems-là, & il fit sous eux de si grands progrès dans les Langues Latine & Grecque, qu'il se trouva capable de traduire en vers Italiens les Phenomenes d'*Aratus*, lorsqu'il n'étoit encore qu'un jeune Ecolier. Cette circonstance auroit dû lui faire trouver place parmi les enfans ſçavans, qu'on ne lui a pas cependant donnée.

Son pere ayant connu par ce coup d'essai ses heureuses dispositions pour les sciences, l'envoya en 1573. à *Padoue*, où il étudia en philosophie, & s'appliqua avec beaucoup d'ardeur

à fe perfectionner dans la Langue Grec- B.
que. Il y lut *Homere* avec *Emma-* Baldi.
nuel Margunius, qui lui expliquoit
les endroits difficiles, & la plûpart
des autres Poëtes Grecs en particulier.

Ayant fait amitié avec quelques
Etrangers qui étudioient à *Padoue*,
il crut qu'il lui étoit honteux de ne
pouvoir les entendre, lorfqu'ils par-
loient leur langue, & fe donna à
l'étude de l'Allemand & du François avec tant d'application, qu'il
apprit ces deux langues en peu de
temps.

La pefte qui affligea la ville de *Pa-*
doue & tout le pays voifin en 1576.
l'ayant obligé de forrir de cette ville,
il fe retira dans fa patrie.

Battiferri qui a fait fon Oraifon funebre & *Scharloncini*, qui a écrit fa
vie, difent qu'à fon retour à *Urbin*,
il s'attacha pendant cinq années à *Fe-*
deric Commandino, dont il apprit
toutes les parties des Mathematiques,
& pour lequel il traça les figures de
fes ouvrages fur *Euclide*, *Papus*, &
Heron; mais ils n'ont pas fait d'attention, non plus que *Bayle*, qui a

fidelement copié le dernier, que *Commandino* étoit mort dès l'an 1575. c'est-à-dire une année avant que *Baldi* retournât à *Urbin*, & qu'ainsi il ne peut avoir été son Maître de Mathématiques, du moins depuis ce temps là : car il est sûr d'ailleurs que *Baldi*, avant que d'aller à *Padoue*, & étant extrêmement jeune, se faisoit un plaisir de l'aller entendre chez lui parler sur les Mathematiques, qu'il aimoit dès-lors, & qu'ainsi il a appris quelque chose de ce sçavant homme, comme il le témoigne dans sa chronique des Mathématiciens.

De retour à *Urbin*, il se donna tout entier aux Mathématiques, qu'il n'avoit fait jusques là qu'effleurer, & s'y rendit très habile : en quoi il fut aidé par *Gui Ubaldo*, Marquis *del Monte*, un des grands Mathématiciens de son temps.

Cette sorte d'étude eut cependant de temps en temps des interruptions. Pour se delasser de ses méditations profondes, il se tournoit quelquefois vers la Poësie, & il composa dans ce temps-là un Poëme Italien sur l'*Art de naviger.*

Ferdinand de Gonzague, *Prince de Molfetta*, & Seigneur de *Guaſtalla*, qui aimoit beaucoup les Mathémati-
ques, ſouhaita l'avoir auprès de lui, & le fit venir à ſa Cour. Pendant qu'il y étoit, *Veſpaſien de Gonzague* Duc de *Sabioneta*, l'engagea à lui expliquer les endroits les plus difficiles de *Vitruve*; & cela lui donna occaſion de compoſer quelques ouvrages ſur cet Auteur.

Ferdinand de Gonzague ayant un voyage à faire en Eſpagne, voulut que *Baldi* l'y accompagnât, tant pour jouir de ſa converſation, que pour s'aider de ſes conſeils. Mais à peine *Baldi* fut-il en chemin, qu'il tomba malade, & ſe vit obligé de s'arrêter à *Milan*, où S. *Charles Borromée* prit un ſoin particulier de lui, & le retint juſqu'à ce qu'il fût parfaitement rétabli.

Revenu en ſanté, il retourna à *Guaſtalla*, & y profita du loiſir que lui laiſſoit l'abſence de *Ferdinand de Gonzague*, pour compoſer quelques ouvrages.

L'Abbaye de *Guaſtalla* ayant vaqué l'an 1586. ce Prince la donna à *Bal-*

di, sans qu'il eût fait aucune démarche pour cela. Il reçut alors l'Ordre de Prêtrise, & s'appliqua tout entier pendant trois ans à l'étude du Droit Canon, des Peres & des Conciles, & à celle des Langues Hebraïque & Chaldaïque.

Je ne sçai quand il a été fait Protonotaire Apostolique; on lui en donne du moins la qualité dans son Oraison funebre.

J'ignore aussi le temps de son séjour à *Rome*, où l'Auteur de sa vie marque que sans s'embarrasser de ce qui se passoit à la Cour du Pape, il se donna entierement à l'étude de la Langue Arabe avec *Jean-Baptiste Raimond.*

Les occupations attachées à la qualité d'Abbé de *Guastalla* qui sont fort considerables, ne l'empêcherent point de composer un grand nombre d'Ouvrages, qui au rapport de *Crescimbeni,* qui les a toutes vûes, vont à près de cent : mais la plûpart sont demeurés en manuscrit. *Marc Velser* en a fait imprimer quelques-uns par amitié pour l'Auteur, & en auroit fait imprimer davantage, si sa mort arrivée

en

en 1614. n'en avoit privé le Public.

Baldi mourut le 12. Octobre 1617. après un gros rume, qui l'avoit tourmenté pendant 40. jours. Il étoit alors âgé de 64 ans. *Crefcimbeni* a mis fa mort le 10. Octobre ; mais il paroît qu'il s'eft trompé au *IV. Idus Octobris* , qui eft marqué dans fa vie.

Il fut enterré avec cette Epitaphe, qui n'eft point exacte.

D. O. M.

Bernardino Baldo , Urbinati , Guaftallæ Abbati , XII. linguarum peritia, Encyclopædia & Euthymia infignito , Principibus quos coluit, Orbi quem defcripfit , æque caro , æque claro , ingenii Monumentis 48. reliĉtis ; ætatis fuæ anno 65. Salutis M. D. XCVII. Heu fublato.

Ex Fratre Nepotes , ex corde amicus P. P.

Il eft dit ici qu'il fçavoit douze langues, *Crefcimbeni* lui donne une connoiffance plus étenduë , puifqu'il affure qu'il en poffedoit feize ; l'Hébraïque , la Chaldaïque , l'Etrufque ; la Grecque , la Latine , l'Arabe , la Perfane , l'Efclavone , la Turque ; l'Allemande , l'Hongroife , l'Efpagno-

le, la Françoise, l'ancienne Proven-
çale, l'ancienne Sicilienne, & l'Italienne.

On marque qu'il avoit composé
48 ouvrages; mais on a vû plus haut
qu'il faut doubler ce nombre.

D'ailleurs il y a dans la date de
sa mort une faute grossiere qui s'est
faite par la faute du Sculpteur, lequel
a transposé deux lettres en mettant
M.D.XCVII. au lieu de M.DCXVII.
Ghilini n'a pas été assez habile pour
appercevoir cette faute, & a écrit
hardiment que *Baldi* étoit mort en
1597.

C'étoit un homme extrêmement
laborieux, qui se levoit à minuit pour
étudier, & qui en mangeant même
lisoit toujours quelque chose.

Il ignoroit l'ambition & la vanité,
& compatissant pour les autres, il
étoit toujours prêt à excuser leurs
fautes.

Il disoit la Messe tous les jours de
Fêtes, jeûnoit deux fois la semaine,
& étoit fort charitable à l'égard des
pauvres.

Il étoit de l'Academie des *Affida-
ti de Pavie*, où il avoit pris le nom

d'*Hileo* , & de celle des *Innominati* **B:**
de *Parme* , où il portoit celui de *Sel-* BALDI.
vaggio.

Il a cultivé toutes fortes de genres
de Litterature , & il a été Philofo-
phe , Mathématicien , Theologien ,
Hiftorien , Orateur , Poëte & Ca-
nonifte. Il avoit commencé en 1603.
un ouvrage très-confiderable ; c'étoit
une defcription du monde également
geographique & hiftorique , qui s'é-
tendoit jufques fur les moindres
Bourgs , dont lesEcrivains modernes
ont fait quelque mention. Il en avoit
amaffé tous les materiaux , lorfqu'il
mourut ; mais il n'en avoit mis en
ordre qu'une partie. Ainfi l'ouvrage
eft demeuré dans les tenebres.

Catalogue de fes Ouvrages.

1°. *La Corona dell'Anno in Vicenza.*
1589. *in*-4o. Ce font 106 fonnets
fur les principales Fêtes de l'année.

2. *Di Herone Aleffandrino de gli
Automati , o vero machine fe moventi
libri due , tradotti dal Greco , da Bern.
Baldi. In Venetia* 1589. *in*-4o. Avec
figures. It. *Nuovamente riftampato. In
Venetia.* 1601. *in*-4o. Feuil. 47. It.
Ibid. 1661. *in*-4o.

H h ij

3. *Versi & prose de M. Bernardino Baldi. In Venetia.* 1590. *in-4°.* Les poësies contenues dans ce Recueil, consistent dans les pieces suivantes.

La Nautica. Poëme en vers non rimés, qu'il presenta à *Ferdinand de Gonzague* en 1585. *Crescimbeni* en fait beaucoup de cas, & croit qu'on peut le comparer aux meilleurs ouvrages de ce genre.

L'Eglogue miste.

Li Sonetti Romani.

Le Rime Varie.

La favola di Leandro e di Museo. Les pieces en prose sont celles-ci.

Dialogo della dignita.

L'Arciero, o vero della felicita del Principe.

La descrittione del Pallazo d'Urbino. Cet Ouvrage a été réimprimé dans un Recueil intitulé : *Memorie concernenti la Citta di Urbino. In Roma* 1724. *in-fol.*

Cento Apologi. Ces Apologues sont peu de chose pour la plûpart : cependant *Crescimbeni* a pris la peine de les mettre en vers, & de les publier sous ce titre : *I cento Apologi di M. Bern. Baldi, portati in versi da Gio. Ma-*

rie de' Crescimbeni, colle moralità di B. *Malatesta Strinati. In Roma* 1702. BALDI. *in* 12.

4. *Concetti Morali. In Parma* 1607. *in* 40.

5. *Scamilli impàres Vitruviàni à Bernardino Baldo nova ratione expli-cati, refutatis priorum Interpretum, Gulielmi Philandri, Danielis Barba-ri, Baptistæ Bertani sententiis. Augu-sta Vind.* 1612. *in* 40. pp. 54. Avec fig. Il s'agit ici de l'explication d'un passage de *Vitruve.*

6. *De Verborum Vitruvianorum sig-nificatione, sive perpetuus in M. Vitru-vium Pollionem commentarius. Auctore* B. *Baldo. Accedit vita Vitruvii, eodem Autore. Aug. Vind.* 1612. *in* 40. pp. 207. Cet ouvrage & le préce-dent ont été insérés dans une édition de *Vitruve* faite à *Amsterdam* chez *Elzevir* en 1649. *in-fol.* Celui-ci y porte le titre de *Lexicon Vitruvia-num.*

7. *Orazione de* B. *Baldi, Ambas-ciadore del Ser. Duca d'Urbino alla Se-renita del Nuovo Duca di Venetia M. Antonio Memmio. In Venetia* 1613. *in* 40. *Memmio* avoit été élu en 1612.

B.
BALDI.

8. *In Tabulam Æneam Eugubinam, lingua Etrusca veteri perscriptam, divinatio. Augustæ Vind.* 1613. *in-4o.*

9. *Heronis Ctesibii Belopoëca, seu Telifactiva, Græcè & Latinè. Interprete & scholiaste Bern. Baldo, qui vitam Heronis addidit. Augustæ Vind.* 1616. *in-4o.* La traduction & les notes de *Baldi* ont été insérées parmi les *Mathematici Veteres. Paris. Typog. Reg.* 1693. *in-fol.*

10. *In Mechanica Aristotelis problemata exercitationes. Adjecta succincta narratio de Autoris vita & scriptis. Moguntiæ* 1621. *in-4o.* pp. 194. La vie qui est à la tête, est de *Fabrice Scharloncini*, qui avoit connu *Baldi*.

11. *La difesa di Procopio contro le calumnie di Flavio Biondo, con alcune considerationi intorno al luogo, ove segui la giornata tra Totila e Narsete. In Urbino* 1627. *in-4o.*

12. *Encomio della Patria de M. Bernardino Baldi, da Urbino. In Urbino* 1706. *in-8o.* pp. 138. It. A la tête d'un Recueil intitulé : *Memorie concernenti la citta di Urbino. In Roma* 1724. *in-fol.*

13. *Cronica de Matematici, o vero*

Epitome dell' Iſtoria delle vite loro. B.
In Urbino. 1707. *in*-40. pp. 156.BALDI;
Ce n'eſt qu'un petit abregé d'un
grand Ouvrage, auquel *Baldi* a travaillé pendant douze ans, & qui
contient les vies de tous les Mathématiciens tant anciens que nouveaux.

14. *Epiſtola de Aſſe ſive pondere
Etruſco.* Elle ſe trouve dans le pre-
mier livre ch. 7. de l'ouvrage de
Juſte Fontanini, *de Antiquitatibus
Hortæ. Romæ* 1708. *in*-40.

15. *Vita de Federico Commandino.*
Inſerée dans le 19ᵉ. vol. du Journal
de *Veniſe* p. 140. Elle eſt fort bien
faite, ſçavante & curieuſe.

V. *Oratione funebre in lode de M.
Bernardino Baldi, di Marc' Antonio
Vergilii Batti ferri in Urbino* 1617.
in-4°. pp. 27. Il y a quelques particularités parmi bien du verbiage. *De
vita & ſcriptis Bern. Baldi, ex litteris Fabricii Scharloncini.* A la tête des
*Exercitationes in Mechanica Ariſtote-
lis problemata.* Elle eſt aſſez particula-
riſée & remplie de dates. *Jani Nicii
Erythræi Pinacotheca. I. Ghilini Teatro d'Huomini Letterati.* tom. 2. p. 43.
Creſcimbeni Commentarii intorno all'

H h iiij

B.
BALDI.

historia della volgar Poësia. Chacun de ces Auteurs renferme des particularités qui ne sont point dans les autres. Le dernier promettoit une vie fort ample de *Baldi*, mais elle n'a point paru. *Colomesii Italia Orientalis.* p. 169. *Bayle*, *Dictionnaire*. *Baldus redivivus, sive clarissimi Viri Bernardini Baldi vita, ab Isidoro Grassi Presbytero Augustiniano Parmensi exarata, cum censura chronologica de Baldi Epigrapho, & recensione operum Auctoris, & Virorum illustrium judiciis, elogiis, & testimoniis, quæque inveniri potuerunt. Paris.* 1717. *in-8o.* pp. 55.

CHARLES DE LA SAUSSAYE.

C. DE LA
SAUSSAYE

Charles de la Saussaye naquit à Orleans l'an 1565. d'Olivier de la Saussaye, neveu de *Mathurin de la Saussaye*, Evêque de cette ville, & de *Madeleine Alléaume*.

Il perdit son pere à l'âge de deux ans ; mais sa mere prit un soin particulier de son éducation, & l'envoya à l'âge de 14 ans à *Paris*, pour y faire ses études.

Après fa Philofophie, il fe donna
à la Jurifprudence, pour fatisfaire
aux defirs de fes parens, qui vouloient le mettre dans la Robbe, &
fe fit recevoir Docteur en Droit civil & canonique.

Quelque temps après on lui acheta une Charge de Confeiller au Grand
Confeil, pour le fixer dans un état,
pour lequel il ne paroiffoit pas avoir
beaucoup d'inclination.

On l'engagea auffi à faire un voyage
en Italie, pour le diftraire du deffein
qu'il paroiffoit avoir d'embraffer l'é-
tat Ecclefiaftique. Il partit au mois
de Mars de l'an 1586. & employa
trois ans & demi à ce voyage.

A fon retour à *Orleans*, il fe mon-
tra entierement déterminé à prendre
le parti de l'Eglife, & vint à *Paris*
pour y étudier en Theologie, &
prendre des dégrés en Sorbonne. Il
y reçut le bonnet de Docteur, après
avoir été ordonné Prêtre par M. *de
l'Aubefpine*, Evêque d'*Orleans*.

Il fe donna depuis avec ardeur aux
fonctions Ecclefiaftiques, & principalement à la Prédication ; & l'Auteur de fa vie dit qu'il prêcha dix-

C. DE LA
SAUSSAYE

C. DE LA huit Avens & autant de Carêmes à
SAUSSAYE *Paris*, à *Orleans*, à *Reims*, à *Amiens*,
à *Beauvais*, à *Bourges* & dans d'au-
tres grandes villes, avec beaucoup
de succès.

Le Curé de *S. Pierre en Sentelle* à
Orleans, nommé *Mouton*, qui lui
avoit enseigné les premiers élemens
de la langue Latine, & qui connoif-
soit sa capacité & son mérite, se
voyant attaqué de la maladie dont il
mourut, jetta les yeux sur lui pour
être son successeur, & employa l'autorité de l'Evêque d'*Orleans*, pour
l'engager à se charger de cete dignité.

La Saussaye ne songeoit qu'à en
remplir les fonctions, lorsqu'un de
ses freres uterins, qui étoit Chanoine de la Cathédrale d'*Orleans*, s'é-
tant retiré dans la Chartreuse de
Bourgfontaine, lui resigna sa Prebende.
Il fut plus de deux ans à se resoudre
à l'accepter; mais s'y étant enfin déterminé, l'Evêque d'*Orleans* y ajoûta la dignité de Scholastique & de
Chancelier de l'Université.

Deux ans après, c'est-à-dire le 10.
Août 1598. le Chapitre l'élut Doyen;
dignité qu'il conserva jusqu'en 1614.

qu'il accepta la Cure de *S. Jacques de* C. DE LA
la Boucherie de *Paris*, qui lui fut SAUSSAYE
offerte, & dans laquelle il croyoit
avoir plus d'occafion de travailler.

Sur la fin de fa vie, M. le Cardinal *de Retz* le nomma Chanoine de
l'Eglife de *Paris* : ce qui ne l'empêcha pas de conferver toujours fa
Cure.

Il mourut le 21. Septembre 1621.
âgé de 56 ans dans fa Maifon du
Cloître de Nôtre-Dame, & après
que fes obfeques eurent été faites
dans l'Eglife Cathedrale, on le porta en l'Eglife de *S. Jacques*, où il
fut enterré dans la Chapelle de *S.*
Charles.

Le feul Ouvrage qu'on ait de lui,
eft le fuivant.

Annales Ecclefiæ Aurelianenfis, facu-
lis & libris fexdecim. Addito tractatu
accuratiffimo de veritate Tranflationis
Corporis S. Benedicti ex Italia in Gal-
lias ad Monafterium Floriacenfe Diœ-
cefis Aurelianenfis. Auctore Carolo
Sauffeyo, Aureliano, S. Theologiæ &
J. V. Doctore, Socio Sorbonico, Deca-
no Ecclefiæ Aurelianenfis. Parif. 1615.
*in-*4°. pp. 842. Le traité fur le corps

C. DE LA
SAUSSAYE de *S. Benoist*, marqué dans ce titre, se trouve à la p. 153. de l'Histoire sous le titre de *Gloria Floriacensis Canobii*. On voit à la fin du Livre les piéces suivantes. *Vita S. Gregorii Archiepiscopi Nicopolis in Armenia, Eremitæ in Pago Aurelianensi. p. 747. Martyrium SS. Agoardi & Gliberti, seu Agliberti, ex Manuscriptis Ecclesia Parœchialis Cristoliensis, Diœcesis Parisiensis. p. 771. Notitia Beneficiorum Diœcesis Aurelianensis. p. 779.*

V. *Abregé de la vie & de la mort de Messire Charles de la Saussaye, Docteur en Theologie, Chanoine de l'Eglise de Paris, & Curé de S. Jacques de la Boucherie. Par le sieur de la Saullaye. Paris* 1622. *in-*12. pp. 120.

ALBERT PIGHIUS.

A.
PIGHIUS.
Albert Pighius naquit à *Campen* dans l'*Over-Issel*, d'une bonne famille. Il fit une partie de ses études à *Louvain*, & y reçut le dégré de Maître-ès-Arts l'an 1509.

Il s'appliqua ensuite à la Théologie, en laquelle il fut reçu Docteur

à *Cologne.* L'application avec laquelle
il s'y donna, ne l'empêcha point de PIGHIUS,
cultiver les Mathématiques, pour
leſquelles il avoit une inclination
particuliere, & ſur leſquelles il publia d'abord quelques Ouvrages. Il y
renonça cependant dans la ſuite, pour
s'occuper uniquement de la contro-
verſe.

Sa laideur, qui étoit ſi extraordinaire, que *Paul Jove* aſſure que la nature s'étoit jouée de lui, en cou-
vrant d'un viſage affreux le ſçavoir &
l'éloquence dont elle l'avoit orné,
& ſa voix déſagreable, ne l'empêcherent point de ſe faire connoître
dans le monde d'une maniere avan-
tageuſe. La réputation qu'il acquit
alors s'étendit juſqu'à *Rome*, où le
Pape *Adrien VI.* le fit venir en 1522.
ou au commencement de l'année ſuivante 1523. Ce Pontife devoit déja
le connoître, ſi ce que dit *Valere André* eſt vrai, qu'il l'avoit auparavant
accompagné dans ſon voyage d'Eſpagne.

Clement VII. & *Paul III.* ſes ſuc-
ceſſeurs l'appellerent depuis pluſieurs
fois à *Rome*, & le chargerent de dif-

A.
PIGHIUS.

ferentes négotiations importantes pour le bien de la Religion, tant en Allemagne qu'en d'autres endroits. Ceux qui ont dit que depuis son premier voyage en cette ville, il y fit sa demeure ordinaire, se sont trompés; car il est sûr qu'il fut plusieurs années Curé de *S. Nicolas* de *Campen*, comme *Lindeborn* nous l'apprend dans son Histoire de l'Evêché de *Deventer*, & qu'il ne se démit de ce Benefice qu'en 1539.

Quatre ans auparavant, c'est-à-dire, en 1535. le Pape *Paul III.* lui avoit donné la Prevôté de *S. Jean* d'*Utrecht*, & avoit accompagné sa nomination d'un present de deux mille ducats. Il se retira en cette ville en 1539. & y passa le reste de ses jours.

Il y mourut le 29. Decembre 1542. & fut enterré dans l'Eglise de *S. Jean*, dont il étoit Prevôt.

Valere André, *Aubert le Mire*, & d'autres disent qu'il étoit alors vieux, *obiit senex*; mais ils se trompent. *Jean Gunther* en parle plus justement, lorsqu'il dit qu'il étoit encore dans la force de son âge, *ubi needum justam excessisset ut ætatem. Jove* dit de

même *obiit nondum senex* En effet il
ne devoit avoir gueres que 20 ans,
lorfqu'il fut fait Maître-ès-Arts en
1509. Ainfi il ne paffoit pas de beaucoup fa cinquantiéme année, lorfqu'il mourut.

Je ne fçai pourquoi *Valere André*
met fa mort le 26. Decembre ; c'eft
fûrement une faute d'inadvertance,
car tous ceux qui parlent de lui la
placent au 29. de ce mois.

Il penfa perir par un accident qui
lui arriva à *Boulogne* en 1530, lorfque
Charles-Quint y paffa après fon Couronnement. Une partie d'un pont de
bois, fur lequel il paffoit avec une
grande foule de peuple, étant tombé dans l'eau, il y tomba avec les
autres ; mais il n'en eut point de
mal.

Il avoit beaucoup de lecture &
d'érudition, mais il n'avoit pas le
difcernement jufte. Il étoit affez har-
di dans les queftions qui ne regar-
doient point les interêts de la Cour
de *Rome*. Mais dans celles-ci il étoit
entierement prévenu pour les fenti-
mens les plus infoutenables, & de
tous les Auteurs, qui ont écrit fur

A.
PIGHIUS.

ces matieres, il n'y en a point qui ait
poussé les choses si loin & qui ait
plus donné au Pape que lui. Il soutient que les Empereurs & les Rois
dependent du Pape pour le tempo-
rel, que c'est de lui qu'ils tiennent
leur autorité, & qu'il les en peut
priver. Il prétend que les Conciles
n'ont d'autre pouvoir que celui de
consulter & d'exécuter, & que c'est
au Pape à décider souverainement &
infailliblement; que les Conciles ge-
neraux, qu'il veut être de l'invention
de l'Empereur *Constantin*, doivent
toute leur autorité à celle du Pape,
& dependent entierement de lui dans
leurs décisions; que le Pape ne peut
être déposé par l'Eglise pour quelque
cause que ce soit, quand même il
seroit incorrigible & scandaliseroit
l'Eglise, qu'il ne peut même jamais
devenir héretique, & qu'il n'y a aucun cas où l'on puisse assembler de
Concile general sans son consente-
ment.

Ses sentimens sur la predestination
& la grace sont fort opposés à ceux
de S. Augustin & de S. *Thomas*. Il
s'est aussi éloigné du sentiment com-

mun des Théologiens, en niant que
les hommes foient juftifiés par une PIGHIUS.
grace habituelle, & il s'exprime d'u-
ne maniére extraordinaire en difant
que notre juftification a deux caufes,
la juftice inherante, & la juftice de
Jefus-Chrift imputée. Enfin ce qu'il
avance auffi bien que *Catharin*, que
le péché originel dans les enfans n'eft
rien autre chofe que le péché actuel
d'*Adam*, qui leur eft imputé, & qu'il
n'y a point en eux, à proprement
parler, de tache de péché qui foit
inherante, n'eft pas moins oppofé
à la doctrine commune des Théologiens.

Au refte fon ftile n'eft pas à beaucoup près fi pur ni fi élegant que
celui de *Sadolet*, & des autres Cice-
roniens de fon temps, mais il n'eft
pas auffi barbare que celui des Scho-
laftiques & des Controverfiftes.
C'eft le jugement que *Du Pin* porte
de cet Auteur.

Catalogue de fes Ouvrages.
1. *Alberti Pighii, Campenfis, Philofophi, Mathematici ac Théologiæ
Baccalaurei formati, adverfus Prognof-
catorum vulgus, qui annuas prædictiones*

A.
Pighius.

edunt & se *Astrologos mentiuntur*, *Astrologiæ defensio*. *Paris*. Henric. Stephanus 1518. *in*-40.

2. *De Æquinoxiorum Solstitiorumque inventione*, *nec non de ratione Paschalis celebrationis & de restitutione Ecclesiastici Kalendarii*. *Paris. in-fol.* L'Epître dédicatoire au Pape *Leon X.* est datée de l'an 1520. On y apprend, que ce Pape avoit chargé quatre ans auparavant l'Université de *Louvain* d'examiner ce que l'on pourroit faire pour corriger le Calendrier, & qu'étudiant alors en Théologie dans cette ville, il en avoit pris occasion d'écrire sur cette matiere.

3. *Adversus novam Marci Beneventani Astronomiam*, *quæ positionem Alphonsinam ac recentiorum omnium de motu octavi Orbis depravavit*, *Apologia, in qua Alphonsina positio demonstratur*. *Paris. Simon Colinæus* 1522. *in*-40.

4. *Apologia indicti à Paulo III. Concilii adversus Lutheranæ Confederationis rationes*. *Paris.* 1538. *in*-80.

5. *Controversiarum præcipuarum in Comitiis Ratisponensibus tractatarum, & quibus nunc potissimum exagitatur*

Christi fides & Religio, diligens & lucu-   A.
lenta explicatio. Parif. 1542. *in-8o.* PIGHIUS.
Feuill. 292. L'Epître eſt datée de *Colo-*
gne le 5. Janvier de cette année. *It. Co-*
loniæ 1542. *in-fol.* It. ſous cet autre titre : *Explicationes Catholicæ præcipua-*
rum controverſiarum, quibus nunc potiſſi-
mum Chriſtiana fides & Religio exa-
gitantur. Acceſſit Apologia adverſus
M. Buceri calumnias. Parif. 1586.
in-8o.

6. *Apologia Alberti Pighii adverſus*
Martini Buceri calumnias, quas & ſo-
lidis argumentis & clariſſimis rationi-
bus confutat. Moguntiæ 1543. *in-4o.*
It. *Parif.* 1543. *in-8o.* Feuill. 75.
On trouve à la tête la vie de *Pighius*
par *Jean Gunther.* It. Avec l'ouvrage précedent. *Parif.* 1586. *in-8o.*

7. *De libero hominis Arbitrio & di-*
vina Gratia libri X. adverſus Luthe-
rum, Calvinum & alios.Coloniæ 1542.
in-fol.

8. *Ratio componendorum diſſidiorum*
& ſarciendæ in Religione concordiæ.
Coloniæ 1542. *in-4o.*

9. *Hierarchiæ Eccleſiaſticæ Aſſertio.*
Coloniæ 1544. *in-fol.* C'eſt ſon plus
conſiderable ouvrage , qui eſt dédié

I i ij

A.
PIGHIUS.

au Pape *Paul III.* & partagé en six livres. It. *Ibid.* 1572. *in-fol.*

10. On a trois lettres de lui dans les *Epistolæ Clarorum virorum* données par *Abbes Gabbema. Harlingæ* 1669. *in-8°.* pp. 31. 33. 177. Les deux premieres sont de l'an 1540. & la troisiéme de 1542. Elles sont toutes datées d'*Utrecht* & roulent sur l'impression de ses ouvrages.

V. *Pauli Jovii Elogia n°.* 105. *Auberti Miræi Bibliotheca Ecclesiastica. Ejusdem Elogia Belgica. Francisci Sweertii Athenæ Belgica. Valerii Andreæ Bibliotheca Belgica. Vita Alb. Pighij per Joannem Guntherum.* A la tête de son *Apologie contre Burcer. Bayle, Dictionnaire. Bullart, Academie des Sciences.* tom. 2. p. 13.

LANCELOT DU VOESIN
DE LA POPELINIERE.

L. V. DE
LA POPE-
LINIERE.

Lancelot du Voesin, ou *du Voisin,* sieur de la *Popeliniere* ne nous est gueres connu que par ses ouvrages. Il étoit né apparemment à *la Popeliniere,* quoique *la Croix du Mai-*

ne nous diſe ſeulement qu'il étoit né dans la *Guyenne.*

Il fut d'abord deſtiné aux Lettres , mais ayant perdu ſon pere , & peu après le ſeul frere qu'il eut , il prit à ſon exemple le parti des Armes.

Il les porta long-temps dans les Guerres civiles pour le parti des Huguenots dont il ſuivoit la créance; & l'hiſtoire marque qu'en 1574. il s'empara de *Tonnay-Boutonne* , petite ville de Xaintonge.

Le ſervice ne l'empêcha pas de cultiver les Lettres , & de compoſer divers ouvrages. L'hiſtoire eut principalement un charme particulier pour lui, & tout ce que nous avons de lui ſe rapporte là. Mais en voulant s'y ménager entre les Catholiques & les Huguenots, il mécontenta les uns & les autres ; & il penſa lui en couter la vie , ayant reçu à *la Rochelle* un coup d'épée au travers du corps pour quelques verités qui lui étoient échapées en faveur des Catholiques.

Il embraſſa la Religion catholique ſur la fin de ſa vie & mourut à *Paris* en 1608. de neceſſité & de miſere ,

L. V. DE comme nous l'apprenons des Memoi-
LA POPE- res de M. *de l'Etoille.*
LINIERE. Il avoit épousé *Marie Bobineau*,
veuve de *Martin Prevost*, Ecuyer,
qui lui avoit laissé une rente, pour
laquelle il eut un procès, c'est ce que
j'ai appris d'un Factum composé en
faveur de cette Femme.

Catalogue de ses Ouvrages.

1 *Les entreprises & ruses de guerre,
& des fautes qui par fois surviennent
ès progrès & exécution d'icelles, ou le
vrai portrait d'un parfait General
d'Armée, le tout divisé en cinq livres;
avec les sommaires sur chacune entre-
prise traduit de l'Italien de Bernardin
Roque de Plaisance. Paris, Nicolas
Chesneau* 1571. *in-*4°.

2. *La vraye & entiere histoire des
troubles & choses mémorables, avenues
tant en France qu'en Flandres & Pays
circonvoisins depuis l'an* 1562. *comprise
en* 14 *livres, les trois premiers & derniers desquels sont nouveaux, les autres
revûs, enrichis & augmentés de plusieurs choses notables, avec les considerations sur les Guerres civiles des François. Cologne* 1571. *in-*8°. It. *Basle*
1572. *in-*8°. Feuill. 481. *sans une*

longue table. Cette hiſtoire finit en L. V. DE
1570. *Jean le Frere de Laval* l'a LA POPE-
depuis corrigée & augmentée, & a LINIERE.
publié le tout ſous ſon nom, avec
un titre preſque tout ſemblable, à
Paris l'an 1584. en 2. vol. *in-8o.*
C'eſt dequoi *la Popeliniere* s'eſt plaint
vivement dans la Preface de ſon *Hiſ-*
toire de France.

3. *L'hiſtoire de France enrichie des*
plus notables occurrences ſurvenues ès
Provinces de l'Europe & pays voiſins,
ſoit en paix, ſoit en guerre, tant pour
le fait ſéculier qu'Eccleſiaſtique, depuis
l'an 1550. *juſques à ces temps.* De l'Imprimerie d'*Abraham* H. 1581. *in-fol.*
deux vol. It. *Paris* 1582. *in-8o* quatre volumes. Cette hiſtoire a été d'a-
bord imprimée à *la Rochelle* par *Fran-*
çois Haultin. Elle eſt diviſée en 45. livres & ne contient que l'hiſtoire de
27 années. *La Popeliniere* n'y a pas
mis ſon nom, non plus qu'à l'ouvrage précedent, qui ſe trouve inſeré ici.

„ J'ai été tout-à-fait ſurpris, dit
Varillas dans l'avertiſſement du tome
5e. de ſon *Hiſtoire des Revolutions,*
„ de voir que *la Popeliniere* avoit in-

L. V. DE „feré prefque toutes entieres les
LA POPE- „Hiftoires du Prefident *de la Pla-*
LINIERE. „*ce* , & du fieur *de la Planche* dans
„la fienne , fans avoir fait aucune
„mention de ces deux Calviniftes
„en qualité d'Auteurs ; & mon éton-
„nement s'eft augmenté , lorfque
„j'ai trouvé que *la Popeliniere* parle
„avantageufement en plus d'un lieu
„du Prefident *de la Place*, fans ajoû-
„ter , qu'il lui étoit redevable de
„ce qu'il y a de plus curieux dans
„le commencement de fon Hiftoire.

Le P. *Daniel* au tome 3ᵉ. de fon
Hiftoire de France , col. 1104. après
avoir parlé de la prife de *Tonnay-*
Boutonne par *la Popeliniere* , ajoûte :
„c'eft ce Gentilhomme dont nous
„avons une ample hiftoire de ce
„temps-là , fort mal écrite pour le
„ftile, mais remplie d'un grand nom-
„bre d'excellens Mémoires, où il par-
„le en homme d'Etat & en homme
„de Guerre, & comme ayant eu bon-
„ne part aux négociations & à l'e-
„xécution. La modération & le dé-
„tail avec lequel il écrit, le fait regar-
„der comme l'Hiftorien le plus di-
„gne de foi de tous ceux du parti Hu-
guenot

guenot, qui nous ont rendu compte L. V. DE
de ces Guerres civiles. LA POPE-
LINERE.

4. *Les Trois Mondes. Paris. Pierre*
l'Huillier 1582. *in*-40. On trouve ici
diverſes choſes ſur l'Europe, l'Aſie
& l'Afrique.

5. *L'Amiral de France, & par oc-*
caſion de celui des autres nations, tant
vieilles que nouvelles. Paris 1584. *in-*
40. *Feuill.* 92.

6. *L'Hiſtoire des Hiſtoires avec l'i-*
dée de l'hiſtoire accomplie. Plus le deſ-
ſein de l'Hiſtoire nouvelle des François,
& pour Avant-jeu, la refutation de la
deſcente des fugitifs de Troyes aux
Palus Meotides, Italie, Germanie, Gau-
les & autres pays, pour y dreſſer les plus
beaux Etats qui ſoient en l'Europe, &
entr'autres le Royaume des François.
Paris 1599. *in*-80. pp. 495. pour
l'*Hiſtoire des Hiſtoires*, qui eſt diviſée
en neuf livres, & pp. 456. pour
l'*Idée de l'Hiſtoire accomplie* en trois
livres, & le deſſein de *l'Hiſtoire nou-*
velle des François en deux.

7. *Hiſtoire de la conquête des Pays*
de Breſſe & de Savoye par le Roy très-
Chrétien. Paris. 1601. *in*-80 *Feuill.* 67.
It. *Lyon* 1601. *in*-80. *Feuill.* 75.

Tome XXXIX. K k

*V. La Preface de son Histoire de
France. Les Bibliotheques Françoises
de la Croix du Maine & de du Verdier. Les Mémoires de l'Estoile sur l'an
1608.*

JEAN LYSERUS.

JEan Lyerus naquit en Saxe, de
la celebre famille des *Lyserus*,
qui s'est distingué particulierement
parmi les Lutheriens, & il parut d'a-
bord marcher sur les traces de ceux
de son nom, jusques-là même qu'il
fut honoré dans sa jeunesse d'un emploi Ecclesiastique considerable dans
son pays.

Mais s'étant coëffé, je ne sçai comment de cette opinion, *que non-seu-
lement la Polygamie est permise, mais
aussi qu'elle est commandée en certain
cas*, il quitta son poste, & se mit à la
suite d'un Comte Suedois, qui lui
avoit inspiré, à ce que l'on dit, les
premieres semences de cette doctrine.
Quoiqu'il en soit, une pension que
ce Comte lui donna, l'anima à la bien
défendre.

Après la mort de cet homme, il se
mit à voyager en Allemagne, en Da-

nemarc, en Suede, en Angleterre, J. Lyse-
en France & en Italie, avec affez d'in- rus
commodités, trouvant néanmoins
des Patrons & des penfions fecretes
en certains lieux.

Etant en 1677. à *Guftrovv* dans le
Duché de Mexelbourg, & y ayant
répandu, comme il faifoit par-tout,
fes erreurs fur la Polygamie, il fut
obligé de paroître devant le Magif-
trat, qui après des réprimandes, lui
ordonna de fortir de cette ville ; ce
qu'il fit au milieu des huées de la po-
pulace, qui le reconduifit à coups de
pierres.

Il paffa de là dans le Duché de *Bre-
me*, & s'arrêta à *Staden*, où il fut maltraité par les femmes, à qui fes fen-
timens le rendoient odieux, & où
il entra en difpute avec *Jean Diecmann*, Recteur de l'Ecole de cette
ville, qui refuta fes erreurs.

Continuant fes voyages il fe rendit
en Danemarc, où il fervit quelque
temps en qualité de Miniftre d'Armée. Mais il trouva à *Copenhague*, en
la perfonne de *Gautier Sluter*, un ad-
verfaire, qui le combattit vigoureu-
fement : fon livre de la Polygamie fut

K k ij

J. Lyse-
RUS.

condamné par un Arrêt de *Christien V.* Roy de Danemarc, & il fut lui même banni de tous les Etats de ce Prince.

On fit plus à *Stockolm* où il alla en-suite ; car il y fut accusé en justice, & puni d'une maniere ignominieuse.

Après avoir visité l'Italie il vint en 1682. à *Paris*, où il alla trouver M. *Masius*, Ministre de l'Envoyé de la Cour de Danemarc à la Cour de France, se plaignant de sa misere, & lui demandant quelque assistance, sans lui parler de sa condition ni de son nom.

Etant tombé malade quelques mois après, il le fit prier de l'aller voir promptement. M. *Masius* y alla, & le trouva malade également de corps & d'esprit. Il paroissoit plus inquiet pour son ame que pour sa vie ; car il souhaita confesser ses péchés & com-munier ; cependant il remit l'affaire au jour suivant. Le Ministre ne voulut rien faire, qu'il ne sçût auparavant qui il étoit. *Lyserus* après bien des raisons qui l'engageoient à ne se pas faire connoître, dit enfin qu'il étoit un Ec-clesiastique du Pays de Saxe, qui avoit

eû le malheur d'en être éxilé , & fe J. Lyse-
donna un faux nom.   rus.

Etant un peu guéri il s'en alla à pied
à *Verfailles*, pour y voir quelques Patrons qu'il avoit eu autrefois à la
Cour , efperant obtenir par leur
moyen dequoi vivre. Du moins il ef-
peroit gagner quelque chofe par le
jeu des Echecs, qu'il entendoit, à ce
qu'on dit, mieux qu'homme du monde & d'une maniere étonnante. Il fe
trompa , fes anciens amis l'abandon-
nerent , & fe moquerent de lui.

Se trouvant malade & dépourvû de
toutes chofes , il voulut regagner *Paris* à pied , mais les forces lui man-
querent en chemin, & fon mal s'augmenta de telle forte qu'il ne put achever fon voyage. On le porta dans une
maifon voifine, où il rendit l'ame peu
de temps après en 1684.

C'étoit dit M. *Mafius*, dans une Let-
tré du 3 1. Octobre de cette année,
qui fe trouve dans les *Nouvelles de
la Republique des Lettres* du mois
d'Avril 1685. un petit homme un
peu boffu , mais plus par habitude
& par maladie , que par défaut naturel. Il étoit auffi beaucoup plus

K k iij

J. LYSE-
RUS.

caſſé à cauſe des fatigues de ſes voyages & de ſes maladies, que de vieil-
leſſe. Il étoit tout-à-fait menu & mai-
gre, fort abattu, preſque toujours
rêveur, inquiet & inconſtant dans ſes
diſcours ; en un mot il étoit bâti de
telle ſorte, qu'il ne paroiſſoit pas un
ſujet dont on pût faire le mari d'une
ſeule femme, tant s'en faut qu'il lui
en fallût pluſieurs. Il n'a même jamais été marié.

Le ſeul ouvrage qu'on ait de lui
roule ſur ſon ſiſtême de la Polygamie.
*Polygamia Triomphatrix, id eſt, diſ-
curſus Politicus de Polygamia. Autore
Theophilo Alethæo. Friburgi apud Henr.
Cunrath.* 1674. *in-*12. pp. 96. Cette
édition s'eſt faite à *Amſterdam.* It.
*Cum notis Athanaſii Vincentii. Lon-
dini Scanorum.* 1682. *in-*40. pp. 565. ſans
une addition *Athanaſius Vincentius*
n'eſt autre que *Lyſerus*, qui s'étoit
d'abord caché ſous le nom de *Theophi-
lus Alethæus.* Les notes ſurpaſſent de
beaucoup le texte, qui avoit été d'a-
bord imprimé ſeul. L'Auteur avoit
auparavant donné quelques eſſais ſur
cette matiere en Allemand.

Differens Auteurs ſe ſont propoſés

de refuter l'ouvrage de *Lyserus* ; tels
font les suivans.

Jean Musæus , dans ses *Theses Theologicæ de conjugio.* Jenæ 1675. *in-*40.

Jean Diecmann , dans un livre intitulé : *Vindiciæ Legis Monogamicæ contra Lyserum de Polygamia.* Stadæ 1678. *in-*40.

Gerard Feltmann, dans un *Entretien sur la Polygamie.* Leipsic 1677. *in* 80. écrit en Allemand.

Frederic Gesenius , qui s'est caché sous le nom de *Vigil. Christiani Vigilis , Germani , ad sincerum Wahrenbergium Suecum Epistola , seu dissertatio super Polygamia simultanea.* Germanopoli 1677. *in-*40. Cet ouvrage est adressé à *Lyserus* même qui avoit publié un dialogue Allemand sur la Polygamie , sous le nom de *Sincerus Wahrenbergius.*

Jean Brusomann , dans sa *Monogamia Victrix & Polygamia triumphata.* Francofurti 1579. *in-*80. Ouvrage composé de 28 dissertations.

Balthazar Mentzer dans un livre Allemand , qui a pour titre : *Courtes reflexions sur un Dialogue de la Polyga-*

J. LYSE-
RUS.

me publié par un Auteur qui se donne le nom de *Sincerus Wahrenbergius.* Francfort 1672. *in-*4o.

Severin Gauthier Sluter, dans ses *Pensées Théologiques sur la Polygamie contre Lyserus.* Rostoch 1677. *in-*8o. en Allemand.

Melchior Zeidler dans une dissertation intitulée : *De Polygamia ut & de Matrimonio cum defunctæ uxoris sorore disquisitio.* Helmstad. 1698. *in* 4o.

V. *La Lettre de M. Masius* dans les nouvelles de la Republique des Lettres d'Avril 1685. *Friderici Thomæ Analecta Gustroviana.* Gustroviæ 1706. *in-*8o. *P.* 206. *Bayle ,* Dictionnaire.

JEAN TAISNIER

J. TAIS-
NIER.

JEan Taisnier naquit à *Ath ,* ville du Hainaut l'an 1509. Cette date se tire de l'inscription de son portrait fait en 1562. où il est marqué qu'il avoit alors 58 ans.

Il s'appliqua à l'étude de la Philosophie , des Mathematiques , & du Droit , & se fit recevoir Docteur en cette derniere science. Il cultiva aussi la Poësie , puisqu'il prend la qualité de Poëte Couronné ; cependant nous n'avons rien de lui en ce genre. Il ſe rendit ſur-tout habile dans la Muſique, & ſe mit en état d'en faire des leçons aux autres. N'oublions pas qu'il étoit Prêtre, comme il le marque à la fin de l'Epître dédicatoire de ſon Traité ſur l'Aimant.

J. TAIS-NIER.

Il fut d'abord Précepteur des Pages de l'Empereur Charles-Quint, & il ſuivit ce Prince en 1535. dans l'expedition de *Tunis.* Il paſſa depuis avec lui en Italie, & fut pendant près de 20 ans à voyager en divers endroits de l'Europe & même en Aſie, comme il le témoigne dans l'Epître de ſon Livre de l'uſage de la Sphere, où il nous apprend encore qu'il avoit enſeigné & fait des leçons tant en public qu'en particulier en differentes Academies à *Rome,* à *Ferrare,* à *Boulogne,* à *Padoue,* & à *Palerme.* Il étoit dans cette derniere ville en 1550 & y publia alors ſon ouvrage *de uſu Annuli Sphærici.*

Las enfin de tant de courſes, il ſe retira à *Cologne,* pour y paſſer le reſte de ſes jours, & y fut Maître de la muſique de la Chappelle de l'Archevêque de cette ville.

On ignore le temps de ſa mort.

J. TAIS-
NIER.

Bullart l'a mife vers la fin du 16e. fiécle ; mais il y a apparence qu'il s'eft trompé en cela comme en plufieurs autres chofes. Je crois que *Taifnier* n'a pas été beaucoup au-delà de l'an 1562. Ce qui me le fait croire, c'eft qu'ayant commencé alors à donner plufieurs ouvrages auPublic,il en promettoit d'autres , furtout fur la Mufique , qui n'ont point paru;& qu'on n'entend plus parler de lui depuis cette année.

Il s'amufa à la Chiromancie , en laquelle il fe prétendoit très habile ; en effet il acquit tant de crédit fur les efprits credules de fon temps, qu'il fe trouvoit des gens affez fimples, pour lui envoyer la figure des traits de leurs mains , pour apprendre de lui leur deftinée.

Catalogue de fes Ouvrages.

1. *Joannis Taifnier , Hannonii , de ufu annuli Sphærici libri tres; in quibus quidquid ad Geometriæ perfectionem requiritur continetur. Panhormi, Petrus à Spina* 1550 *in*-40. Feuill. 29. It. fous ce titre : *De Annulli Sphærici fabrica & ufu libri tres Geometrici. Antuerpiæ , Joan. Richardus* 1560. *in*-40. Feuill. 30.

2. *De uſu Spheræ materialis , hacte-* J. TAIS-
*nus ab omnibus Philoſophis & Mathe-*NIER.
maticis magno ſtudioſorum incommodo
neglecto,nunc vero in lucem tradito. Co-
loniæ 1559. *in-*4o. Feuill. 46.

3. *Iſagogica Aſtrologia judiciariæ &*
artis divinatricis. Coloniæ 1559. *in* 8º.

4. *Opuſculum perpetua memoria dig-*
niſſimum de natura magnetis & ejus
effectibus. Item de motu continuo ; de-
monſtratio proportionum motuum loca-
lium contra Ariſtotelem & alios Phi-
loſophos;de motu alio celerrimo hactenus
incognito. Auctore Joanne Taiſnierio ,
Hannonio,utriuſque Juris Doctore,Poë-
ta Laureato , Muſico & Rectore Sa-
celli Muſices Rev. Colonienſis Archie-
piſcopi. Coloniæ , Joan. Birckmann.
1562. *in-*4o. Feuill. 80. Avec le portrait de l'Auteur. *Taiſnier* n'a point
eu honte de piller les ouvrages d'au-
trui , comme il paroît par celui-ci.
Jean-Baptiſte Benedicti le lui a re-
proché vivement dans la Preface de
ſon livre *De Gnomonum umbrarum-*
que ſolarium uſu. Taurini 1574. *in-fol.*
Il y aſſure que *Taiſnier* a copié mot
pour mot ſon ouvrage intitulé *De-*
monſtratio proportionum motuum loca-
lium contra Ariſtotelem & alios Phi-

J. TAIS-
NIER.

losophos, qu'il avoit fait imprimer
pour la seconde fois à *Venise* en 1554.
sans y faire autre chose que d'y supprimer son nom, apprehendant sans
doute qu'en y changeant quelque
chose, il ne fît connoître son ignorance dans les Mathématiques. Il le
raille sur ce qu'il dit dans la Préface
de cet ouvrage volé, que lorsqu'il
professoit à *Ferrare* &'ailleurs, il avoit
plus de trois cens Auditeurs, quoique
le plus fameux Mathématicien de
l'Italie n'en ait jamais vû la sixiéme
partie à ses leçons, & ajoûte en badi-
nant qu'il a apparemment bien connu qu'il n'étoit pas véritablement
Mathematicien, puisqu'au lieu d'en
prendre la qualité, comme il le devoit, à la tête d'un ouvrage, qui y
avoit rapport, il se contente de celles de Poëte & de Musicien. Son traité de l'Aimant est aussi pris de *Petri
Peregrini Epistola de Magnete, seu
rota perpetui motus. Augusta* 1558.
in-4°. comme *Naudé* nous l'apprend
dans sa *Bibliographia Politica*.

5. *Opus Mathematicum octo libros
complectens, innumeris propemodum figuris idealibus manuum & Physiogno-
miæ aliisque adornatum; quorum sex*

priores libri abſolutiſſimæ Cheiromantiæ J. TAIS-
Theoricam, praxim, doctrinam, ar- NIER.
tem & experientiam veriſſimam conti-
nent ; ſeptimus Phyſiognomiæ diſpoſitio-
nem hominumque omnium qualitates &
complexiones ; Octavus Periaxiomata de
faciebus ſignorum,& quid ſol in unaqua-
que domo exiſtens natis polliceatur ; re-
media quoque omnium ægritudinum com-
plectitur, & naturalem Aſtrologiam at-
que effectus Lunæ quoad diverſas ægritu-
dines ; idem Iſagogen Aſtrologiæ Judi-
ciariæ & totius divinatricis artis En-
comia. Coloniæ, Joan. Birckman. 1562.
in-fol. pp. 624. It. *Ibid.* 1583. *in-fol.*
Cette nouvelle édition prétendue
n'eſt autre que la précedente, dont
on a rafraichi la date. *Taiſnier* a encore pillé dans cet Ouvrage celui
que *Barthelemi Cocles,* Medecin de
Boulogne, avoit publié long-temps
auparavant ſous le titre d'*Anaſtaſis*
Chiromantiæ & Phyſiognomiæ ex plu-
ribus & pene infinitis Autoribus. Bo-
noniæ 1504. *in-*4°. Au reſte on y voit
ſa prévention pour cette prétendue
ſcience de la Chiromantie, & les
ſoins qu'il y prit pour en inſtruire les
autres, ne ſervirent qu'à les dégoû-
ter par la multitude des maximes

J. TAIS- dont il remplit son livre.

NIER.   V. *Jacobi Philippi Tomasini Illustrium virorum Elogia. tom.* 1. *p.* 161. *Francisci Svveertii Athenæ Belgicæ. Valerii Andreæ Bibliotheca Belgica.* L'*Academie de Bullart. tom.* 2. *p.* 287. *Bayle, Dictionnaire.* On en apprend encore davantage par les Prefaces de ses livres.

MICHEL MARULLE.

M. MA- **M**ichel *Marulle Tarchaniote,* na-
RULLE.   quit à *Constantinople,* de *Manille Marulle,* & d'*Euphrosygne Tarchaniote,* dont il prit le nom avec celui de son pere, tous deux de familles illustres. *Jacques Salomoni* a prétendu dans les *Inscriptiones Patavinæ* qu'il étoit natif de *Candie,* s'appuyant sur l'autorité de quelquesMémoires, qu'on lui avoit fournis; mais il est sûr qu'il se trompe, *Volaterran* & d'autres qui l'avoient connu, le disent positivement natif de *Constantinople. Marulle* lui-même, qui dans quelques unes de ses Poësies fait mention de la ruine de sa patrie, qui l'a obligé d'aller chercher une retraite

ailleurs, donne à connoître dans une piece du troisiéme livre de ses Epigrammes, qu'il a intitulée *de exilio suo*, que cette patrie n'est autre que *Constantinople*, lorsqu'attribuant la perte de cetteVille aux troupes étrangeres qu'on y avoit introduites pour la défendre, il dit :

M. MARULLE.

Quis furor est patriam vallatam hos-
  tilibus armis
  Nutantem externis credere velle
    viris,
Ignotaque manu confundere civica
  signa
  Et sua non Græcis tela putare satis ?
Ille, ille hostis erat, ille expugnabat
  Achivs
  Miles, & eversas diripiebat opes,
Ille Deos & fana malis dabat ignibus,
  ille
  Romanum in Turcas transtulit impe-
  rium.
Nec nobis tam fata Deûm, quàm culpa
  luenda est,
  Mensque parum prudens, consilium-
  que Ducis.
Hanc igitur miseri luimus, longmque
  luemus.

Il dit encore la même chose en d'autres endroits.

La ville de *Constantinople* ayant été prise par les Turcs en 1453. le jeune Marulle fut emmené en Italie par ses parens.

Il alla d'abord à *Venise*, où il s'appliqua aux Langues Latine & Grecque. *Comnene Papadoli* lui donne pour Maître en cette ville *Sabellicus*, mais il n'a pas fait attention que ce Sçavant ne passa à *Venise* pour y enseigner qu'en 1484. c'est-à-dire trente ans après l'arrivée de *Marulle* en Italie.

Marulle alla ensuite étudier en Philosophie à *Padoue*, où l'on trouve son nom inscrit sur le Registre des Ecoliers de cette Université de l'an 1469. & des deux suivantes.

Il prit depuis le parti des Armes, & servit en Italie dans la Cavalerie sous *Nicolas Ralla* natif de *Lacede-mone*. Ce métier qu'il avoit embrassé pour se mettre en état de subsister, ne l'empêcha pas de cultiver toujours les Belles-Lettres, & de composer de temps en temps des piéces de Poësie Latine.

Son mérite & sa capacité lui procurerent

curerent un mariage fort avantageux
à *Florence* , où il époufa *Alexandra*
Scala, qui s'eft rendue celebre par fon
érudition & par fon habileté dans les
Langues Grecque & Latine , & qui
étoit fille de *Barthelemi Scala* , dont
j'ai parlé dans le 9e. tome de ces Mémoires p. 165.

M. MA-
RULLE.

Comme fon beau-pere avoit paffé
par les premieres Charges de la Republique de *Florence* , il auroit pû par
fon moyen parvenir à quelque chofe,
s'il avoit pû fe fixer. Mais c'étoit un
efprit inquiet , qui ne fuivoit que fa
fantaifie, laquelle le portoit fans ceffe
de côté & d'autre.

Après avoir long-temps cultivé la
Poëfie , il fongeoit à travailler à quelque chofe de plus folide, lorfqu'il pé-
rit par un trifte accident.

Il fortoit de *Volterre* , où il avoit
logé chez *Raphaël Volaterran* , lorfque paffant devant la riviere de *Ceci-*
na , & y ayant fait entrer fon cheval, foit pour le faire boire , foit pour
la paffer à gué , il s'apperçut que fon
cheval enfonçoit tellement par les
pieds de devant dans les fables mou-
vans de cette riviere , qu'il ne pou-

Tome XXXIX. Ll

M. MA-
RULLE.

voit plus se dégager. Lui ayant alors donné de l'éperon, le cheval qui voulut faire un effort, tomba dans l'eau, & l'y jetta en même temps. Comme sa jambe se trouva engagée sous le ventre de l'animal, il ne put se tirer de là, & il ne fallut qu'un peu d'eau pour le suffoquer. C'est ainsi que *Pierius Valerianus* raconte cet accident. *Paul Jove* en marque le temps, lorsqu'il dit qu'il arriva le même jour que *Louis Sforce* Duc de *Milan*, fut arrêté pour être conduit en France, c'est-à-dire le 11. Avril 1500.

Les jugemens sont partagés sur ses Poësies, qui sont les seuls ouvrages qui nous restent de sa façon. Quelques Critiques, comme les deux *Scaliger* en ont dit beaucoup de mal; d'autres au contraire les ont loué avec excès. Ce qu'il y a de sûr, c'est qu'il a parfaitement réussi dans plusieurs piéces, soit pour l'expression, soit pour la pensée.

La liberté avec laquelle il censura les anciens Poëtes Latins, pour élever les Grecs au-dessus d'eux, lui attira sur les bras quelques adversaires, entre-autres *Floridus Sabinus* qui prit leur défense & le traita durement, & *An-*

ge *Politien* qui le déchire dans fes M. MA-
poëfies fous le nom de *Mabilius*,com- RULLE.
me un homme *malæ bilis*, en quoi
Marulle lui rendit bien le change
dans quelques piéces de vers, où il
le nomma *Ecnomus*, c'eft-à-dire, ir-
regulier ou mechant.

On l'a accufé d'irréligion; en effet
fes Poëfies ne fentent que le Paganifme, on y trouve même des blafphê-
mes contre la divinité à l'occafion de
la ruine de fa patrie, & *Valerianus*
nous apprend qu'il mourut en blaf-
phemant contre le ciel.

Catalogue de fes Ouvrages.

1. *Epigrammata & Hymni.Florentiæ*
1497. *in*-40. It. *Parif.* 1539. *in*-80.
It. *Ibid.* 1561.*in*-16. It. Avec les Poëfies de *Jerome Angerianus* & de *Jean
Second. Ibid.* 1582.*in*-16. Les poëfies
de *Marulle* confiftent en quatre livres d'Epigrammes, & quatre livres
d'Hymnes adreffés à differentes di-
vinités du Paganifme, outre un Poëme *de principum inftitutione*. Ce Poëme qui n'eft point achevé, a été imprimé à part avec *Manuelis Palæolo-
gi præcepta educationis Regiæ*, & quelques autres piéces femblables. *Bafi-
læa* 1578. *in* 80. L l ij

M. MA-
RULLE.

2. *M. Marulli Nænia Fani* 1515. *in-80.* C'est une édition très-rare de quatre ou cinq cens vers de *Marulle*, qui ont été séparés des autres, comme n'étant pas dignes de l'impression, & que *Marc-Antoine Flaminius* prit cependant le soin de donner au Public.

3. *Pierre Candido* donna en 1512. à *Florence* une édition in-80. de *Lucrece*, où il suivit les corrections de *Marulle*, que *Pierre Vettori* a trouvé trop hardies, & dont *Joseph Scaliger* a fort mal parlé dans ses notes sur *Catulle.*

V. *P. Jovii Elogia no.* 66. *Joannis Pieri Valeriani de Litteratorum infelicitate liber* 2. *Bayle. Dictonnaire*, *Comneni Papadoli Gymnasium Patavinum.* Il y a quelques fautes dans l'Article que cet Auteur en a donné. *M. de la Monnoye, notes sur les Jugemens des Sçavans de Baillet.*

NICOLAS DATI.

N.
DATI.

Nicolas Dati, naquit à *Sienne*, l'an 1457. d'*Augustin Dati*, dont je parlerai dans le volume suivant,

& de *Marguerite Petroni.* N.

Son pere, qui l'aimoit beaucoup, Dati. prit un ſoin particulier de ſon édu-cation ; & dès l'âge de dix ans , il lui faiſoit reciter de petits diſcours latins, qu'il lui avoit faits , avant ſes leçons, lorſqu'il commençoit à expliquer quelque Auteur. Un diſcours qu'il fit à cet âge à *Alphonſe* d'Arragon , Prince de Calabre, lui plut tellement, qu'il l'honora le lendemain de la qualité de Comte Palatin , & qu'il lui auroit donné , ſi ſon âge l'avoit permis , celle d'Ecuyer , qu'il eut ce-pendant dans la ſuite.

Après avoir fait ſa Philoſophie à *Sienne* , il alla étudier en Medecine à *Boulogne.* Il paſſa depuis quelque temps à *Rome* , mais on ne ſçait point le motif de ſon ſéjour en cette ville, ni ce qu'il y fit.

De retour à *Sienne* , il y pratiqua la Medecine,& fut même quelque tems Secretaire de cette Republique.

Il mourut l'an 1498. âgé de 41 ans , & fut enterré dans l'Egliſe de *S. Auguſtin de Sienne* , où eſt la ſepul-ture des *Dati.* Sa mere lui fit trois ans après dreſſer cette Epitaphe.

N

DATI.

D. O. M.

Nicolao Dato, Equiti Comitique cla-
riſſimo, qui paterni eloquii hæres , inter
primarios ſuæ ætatis Philoſophos medi-
coſque floruit , Margarita mater Piiſſ.
filio P. B. M.

  Vixit annos. 41.

   1501.

Catalogue de ſes Ouvrages.

 1. *De laudibus Eloquentiæ & Au-*
guſtini Dathi. A la tête des Ouvrages
de ſon pere. Ce diſcours ne donne
pas une grande idée de ſon éloquence,
& de ſa Latinité.

 2. *Quid Reipublicæ Scribam, quidve*
ejus Amanuenſes deceat; Nicolai Dathi
Carmen. Avec les Ouvrages de ſon
pere. Ce Poëme , qui eſt d'environ
deux cens vers, eſt peu de choſe.

 3. Il a pris ſoin de raſſembler les
Ouvrages de ſon pere, & a mis à la
tête du Recueil une Epigramme de
ſa façon & une Epître dédicatoire au
Cardinal de *Sienne.*

 V. La vie d'*Auguſtin Dati* par Jean
Nicolas Bandiera.

  Fin du trente-neuviéme Volume.

www.ingramcontent.com/pod-product-compliance
Lightning Source LLC
Chambersburg PA
CBHW070546030726
47505CB00001B/184